車

風の軍師

黒田官兵衛

葉室 麟

講談社

目次

太閤謀殺　7
謀攻関ヶ原　109
秘謀　209
背教者　249
伽羅奢《ガラシャ》——いと女覚え書——　291
解説　湯川豊　334

風の軍師

黒田官兵衛

太閤謀殺

文禄《ぶんろく》四年（一五九五）八月二日――

京の三条河原で無惨なことが行われた。関白豊臣秀次《かんぱくとよとみひでつぐ》の妻妾、子女、眷属《けんぞく》の処刑である。秀次は謀反《むほん》の疑いをかけられ、高野山《こうやさん》に押し込められたうえ、十六日前に切腹させられていた。残された妻妾、遺児、侍女ら三十余人に言い渡されたのは極刑だった。

秀次は多数の側女《そばめ》を抱え、町に出て辻斬《つじぎ》りをして、殺生《せっしょう》関白などと呼ばれた。さらに太閤秀吉《たいこうひでよし》に対し謀反の企てがあったとして自害に追い込まれた。しかし秀次の乱行の原因が二年前、秀吉に男子（秀頼）が生まれたためだ、ということは町人でも知っていた。

秀吉は淀殿《よどどの》が産んだ鶴松《つるまつ》が病死した後、甥の秀次に関白を譲り、後継者とした。ところが淀殿がまた子を産んだことで、秀次が邪魔になったのだ。秀次はそのことを感じて懊悩《おうのう》した。その秀次にとどまらず妻妾、幼い子供まで殺す秀吉の残酷さには、背筋がつめたくなるものがあった。

刑場の周囲には堀がほられ、竹矢来《たけやらい》が組まれた。栄華を極めた聚楽第《じゅらくだい》で暮していた女たちは、白い死に装束に着替えさせられ刑場に送り込まれた。刑場には切腹した秀次の首がすえられていた。斬首された者たちの首は秀次の首とともに刑場に掘られた穴に捨てられる。

穴は土で埋められ塚とされ、「悪逆塚」と呼ばれることがすでに決まっていた。幼い者たちや女たちが次々に首を刎《は》ねられていく。

刑場の周辺には数万の人々が詰めかけ見物していたが、やがて日が暮れかかり、あたりが夕焼けに赤く染まると、そのまま地獄の光景を見せつけられるようで、群衆は声無く、中には泣き出し、嘔吐《おうと》する者の姿もあった。

その人々の中に二人連れがいた。ひとりは黒い頭巾《ずきん》をかぶり、十徳《じっとく》を着て足が不自由なのか竹杖を突いている五十くらいの小柄な男だ。

もう一人はほっそりとした長身で栗色の髪、青みがかった灰色の目で彫りの深い顔をしている。裾が長い伴天連《ばてれん》の黒い修道服を着ていた。八年前、豊臣秀吉により伴天連追放令が出されて以来、南蛮人のパードレは役人の目を恐れて隠れているはずだが、男は気にする様子もなく顔を人目にさらしていた。

「シメオン様、これはあまりに酷《むご》いことです」

修道服を着た男が言った。顔が青ざめている。名をジョアン・デ・トルレスという。生まれてすぐに宣教師コスメ・デ・トルレスから洗礼を受けた日本人修道士である。四十を過ぎているが、色白の顔は若々しかった。

「かようなことを止められなかったわしにも罪のあることだ」

シメオンと呼びかけられた男は苦々し気に言った。男は名を黒田官兵衛《くろだかんべえ》孝高《よしたか》、近頃は如水《じょすい》と号している。豊臣秀吉の軍師として知られていた。

如水は先日まで秀吉の怒りを受けて謹慎していたが、近頃になって嫡男長政《ながまさ》の朝鮮での軍功に免じて許され、京に出てきていた。秀次は如水に好意的で、尾張《おわり》、三河《みかわ》のうち三千石を湯沐料《とうもく》として如水に与えていた。如水はこの好意にこたえて、二年前には秀次の放恣《ほうし》を諫《いさ》めたこともある。聚楽第に赴《おもむ》いた如水が、

「石田《いしだ》三成《みつなり》ら、太閤奉行衆は関白様を陥《おとしい》れようと狙《ねら》っております。ご自重《じちょう》なさいませ」

と説くと、秀次は髭《ひげ》を生やしたいかつい顔をゆがめて、

「わしは太閤に操られる傀儡《くぐつ》の人形のようなものだ。いらぬとなれば、どうあがこうと捨てられる」

「ならば、関白職を辞されることです」

「そ、それはできぬ」

秀次は青ざめた顔をそむけた。人臣として最高の位を得たことは秀次の誇りだった。だが、その誇りを失うまいとすることが悲惨な最期につながったのである。

秀次は優れた軍略家の如水を尊敬しており、如水が太閤の怒りを買ったことも心配していた。それだけに如水にとって目の前の光景はやりきれなかった。二人は凄惨な処刑を見届けると立ち去り、一条通り猪熊《いのくま》の黒田屋敷に戻った。奥にしつらえた茶室で燭台《しよくだい》に灯《とも》を点して茶を点《た》てた如水は、

「織田右府《おだうふ》も非道だったが、太閤も似てきた」

とつぶやくように言った。

秀吉は四年前、千利休《せんのりきゆう》を切腹させている。秀吉の怒りを受けて堺《さかい》に謹慎していた利休は京の屋敷に呼び戻され、天正《てんしよう》十九年（一五九一）二月二十八日に遣使立会いのもと自害して果てた。春雷が轟《とどろ》き、霰《あられ》が降る荒天の日だった。十文字に腹を切り、はらわたを取り出して炉の自在鉤にかけるという凄《すさ》まじい死に方だったと噂された。

利休の自害にあたって、石田三成の指示で上杉景勝《うえすぎかげかつ》が兵三千を出して、利休の屋敷を取り囲み、警戒した。何事かが起こると見られていたのだ。

三年前には、秀吉は「唐《から》入り」を唱えて朝鮮に十六万の兵を送った。朝鮮での戦は

当初こそ連戦連勝だったが、朝鮮の宗主国、明《みん》が援軍を送ってからは膠着化《こうちゃくか》していた。その後、和平の話が進められているものの予断を許さない。そのような時期に太閤に次ぐ第二の権力者とも言える関白秀次が自決に追い込まれ、妻妾は罪人同様の無惨な最期を遂げたのである。ジョアンは黒天目《くろてんもく》茶碗で茶を飲むと如水の顔を見た。

「このような長い夜はいつまで続くのでしょうか」

「さて——」

如水は目をそらせた。如水は秀吉の九州攻めの前に洗礼を受け、九州の陣中には日本人修道士ジョアンを伴い教義を学んだ。ところが秀吉は九州攻めを終えた天正十五年、伴天連追放令を出した。これにより、それまで軍師と主君として水魚の交わりをしていた二人の間に溝ができた。

「再びキリシタンの布教が許されることはないような気がします」

ジョアンはポツリと言った。如水は目をあげた。

「そうはさせぬとお約束いたしたはず」

「そうでした。如水様はヨシュア様ですから」

ジョアンの顔色にやや赤みが戻った。如水は明との和平は実現しないだろう、と見ていた。

（秀吉はもはや悪鬼だ。戦をやめることなどできまい）

明からの使者が来た後、秀吉は再び朝鮮での戦を命じるだろう。だが前線での兵たちの士気は落ちている。軍勢を鼓舞するためには秀吉自らが渡海するしかない。

（その時にこそ秀吉を討つ）

如水は三条河原で無惨に殺された女子供たちの姿を脳裏に思い浮かべながら、考えていた。そんな如水のために、ジョアンは茶室の片隅に置いていたヴィオラを手にして弾き始めた。幼いころ教会で育てられたジョアンはヴィオラの名手だった。如水はジョアンのヴィオラの音色に耳を傾けた。

一

三年前、天正二十年（一五九二）五月十九日——

対馬《つしま》から朝鮮を目指す船があった。風をはらんだ帆《ほ》が日差しに白く輝いている。海上を風が吹いていた。雲の流れが速く、群青《ぐんじよう》色の海面がうねりをあげる。やがて朝鮮半島の青い山々が遠望できるようになった。

「大殿、どうやら時化《しけ》に遭わずにすみ申した。間もなく朝鮮でござるぞ」

潮風に吹かれながら船首に立つ塩飽《しあく》九郎右衛門《くろうえもん》は振り向くと、背後の黒田如水に怒鳴るように言った。九郎右衛門は昔、塩飽の海賊だったが、如水に請われて黒田家の水軍となった。すでに五十を過ぎたが、今でも坊主頭で赤銅《しゃくどう》色に日焼けしたたくましい体つきをしている。如水は何も答えず海を鋭い目で見ていた。

如水はかつて、信長に離反した城に説得に赴いて一年余り土牢《つちろう》に閉じ込められたことがある。その間に頭に瘡《かさ》ができて髪が抜け落ち、右足が不自由となった。小柄で風《ふう》采《さい》はあがらないが、苦難にあっても節《せつ》を曲げない強さが表情に出ていた。目は黒々と知的に輝いている。

「唐入り」を唱える秀吉の命により、対馬から大陸渡海の軍勢十五万八千八百人のうち、第一陣の六万七千五百人が四月十二日に発したばかりである。七百余隻《せき》に分乗した軍勢は対馬の大浦《おおうら》を発し、この日、夕刻には釜山《プサンポ》浦に着いた。朝鮮側が記録する、

――壬辰倭乱《イムジンウェラン》

の始まりだった。釜山浦に上陸した小西行長《こにしゆきなが》は釜山鎮城《プサンジンソン》を落とすと北上して朝鮮の都城、漢城《ハンソン》に向かった。一方、加藤清正《かとうきよまさ》、鍋島直茂《なべしまなおしげ》が率いる第二軍は対馬沖で暴風雨にあって渡海に手間取ったが、十七日に釜山浦に上陸した。

小西行長が中路をとって漢城に向かっていることを知ると「上京左路」をとった。

黒田長政、大友吉統《おおともよしむね》の第三軍も十七日に釜山浦の西側に上陸すると、金海城《キムヘソン》を攻略、「上京右路」を北上していった。敗報があいつぐことに驚いた宣祖王《ソンジョワン》は離京を決断し、二十九日には驟雨《しゅうう》の中、漢城から落ちて開城《ケソン》へ行き、さらに平壌《ピョンヤン》へ向かった。同時に明へ救援を要請する使者を発した。

小西行長は五月二日の夕刻、加藤清正は三日の早朝に相次いで漢城への入城を果たした。

黒田長政も七日には入城し、日本軍は上陸以来わずか二十日余りで朝鮮の都城を陥落させた。

秀吉は勢いにのって自ら渡海しようとしたが、徳川家康《とくがわいえやす》、前田利家《まえだとしいえ》らに諌止《かんし》され、かわって如水を派遣した。さらに石田三成、増田長盛《ましたながもり》、大谷吉継《おおたによしつぐ》らを戦奉行《いくさ》として送ったのである。

「朝鮮につけば、約束通り、お主にしてもらわねばならぬことがある」

如水は傍らの若い男に言った。長身で眉が太く俊敏な目をした精悍《せいかん》な顔つきの男は、

「わかっており申す」

と若々しい声で答えた。男は名を村上隼佐《むらかみしゅんざ》という。瀬戸内海の村上水軍を束ねた村

上武吉《たけよし》の末子だ。武吉はかつて毛利《もうり》と結び瀬戸内の海を支配したが、秀吉の海賊停止令によってその権益を奪われ、今では小早川隆景《こばやかわたかかげ》の領内の島に逼塞《ひっそく》している。身の回りの世話をしているのは三番目の妻とした明人の女だった。隼佐はこの妻が産んだ子だった。まだ十八歳である。

「降倭となれば裏切り者と呼ばれることになるぞ」

如水はずけりと言った。降倭とは日本兵の中から朝鮮側に投降した者である。中には沙也可《さやか》という名で呼ばれて朝鮮側の将となった降倭もいた。

朝鮮側の記録によれば沙也可は加藤清正の先鋒にいた武将で三千の兵とともに投降したとあるが、何者なのかはわからない。鉄砲傭兵で知られる雑賀《さいか》一族の者だとも阿《あ》蘇《そ》の豪族だとも言われていた。

如水は隼佐を降倭として朝鮮水軍に潜入させ、秀吉が渡海したおりに朝鮮水軍によって襲わせるつもりだ。その際の混乱に乗じて秀吉を討とうと考えていた。

隼佐は不敵な笑みを浮かべた。

「われら村上水軍は海賊働きをせずとも瀬戸内の海を渡る船から帆別銭《ほべっせん》を取り、それによって海を領土として参った。それを太閤が根こそぎ奪い、水軍を陸へと追い上げたのでござる。親父《おやじ》殿は追放されて島に閉じこもってからは、覇気を失い申した。このたびの唐入りで用いられているのは、村上水軍とは言っても来島衆《くるしま》だけでござる」

瀬戸内海を支配した村上水軍は因島《いんのしま》、能島《のしま》、来島の三島を根城としていた。村上武吉が率いる能島衆と因島衆は毛利氏、来島衆は四国の河野《こうの》氏に属していた。このため同じ村上水軍とはいっても互いに攻め合ったこともあった。武吉によって一度は来島から追い出された通総《みちふさ》は、豊臣政権下で武吉が追放になるのとは対照的に、四国で一万四千石を与えられ、来島を姓とするようになっていた。

如水がうなずくと、遠く陸の山々を見ていた隼佐が、

「来ましたぞ」

と叫んだ。東の海上に船影を見たのである。水夫たちもあわてて声をあげた。

「朝鮮水軍じゃ」

「コブクソンだ」

如水たちの船団は三隻に過ぎない。近づきつつある朝鮮水軍は赤や黄色の幟《のぼり》を立てた十数隻だった。しかも先頭には異様な船の姿があった。船体は鱗《うろこ》のようなもので覆われ、人の姿が見えず、船首は竜の彫り物だった。その口からは白や青い煙を吐き出している。船体からはいくつもの大筒《おおづつ》が不気味に突き出ていた。海上を走る巨竜のようである。

「あれが亀甲船《きっこうせん》か」

如水が落ち着いた声で隼佐に聞いた。

「さよう。やがて大筒を撃ちかけ攻め寄せて参りますぞ」

隼佐は目を鋭く光らせた。亀甲船《コブクソン》は朝鮮が日本の襲来に備えて建造した軍船で、全長六十四尺（約二十メートル）、最大幅十四尺五寸（約四・四メートル）、高さ十六尺（約四・九メートル）、甲板を、亀甲の形をした板を鱗のようにつないで覆っている。船首には竜頭《りゆうとう》、船尾には亀尾が備え付けられ、竜頭からは硫黄《いおう》と焔硝《えんしよう》を焼いて煙を吐いた。二人漕《こ》ぎの大櫓《ろ》、二十挺《ちよう》で進み、大小七十四門の火砲を備えていた。

「いや、おそらく物見に出ただけであろう」

「物見？」

「この船はさほどの兵も乗っておらぬ。戦になれば負けようが、それだけに、向こうにも戦をして得るほどのものがない。うかうかしておれば釜山浦から味方の水軍も出てこよう。無駄に兵を損じたくないと思えば、脅《おど》しただけで引き揚げるだろう」

日本の水軍は九鬼嘉隆《くきよしたか》、藤堂高虎《とうどうたかとら》、脇坂安治《わきざかやすはる》、加藤嘉明《よしあき》、来島通総、通之《みちゆき》らによって率いられ、総兵力は一万数千におよんでいる。

如水が言い終わらぬうちに亀甲船から轟音《ごうおん》とともに白煙が上がった。如水たちの船の近くに大筒の弾が落ちて水柱が上がったが、それ以上近づこうとする気配はなかった。やがて先頭の船が船首をまわすと朝鮮水軍はゆっくりと遠ざかり始めた。先頭の一番大きな船に銀色の甲冑《かっちゅう》をつけた武将の姿が見えた。

「あの者が朝鮮の水将であろうな」

如水が言うと、隼佐は食い入るように武将の姿を目で追った。朝鮮の水将、李舜臣《イスンシン》は全羅左道《チョルラチャド》水軍節度使である。清廉《せいれん》謹直な性格で知られ、部下をよく統御、もとは陸戦の軍人だったが水軍兵法を学び、朝鮮半島沿岸での潮の干満《かんまん》、潮流を綿密に調べて研究した。

水軍の本拠地を閑山島《ハンサンド》に置き、日夜、諸将と軍略を練った。李舜臣はたとえ兵士でも軍事について意見を言う者があれば、耳を傾けた。

朝鮮水軍は兵卒の末端にいたるまで李舜臣の意のあるところを知り、一丸となって戦った。日本の軍船を発見するや襲い掛かり、大砲で日本の軍船を破壊し、包囲焚焼《ふんしょう》したのである。

「あの水将のもとに飛び込むのが、それがしの役目ですな」

隼佐が目を光らせてつぶやくと、如水は黙ってうなずいた。やがて朝鮮水軍の姿が見えなくなったころ如水たちの船も釜山浦に入った。釜山浦には日本の軍船がひしめきあっていた。その有様は、この国に押し寄せた不吉な鮫《さめ》の群れのようでもあった。
如水は船端に立った。湾内では瑠璃《るり》色の波がきらめいた。

翌日、如水は塩飽九郎右衛門、村上隼佐を伴にして漢城に入った。間もなく漢城で諸将が集合しての軍議が行われることになっていた。

如水は軍議に先立って長政と「黒田八虎《こ》」を称する黒田家の侍大将の一人、後藤又《また》兵衛《べえ》に案内させ漢城の中を見回った。又兵衛は六尺を超す巨漢で、髭の剃り跡が青々とした精悍《せいかん》な顔をしている。後藤氏は姫路の北東、春日山《かすがやま》城を居城とする地侍で、又兵衛はその一族だった。

又兵衛の父、新左衛門《しんざえもん》は、初め別所氏の家臣だったが、後に小寺政職《こでらまさもと》に仕えた。又兵衛が幼いときにこの父が没したため、又兵衛は如水に長政と兄弟のように育てられた。

長政は朝鮮上陸後、黄海道《ファンヘド》に進出していたが、如水が朝鮮入りしたと聞いて又兵衛とともにわずかな手勢で漢城に戻っていた。

都を城壁で囲んだ朝鮮式の都城は如水にも珍しいものだったが、王宮が焼け、庶民の家も火災の跡が残るのが目についた。

「弥九郎《やくろう》は城を焼き討ちにしたのか」

如水は眉をひそめて聞いた。弥九郎とは商人だったころの小西行長の名である。

「いや、国王が都を捨てることに怒った民が王宮に押し入って財宝を強奪し、その際に火を放ったということです」

長政の話によると宣祖国王は大雨の中、馬に乗り、王妃、皇太子がこれに続き、さらに百官が供《とも》をした。国王が姿を消した後、漢城では混乱が起き、奴婢たちが役所に押しかけた。

自らの戸籍簿を焼き捨て、さらに王宮の金庫から財物を奪ったうえ放火したのだという。

小西行長の軍勢が城門を破って侵入した時、漢城は王宮から黒煙が上がり、軍勢も住民の姿もなかった。

行長に続いて入城した加藤清正が城内を視察した後、軍勢を城外に移し、高札を立てて住民に城へ戻るよう呼びかけると、ようやく人々は漢城に戻り、市場も立つようになった。宣祖国王は落ち行く先でも迎える民がなく、開城に入れば民衆から誇り《そし》を浴びたという。

「民の怒りは恐るべきだな」

如水は焼け爛《ただ》れた王宮を見ながらつぶやいた。長政がうなずき、又兵衛も神妙な顔になった。又兵衛は、ふと思いついたように、

「戦は間もなく終わるのでしょうかな」

と、如水に訊いた。

「そうはいくまい、城は落ちても国王は逃げのびた。間もなく、明の援軍とともに巻き返して参ろう」

「そうなると厄介でござるな」

「うむ、この城に迫ったところで、国王と和議を結ぶべきであった」

如水は苦い顔をして言った。戦の勝利が見えたところで、朝鮮国王に和議の使者を立てるべきだ、と如水は考えていた。かつての秀吉なら、そのような調略こそもっとも得意としたはずだった。

「されど、かように早々と戦が進むとは思いませんでしたなあ」

又兵衛は如水の考えを察したように言った。如水は返事をしなかったが、勝ち過ぎた、と思っていた。何より、朝鮮に上陸してから見かける人々の目に怨嗟《えんさ》の色があることが気になっていた。日本での戦ならたとえ国主が亡んでも、民は新たな国主を迎えるだけのことである。

（しかし、この国ではそうはいかぬ）

何より言葉が通じない人々は、日本から押し寄せた軍勢を敵視していた。渡海しての遠征だけに、民衆に憎まれれば兵糧《ひょうろう》の補給がつかなくなるに違いない。

「容易におさまる戦ではあるまい」

如水がつぶやくと、長政の目が陰鬱《いんうつ》に光った。

「この戦、不審なことばかりにございます」

対馬の港から朝鮮に向かって出発しようとした日は風が強く波も荒かった。このため諸将は風波がおさまるのを待とうとしたが、行長は夜のうちに逆風をついて、港から船を出した。長政たちは翌朝になって気づき、驚いて後を追った。

上陸してからも行長が猛然と突き進み、長政と加藤清正は後塵《こうじん》を拝するわけにもいかず、行長勢とは別の進路をとった。それでも漢城一番乗りの功は行長に奪われたのである。

「もともと先鋒は、われらと小西、加藤勢が代わる代わる務めるはずでござった。ところが小西殿はひたすら先を行かれました。まるで、われらを寄せつけたくないかのごとくでございました」

長政は不満気だった。如水はうなずいて、

「弥九郎はそのような戦ぶりをする男ではなかった。何かあるようだな」

背後にいるのは石田三成だ、と如水は思っていた。

そのころ、焼け残った王宮の一室で石田三成と小西行長が話していた。行長はこの時、三十代後半。堺の薬種商、小西隆佐《りゅうさ》の子である。商人のころ備前《びぜん》の宇喜多直家《うきたなおいえ》が織田信長《おだのぶなが》の命によって中国に出陣した秀吉に通じようとした際、使いを務めた。これが縁となって秀吉に仕え、武士となったのである。

色白で背が高く胸厚な体をしている。具足をつけた姿には武人らしい威もあった。背に十字架模様の「花久留子紋《はなくるすもん》」がついた青い陣羽織を着ている。三成は白綾《しろあや》の陣羽織姿で背筋をのばして端坐していた。近江石田《おうみいしだ》村の土豪の子で、少年のころ小姓として秀吉に仕え、機才を発揮した。行長より年下の三十三歳である。

この日、王宮の一室で三成と向かい合った行長は、

「朝鮮の都を、上陸以来わずか二十日で落としました。これで殿下はキリシタンを認めてくださるでありましょうか」

と聞いた。

「いかにも、殿下は御満足でござる。ただ――」

「ただ?」

「朝鮮王は逃げてござれば、これを追って捕らえ、降伏させねばなりますまい」

「それは――」

これ以上、朝鮮に深入りするのは危険ではないか、と行長は眉をひそめた。やがて宗主国の明が援軍を出すことが考えられるからだ。しかし三成は、そんな危惧を抱いていないようだった。

「そこまで果たせてこそ、お手前も罪を逃れることができ申そう」

三成は怜悧《れいり》な表情にわずかに笑みを浮かべた。

(また、脅すのか)

行長は顔をしかめた。行長は若いころからアゴスティノという洗礼名を持つキリシタンだった。伴天連追放令が出た後も日本に潜伏していたイエズス会の宣教師、オルガンティーノを瀬戸内海小豆島《しょうどしま》に匿《かくま》っていた。オルガンティーノは古くから京で布教してきており、本能寺で死んだ織田信長にも何度も会ったことがある。京のひとびとから宇留合無《ウルガン》様と呼ばれて慕われていた。行長はオルガンティーノに匿ってくれ、と懇願されると断れなかった。このことが秀吉に知られれば、高山右近《たかやまうこん》と同様、追放になるのである。オルガンティーノを匿って以来、行長は薄氷を踏む思いでいた。

そんな行長に太閤奉行衆として辣腕《らつわん》を振るっていた石田三成が、

「もし、キリシタンが率先して朝鮮で戦えば、伴天連追放令が解かれるか、あるいは朝鮮の地がキリシタンに与えられ布教が認められますぞ」

と囁《ささや》いた。行長が朝鮮に上陸すると、他の諸将に先駆けて猛進してきたのは、このためだった。行長の顔に苦いものが浮かんだ時、三成は、やおら身をかがめて顔を近づけると、

「されど、彼《か》のひとにはご用心召されよ」

「彼のひと？」

「それ、目薬屋殿でござる」

行長は一瞬、むっとした。三成が目薬屋と呼んだのは黒田如水のことだ、とはすぐにわかった。黒田家は播州《ばんしゅう》で小寺家に仕えるまでは流浪しており、その暮らしを支えたのが家伝の目薬売りだということは、世間に知られていたからだ。しかし、行長もまた薬種商の息子だった。秀吉から肥後《ひご》半国十四万石に封じられると、紙袋に日の丸を描いた旗指物《はたさしもの》を用いた。日の丸を描いた紙袋は、このころの薬袋である。加藤清正、福島正則《ふくしままさのり》などという荒大名《あらだいみょう》から、

――薬問屋の小せがれ

などと嘲《あざけ》られることがあったため、反発して薬袋を馬印にしたのだ。三成は行長が商人の出身であることに屈折した思いを抱いていることを知っているはずだが、あえて商人を蔑《さげす》むかのように言ったのである。行長の胸に憤然としたものが湧きかけたが、すぐに消えた。三成が目薬屋と呼んだ如水のことを考えたからだ。行長は若いころから如水を知っていたが、近頃親しく話すことはない。

秀吉が伴天連追放令を出した時、有力なキリシタン大名は高山右近、蒲生氏郷《がもううじさと》、小西行長、黒田如水の四人だった。しかし、秀吉に命じられても棄教しなかった高山右近が所領を奪われて追放されると、それぞれキリシタンであることを糊塗《こと》せざるを得なくなった。お互いが何を考えているのかも話すことはなくなったのである。

三成はそんな行長の心のうちを見透かすように、

「彼のひとはいまのところ静かにしておられるが、稀代《きだい》の策士のこと、何を企てられるかわかったものではない。行長殿がそれに巻き込まれては、それがしが困ります」

とささやくように言った。

三成は太閤奉行衆として、「天正《てんしょう》の石直《こくなお》し」と呼ばれる全国検地を行っている。この検地によって、豊臣政権は各地の生産高を把握し、全国一元支配を果たそうとしていた。

検地を押し進めるためには大名が海を渡って領国を留守にする方が都合がいい。そのためにキリシタンの行長を朝鮮での戦に駆り立て、他の大名たちも渡海せざるを得ないようにしているのだ。

行長は三成の目を見てうなずいた。それでも三成にキリシタンなら知っている秘密を打ち明ける気にはなれなかった。如水という号はポルトガル語の、

――ジョスエ
という名を表している。ジョスエとはエジプトの奴隷となっていたユダヤ民族を脱出させ、約束の地カナンに向かった預言者モーゼの後継者ヨシュアのことだ。ヨシュアはモーゼの没後、ユダヤ民族を率いてヨルダン川を渡り、難攻不落と言われたエリコの城を落としたと伝えられる。三成がキリシタンを利用しようとすれば、これを阻むのは如水ではないだろうか。行長は如水が朝鮮入りした、と聞いて、

（如水様は何事かをなそうとされている）

と思った。それが自分に何かをもたらすのではないか、そう思うと行長は体の奥に震えを感じるのだった。

二

軍議が行われたのは翌日のことだった。

朝鮮に在陣した主な将は小西、加藤、黒田ら先鋒をのぞくと宇喜多秀家、毛利《もうり》輝《てる》元《もと》、小早川隆景、福島正則、毛利吉成《よしなり》らである。

小早川隆景はかつて兄、吉川元春《きっかわもとはる》とともに「毛利の両川《りょうせん》」と呼ばれ、中国進出を目指した織田信長の勢力と戦い、覇を競った名将だった。

秀吉の九州攻めの後は筑前《ちくぜん》三十万石に封じられていた。色白で穏やかな相貌をしている。この年六十だが頭脳の切れ味は衰えていない。本能寺の変の際、秀吉の「中国大返し」が成功したのは、賢明な隆景が毛利陣営を抑えたからである。いわば如水とは阿吽《あうん》の呼吸を合わせた間柄だった。

軍議は総大将の宇喜多秀家が招集して行われ、これらの将のほか戦奉行として石田三成、増田長盛、大谷吉継が加わった。この軍議でさらなる北上を主張したのは先鋒の行長だった。これに反対したのは如水である。

「朝鮮が敗れたと聞けば明より援軍が参るは必定《ひつじょう》、この漢城を根城として、外郭に支城を築き、明の援軍を迎え撃つのが上策だ」

と慎重論を述べる如水に、行長が猛然と反論した。

「これほどまでに大勝し、敵も逃げ去ったからには、もはや逆襲してくることはござらぬ。かたがたはどの城でもとられよ、それがしは明の近くまで切り取り申す」

行長が言い切ると、小早川隆景が身じろぎした。

「されど、退くことも考えておかねばなるまい。如水殿の申されること、もっともじゃ」

「いや小早川様、われらにはそれが許されておりませぬ」

行長は思いつめたような目を向けた。如水は、行長の表情に悲壮なものが浮かんでいるのを見た。

(弥九郎め、キリシタンのために戦をしておるつもりかもしれぬが、無駄なことだ。たとえキリシタンの力で朝鮮を奪っても、秀吉が伴天連追放令を解くことはあるまい)

行長は朝鮮での戦を、秀吉に再びキリシタンの布教を認めさせる聖戦だと考えていたのだ。しかし如水はひそかに、

――秀吉はキリシタンの敵だ、討たねばならぬ

と決意を固めていた。如水はかつてキリシタンを害する者だと見て、織田信長を謀略をめぐらして明智光秀に討たせた。この謀計によって、秀吉は天下を取れたのである。かつて信長の忠実な家臣として出世の階段を上っていたころの秀吉には、大胆な知恵と明るさがあったが、天下人となった今は、暗い欲望を抑えきれない暴君となっていた。

如水がそんなことに考えをめぐらしていると、石田三成が膝を乗り出して、

「方々、小西殿のお覚悟を承《うけたまわ》ったうえは、異論はなかろうと存ずるが」

と念を押した。如水は、そっぽを向いたまま何も言わなかった。

三成という豊臣家の怜悧な吏僚《りりよう》とそりが合わなかった。三成も如水に対しては、ひややかな態度を取っていた。この時も如水をちらりと見て、

「ご異存ござるまいな」

と冷たい笑いを浮かべた。

如水は軍議の後、隼佐だけを連れて隆景の陣屋を訪れた。隆景は如水が来ると、喜んで自ら茶を点《た》てた。朝鮮で手に入れたらしい高麗《こうらい》茶碗である。如水は背後を振り向くと、控えた隼佐を見て、

「あのことは、この者に任せることにいたしました」

何気なく言った。一瞬、隆景の目が鋭く光って、隼佐を射抜くように見た。

「なるほど、さすがは如水殿。よき者を見つけられた」

如水はうなずいて、

「されば、あのことは――」

と言うと、隆景はさりげなく、

「金海と申すところにて小早川水軍の船大工に亀甲船を造らせておる。おそらく朝鮮水軍のものと寸分違《たが》わぬ船ができましょう」

「それは重畳《ちょうじょう》」

如水は笑みを浮かべた。朝鮮水軍に渡海する秀吉を襲わせ、その混乱に乗じて、偽装した亀甲船で秀吉の御座船《ござぶね》を討とうと考えていた。秀吉を討った後は、隆景を通じて毛利と同盟して、西国政権を樹立するつもりだった。東国は徳川家康と伊達政宗《だてまさむね》の同盟が制するだろうと見ていた。天下二分によって、キリシタンの布教が自由な国を造る。これが如水の構想だった。

「されど油断されぬほうがよい。太閤は古狐《ふるぎつね》だ。仕掛けた罠《わな》を嗅《か》ぎつけぬともかぎらぬ」

隆景は厳しい表情で言った。

「そのことでござる」

「されば、今後は太閤に海を渡らせる工夫が肝要でござろう。太閤が、わが兄を九州の陣に引っ張りだしたように」

隆景が如水に力を貸している背景には、兄、吉川元春の死があった。元春は秀吉の九州攻めの際、出陣して九州の陣中で没した。元春はそのころ病を得ていたが、秀吉から執拗《しつよう》に求められて、やむなく出陣したのだ。その無理がたたって死を早めた。それだけでなく、硬骨の元春は、成り上がりの秀吉を嫌っており、これを感じた秀吉が毒殺したのだとも言われた。表立っては温和に振る舞う隆景だが、秀吉に対して含むところがあった。

「されば、さっそくに名護屋《なごや》に戻り、太閤を急《せ》き立てて参りましょう」

「ほう、早々と帰国されるか」

「石田治部《じぶ》は、それがしが目ざわりな様子。病と言い立てれば止めはいたしますまい」

如水はにこりと笑った。

如水は八月には病を理由に帰国した。日本軍は行長の主張通り、さらに北上した。小西軍、加藤軍、黒田軍がそれぞれ三方に分かれて北進を続け、朝鮮を制圧したかに見えたが、十二月に、朝鮮を救援すべく宗主国の明軍が鴨緑江《アムノッカン》を越えた。

明軍四万三千を率いる李如松《りじょしょう》は小西行長に和平を持ちかけ、油断させると突如、平壌《ピヨンヤン》を囲んだ。明軍は仏狼機《ふらんき》砲、大将軍砲、霹靂《へきれき》砲などの火器を備えており、小西軍を激しく攻め立てた。突然の攻撃にうろたえた小西軍は、たまらず夜中、平壌から脱し、漢城まで退いて他の日本軍と合流した。李如松はこれを追撃し、日本軍は立花宗茂《たちばなむねしげ》を先鋒に小早川隆景、宇喜多秀家らの軍勢が「碧蹄館《へきていかん》の戦い」で明軍を打ち破った。この勝利によって南下してきた明軍を食い止めたものの、戦線は膠着化《こうちゃくか》した。

如水が二度目の朝鮮入りをしたのは文禄二年二月である。秀吉が徳川家康、前田利家、蒲生氏郷、上杉景勝らと対策を協議した際、隣室で壁越しに話を聞いていた如水は、大声で独り言をもらした。

「それがしの見るところ、日本の兵は威あって恩がともなわず、朝鮮の民は恐れて山林に逃げてしまう。これは先鋒の血気にはやる諸将を抑える者がいないためだ。この任を果たせるのは江戸大納言《だいなごん》（徳川家康）か加賀宰相《かがさいしょう》（前田利家）か、しからずんば、かく申す如水より他にあるまい」

秀吉は苦笑いして、

「わしに代わって渡海し、諸将の進退を円滑にいたせ」

と命じたのである。こうして朝鮮に渡った如水は、東萊城《トンネソン》に入った。その夜、如水のもとに隼佐が訪れた。居室でひとを遠ざけて隼佐と会った如水は、

「李舜臣のもとに潜り込めたか」

と聞いた。隼佐はうなずいて、

「どうやら降倭であることを信じてもらえました。李舜臣殿は、まことに優れた水将にて仕え甲斐《がい》があります」

「そうか、それだけにこちらは困っておる」

「困られる？」

「朝鮮水軍が猛威を振るうゆえ、この冬には兵糧を朝鮮に運ぶのにも難渋した。太閤は朝鮮水軍を恐れて渡海を一日延ばしに延ばしておる」

「それはまた、意気地のないことでござる」

「昔の太閤とは違う。天下人となれば失うものの多さに、臆病になるようだ」

「されば、太閤を海にて討つ策をお取りやめになりますか」

「いや、太閤を討つことができるのは海でだけだ。やめはせぬが、一年か二年、時は

かかるぞ。それまで、お主を降倭にしておくわけにもいくまい、と思ってな」

「それがしへの気遣いは御無用でござる。たとえ太閤は海を渡らずとも、来島衆の来島通総を討つ楽しみがござれば、それがしはこのまま朝鮮水軍と行《こう》をともにいたす」

隼佐はきっぱりと言った。もともと瀬戸内水軍は倭寇《わこう》として略奪を行うだけでなく、朝鮮との交易にも従事する者が多かった。隼佐は母親が明人であるだけに、水軍として海を越えての交流もあった朝鮮水軍に留まることに迷いがなかったのだ。

「そうか、ならば時を待て」

「しかし、黒田様も、このまま朝鮮におられますのか」

「朝鮮におっては太閤を渡海させることはできぬ。すぐさま戻るつもりだ」

「さて、そのような勝手が許されますか」

隼佐は首をかしげた。

「なんとでも策はある」

如水は目を光らせて言った。

翌日、如水は漢城の石田三成ら三奉行に使いを出して軍議を呼びかけた。これに応えて三成と増田長盛、大谷吉継は軍議のため東萊城にやってきた。ところが、おりから浅野長政と碁《ご》を打っていた如水は、三奉行の来訪を聞くと、

「かまわぬ、待たせておけ」

と家臣に言ったまま、碁を打ち続けた。三奉行はしばらく別室で待ち続けたが、囲碁の音が聞こえるだけで、いっこうに出てくる気配がなかった。三奉行は激怒して、そのまま漢城へと帰った。以降、如水から使者を送っても、

「急ぎの碁を打たれよ」

嘲笑《あざわら》うばかりで話に来ることはなかった。如水は三奉行が帰ったことを知ると、在朝鮮軍の主将格である宇喜多秀家に会って、

「たしかに碁にかまけたのは、こちらの失態だが、それ以来、軍議を開こうとしないのは、三奉行の落度ではあるまいか」

と言った。これを伝え聞いた三成らは、さらに立腹し、名護屋の秀吉に如水の一件を訴えた。このことを聞いた如水は、すぐに船を用意させ帰国した。


「官兵衛めが、はや、舞い戻ったそうな」

名護屋城の奥深い居室で、秀吉は怒りのため顔を赤くした。すでに夜である。秀吉の前には膳が置かれ、徳川家康と前田利家が控えて杯を傾けていた。

昼の間に黒田家の者が如水の帰国を報《しら》せ、面会を願い出たが秀吉は激怒して許さな

かった。三奉行との不仲はともかく、勝手な帰国は軍令違反であることは間違いなかった。

「さよう、いかなることが朝鮮にてあったものか」

徳川家康が下膨《しもぶく》れの顔をかしげた。

「あの男は知恵者だ。碁にかまけて三成らのことを忘れたわけではあるまい。なんぞ思惑があってのことだ」

「さようでござるか」

はっは、と家康は笑った。

「どうした、徳川殿。笑いごとではないぞ」

秀吉が目をむくと、家康は、これは御無礼と太った膝を窮屈そうに正した。

「さりながら、黒田殿は戦を見る目に長《た》けてござる。なんにせよ、戦場から引き揚げてこられるのは、自分がおらずとも負けぬと見極めてのことでござろう」

利家がとりなすと、秀吉は、ふん、と鼻で笑った。如水が秀吉の耳に入るように大言を吐《は》いて渡海しながら、あっという間に戻ってきたのには、何か裏があると思っていた。

（あ奴め、何か企んでおる）

秀吉は古狐のように危険な匂いを感じ取った。

名護屋城に戻った如水は、秀吉に拝謁《はいえつ》を求めたが許されなかった。城内ではもっぱら、如水が切腹させられるだろうという噂で持ち切りだった。

「あれほどの男が今度ばかりはしくじったな」

と惜《お》しむ声もあったが、キリシタンである如水が、かねてから秀吉に宿意があって、あえてわがままにふるまっているのではないか、と言う者もいた。如水はしばらくすると、

——中津《なかつ》にて謹慎いたしたい

と届けるとそのまま名護屋から姿を消した。如水が罪を許されるのは、翌々年七月、関白秀次が切腹させられた直後のことである。

三

一五九五年十月三十一日（文禄四年九月二十八日）——イエズス会士ヴァリニャーノはインドのゴアにいた。

ゴアはインド西岸の中部、マンドヴィ川の河口に面している。十六世紀初頭までイスラム王朝の支配下にあった城塞をポルトガル艦隊が奪い、リスボンを模して建設した都市である。ベンガル湾航路とアラビア海航路を結ぶアジア貿易の基地だ。人口二十万人で、大聖堂、教会などが建ち並び、「黄金のゴア」といわれていた。

ポルトガルの詩人、カモンイスはゴアを、「東方一の貴婦人」と呼んだ。

ヴァリニャーノはこの日、大聖堂で日本巡察師《ヴィジタドール》に任じるというイエズス会本部からの任命書を受け取った。

イエズス会本部からの任命書を読み終えたヴァリニャーノは、

「神はまた、あの国に行くことを、わたしにお命じになるのか」

と、ため息まじりにつぶやいた。

ヴァリニャーノは、これまで二度にわたって日本を訪れている。

近くは五年前、一五九〇年七月二十一日（天正十八年六月二十日）、ローマに派遣していた四人の少年使節、いわゆる「天正遣欧使節」が帰国するのにともない日本を訪れた。身分はイエズス会の巡察師ではなく、インド副王の使者としてだ。翌年の一五九一年三月三日（天正十九年閏一月八日）、聚楽第で秀吉と対面することができた。

聚楽第の大広間で、ヴァリニャーノがインド副王ドン・ドゥアルテ・デ・メネーゼスの書状とともに金の飾りをつけた白色の甲冑、二挺の鉄砲、油絵の掛布、銀製の馬具などを献じると、秀吉は思いがけないほど上機嫌で、ヴァリニャーノたちを酒宴で供応した。

伊東マンショら四人の遣欧使節は、クラヴォ、アルパ、ラウデ、ラヴェキニャの楽器を演奏して秀吉を喜ばせた。

拝謁式の後、秀吉はヴァリニャーノに、

「すでにポルトガルの定期船は出帆《しゅっぱん》してしまったから、次の定期船が来るまで、どこに行ってもよいし、自由に行動して差し支えない」

と伝えさせた。ヴァリニャーノは、秀吉が宣教師の滞在を黙認したものと受け止め、

(まずまずの成果だった)

と、ほっとした。しかしその後、秀吉からインド副王への返書の内容を知って驚いた。秀吉は明国征服の野望を明らかにしていた。

「予《よ》はぜひとも明国を略取することを決意した。日ならずして予はかの国へ渡る。これを意のままに征服すべきは予の疑わざるところだ。然《しか》らば予は貴国にさらに接近する。交誼の便いよいよ多かるべし」

と勢力圏がインドに近接することを予告して、半ば恫喝《どうかつ》していた。

(秀吉は信長と同じ征服者《コンキスタドール》だ)

秀吉の政権はポルトガル、スペインと対立し、その害はキリスト教徒におよぶだろうと、ヴァリニャーノは慄然《りつぜん》とした。その後、秀吉は、実際に朝鮮に十六万の大軍を送った。いまや日本はアジアでの戦の源となっていた。日本にいるイエズス会の宣教師たちは地下に潜り、細々と教義を伝えているという。

(そんな日本に巡察師として赴《おもむ》いて、何ができるのだろうか)

ヴァリニャーノは大聖堂から出た。ゴアの町の南側にあるボム・ジェズ教会に向かった。

ボム・ジェズ教会はバロック的な装飾で小さな円窓がいくつもあった。中は質素な造りだが、奥に木彫に金箔《きんぱく》をはいた豪華な祭壇がある。ヴァリニャーノは祭壇の前に跪《ひざまず》いた。この祭壇の右側にはフランシスコ・ザビエルの棺《ひつぎ》が安置されていた。

日本での布教活動の後、ザビエルはインドに戻り、さらに明での布教を行おうとしてポルトガルの寄港地、上川島《サンチエンタオ》を訪れたが、明の国内には入れないまま病死した。満四十六歳だった。ザビエルの遺骸は数ヵ月にわたって腐敗しなかったという。

ヴァリニャーノは、しばらく祈りを捧げた後、大きな澄んだ目で祭壇を見つめた。

そして祭壇の下部、葡萄《ぶどう》の蔓《つる》の模様が彫られているあたりに手をのばした。丸い突起をつまむと、カタリと音がして突起の部分がはずれ、小さな穴が開いた。その中に手を入れて何かをつかみだした。手のひらにのっているのは銀の指輪だった。宝石のかわりに牡牛《おうし》の紋章が飾りとして彫られている。貴族が自らの紋章を指輪にしたもののようだ。ヴァリニャーノは指輪を見つめて、

「これを日本に送ることを、神はお許しになるだろうか」

とつぶやいた。この指輪はヴァリニャーノが祭壇に秘匿《ひとく》していたものだ。

ヴァリニャーノの額《ひたい》には汗が浮いていた。日本巡察師になっても、すぐに日本に行けるわけではない。実際に日本に行くのは一年か二年先だろう。その前に指輪だけを日本に送ろう、と考えていた。

(この指輪によって神の御業《みわざ》を為せるのではないか)

と思いながら指輪を見つめた。しかし、指輪によってなそうとすることに、神の御加護があるかどうか確信はなかった。

ヴァリニャーノはイタリアの貴族の家に生まれた。子供時代はもっぱら剣術の稽古《けいこ》に明け暮れたが、優秀な頭脳を持っており、名門のパードヴァ大学で法学の学位をとった。表面は落ち着いた性格だが、内面は激しかった。

聖職者になる勉強をしていた大学時代も、自由奔放《ほんぽう》な生活を送った。二十三歳の時、ある女性と激しい口論をしたあげく暴力を振るい、女性に十四ヵ所の傷を負わせてしまった。この結果、投獄され、四年間の追放、および二百ドゥカーティの罰金刑に処せられた。このことがヴァリニャーノにとって深刻な後悔となった。

一五六六年五月にイエズス会に入会したのは、ローマ教皇庁で出世の階段を上るよりも、「神の兵士」としてのイエズス会の厳しさの中に身を置きたかったからだ。しかしイエズス会には、犯罪の前科がある者は入会できないという決まりがあった。

ヴァリニャーノは聖職者だった叔父《おじ》の紹介で、ローマのイエズス会教会を訪れた。入会を求めると、総長の面接が行われた。この時のイエズス会総長は、教皇アレクサンドル六世（ロドリゴ・ボルジア）の甥（実は庶子）の子、フランシスコ・ボルジアだった。面長で眉が薄く鋭い目をして鼻が大きい、威厳のある顔をしていた。この年、満四十六歳である。

スペインのガンディア公国の後継者だったフランシスコ・ボルジアは、領主としては厳格で、犯罪に対しては容赦なく取り締まり、事件があれば馬で駆けつけ、犯罪者をその場で首つりにした。その激情を信仰心によってようやく抑え、自ら、

「怒りと情欲という二つのけだものと長い間、苦闘した」

と述懐していた。

「君は一度、罪を犯した。そのような者は、わが会に入れることはできない。だが、同時に君は、非常に優秀な頭脳を持ち、信仰心も厚く、精力的で粘り強い。神の教えを広めるために艱難辛苦《かんなんしんく》を忍ぶことができるようだ。このような時、わたしはどう決断したらいいのだろうかね」

フランシスコ・ボルジアは目に微笑を浮かべて言った。若いヴァリニャーノは声を震わせて、

「わたしに機会をお与えください。決して後悔させることはありません」

と言った。フランシスコ・ボルジアはヴァリニャーノの顔を指差した。

「その自信だよ。その自信が君を成功させ、しかも失敗させるかもしれない諸刃《もろは》の剣だということを知るべきだ。もっともわたしもひとのことは言えない。わたしがボルジア家の者だということは知っているだろうね」

「存じております」

「だとすると、わかるだろう。わたしにはひとの過去をあげつらうことはできない。なぜなら、わが家の過去には好ましくないことが山ほどあるのだからね」

ルネッサンスの時代、イタリアは統一国家の形ではなくベネチア共和国、ミラノ公

国、フィレンツェ共和国、ローマ（教皇領）、ナポリ王国などの勢力が争っていた。

スペイン出身の僧侶ロドリゴ・ボルジアは一四九二年、買収によって教皇になると、軍事能力に優れた庶子のチェーザレ・ボルジアを枢機卿《すうききょう》に任じ、教皇庁を支配して蓄財と勢力拡大に励んだ。

ロドリゴには美しい娘ルクレツィアがいたが、たびたび政略結婚させ、結婚相手の一族を利用しつくすと、呼び返した。政敵を次々に謀殺するとともに、淫楽《いんらく》に明け暮れたと言われる。ボルジア家の名は陰謀、好色、冷酷など、あらゆる悪徳に彩られていた。

大航海時代に世界の海に進出したスペインとポルトガルの間に勢力圏をめぐる争いが起きると、子午線《しごせん》によって世界を分割する領域区分《デマルカシオン》を行ったのもロドリゴだった。

しかし、ロドリゴがマラリアで病死すると、さしものボルジア家も凋落《ちょうらく》が始まり、チェーザレはイタリアを脱出、各地を転々とした後、スペインとナバーラ王国の戦争の最中、戦死した。

フランシスコ・ボルジアはスペインで分かれたボルジア家に生まれ、若いころから信仰心が厚く、敬虔《けいけん》だった。悪徳の名が高かったボルジア家の一員であることが、ことさらそのように振る舞わせたのだ。

ある時、フランシスコ・ボルジアが若い貴族たちと騎馬で連れ立っていると、異端審問所によって裁かれ、牢獄に連れていかれようとする男を見た。なぜか男が気になり馬から降りて名を聞いた。

男はバスクの貴族だったが、戦争で足に怪我を負って信仰への道を歩み始めたイグナチウス・デ・ロヨラだった。身近なひとに説いた教えが異端審問にひっかかったのだ。

「不思議です。わたしにはあなたが輝いているように見えるのです」

「もし、そうだとすれば、それは、わたしが輝いているのではなく、神が何かを御教えになっているのだ。あなたが自らの道を見つけられるように」

ロヨラはさりげなく言うと、そのまま牢獄に連れていかれた。その後、ロヨラは釈放されフランスに戻り、イエズス会を結成する。フランシスコは四十歳の時にロヨラのもとを訪れ、信仰に身を投じた。ロヨラが亡くなり、二代目総長ディエゴ・ライネスも病死すると、フランシスコ・ボルジアが三代目の総長となったのである。

ボルジア家の血を受けたフランシスコ・ボルジアには、会員たちを統率し、ひとつの目的に向かわせる厳しさと権威が備わっていた。ロヨラの時代千人だった会員は、フランシスコ・ボルジアの任期中に四千人にまで増えた。

「わたしが会則を無視して君の入会を認めるのは、なぜだかわかるかね」

「さて、わたしには」

ヴァリニャーノが困惑した表情を浮かべると、フランシスコ・ボルジアは、

「君はマキャヴェリの『君主論』を読んだことがあるだろう。マキャヴェリはフィレンツェの使節として何度かチェーザレ・ボルジアに会ううちに、チェーザレを理想の君主だと思うようになった。そして書かれたのが『君主論』だ」

と言うと、『君主論』の一部を諳《そら》んじて見せた。

――チェーザレ・ボルジアは冷酷、残忍だと思われていたが、その冷酷さによってロマーニャに秩序を回復して、平和と忠誠をもたらすこととなった。

――（君主は）愛情と恐怖を兼ね備えるのが最も理想的であるが、愛情は自らの利害によって簡単に破られるのに対して、恐怖は必ず降りかかる処罰のために破られることはない。

冷酷な権威によって政治支配を行い、目的のためには手段を選ばない現実主義が、そこにあった。

「つまり、わたしは君に、わたしと同じ、さらに言えばチェーザレ・ボルジアと同じ資質があると思って、入会を認める気になったのだよ」

後にヴァリニャーノは天正遣欧使節を大友宗麟《おおともそうりん》ら九州のキリシタン大名からローマ教皇への使節であるとしたが、宗麟は使節派遣について知らなかった。しかも高貴な身分とされた四人の少年のうち二人は大名の子ではなかった。正使で「宗麟の甥《おい》」とされた伊東マンショは、日向《ひゅうが》の伊東氏の血縁に過ぎなかった。

このような「詐術《さじゅつ》」はイエズス会の内部で問題になり、フランシスコ会からも非難された。後に秀吉による弾圧によって長崎での二十六聖人殉教の悲劇が起きた時、ヴァリニャーノはフランシスコ会士が処刑されたことについて、手紙で、

「殉教は彼らにとってよいことだった。だが、キリスト教全体にとっては、これは、きわめて悪いことだった」

と書いた。ヴァリニャーノは殉教者《マルチル》の宗教的陶酔に溺《おぼ》れない、現実を見る目を持っていた。

フランシスコ・ボルジアは二十三年前の一五七二年に亡くなった。この時、ヴァリニャーノはローマの修練院にいたが、遺品として、

「悪魔を退けるために」

と添え書きされた銀の指輪が届けられた。指輪に彫られた牡牛は、スペインの牧人を祖先とするボルジア家の紋章だった。ヴァリニャーノがこの指輪を日本に送ろうと

考えているのは、秀吉に神の裁きを与えるためだ。

指輪を送る相手は、ヴァリニャーノが日本を訪れた時に出会った、ポルトガル語が堪能でキリシタン大名とも親交がある日本人修道士ジョアンだった。

四

文禄五年（一五九六）正月四日、朝鮮の釜山浦を出た船が対馬をめざしていた。

小西行長が明の冊封使《さくほうし》副使、沈惟敬《しんいけい》を伴って日本での講和交渉の準備に向かっていた。明の正使は朝鮮使節を待って後に来ることになっている。

白帆は風をはらみ、船は滑るように海面を進んでいた。快晴で波頭がきらめくように輝いていた。行長はかたわらの通辞に、

「日本へ参れば、もはや事ならずには生きて戻れぬぞ」

と言った。沈惟敬に聞かせるためだ。沈惟敬は、髭を生やした顔で大仰にうなずいて見せた。大丈夫だ、というのだろう。

行長は沈惟敬の茫洋《ぼうよう》として腹のうちを探らせない顔を見て苦いものを感じた。

明との和平交渉は、文禄二年五月に明の講和使が日本に来て秀吉と会見してから、

すでに二年余りにおよんでいる。

行長の家臣、内藤如安《じょあん》は釜山を出発、陸路、北京《ペキン》に向かい、漢城で二ヵ月、遼東《リャオトン》で一年も足止めされた。その間には如安は捕虜として拘束されたのではないかと噂《うわさ》された。如安がこれに耐えたのは、苦行を行うキリシタンだったからだ。やがて如安は北京に赴き、交渉の道が開けたのである。行長にとって、まさに白刃《はくじん》の上を歩き続けているような和平交渉だった。

（このような困難な道を歩むことになるとは思わなかった）

明との交渉は困難を極めた。秀吉は明が降伏してきたと思っている。明が日本の朝貢を認めただけの使者だと知れば、激怒するだろう。

（太閤をだまさねばならぬ）

行長は何としても戦を終わらせねばならないと思っていた。ところが秀吉を誑《たぶら》かすには、障害になる男がいた。今も朝鮮にいる加藤清正である。

熱心な法華《ほっけ》信徒である清正はキリシタンの行長と、ことごとに対立し険悪な仲だった。行長は朝鮮に渡った翌文禄二年十一月には、イエズス会の日本準管区長ペドロ・ゴメスに、宣教師グレゴリオ・デ・セスペデスを朝鮮に派遣するよう依頼した。キリシタンの将兵の士気を高めるのが狙《ねら》いだった。セスペデスは対馬から朝鮮に渡り、一

年余り滞在して懺悔《コンヒサン》を聞き、ミサを行った。このため行長と不仲の加藤清正は秀吉に、

「行長は禁じられているキリシタンの布教を朝鮮で行っている」

と訴えた。だが、秀吉はこのことを咎《とが》めなかった。石田三成が、キリシタンを朝鮮での戦に使うという思惑から、巧みにとりなしたからだ。法華信徒である清正は、このことでも三成と行長への憎悪を募《つの》らせた。今回、行長が進めている和平交渉についても清正は、

――薬屋（行長）が殿下を欺《あざむ》こうとしておる

と怒鳴るように言いまわっている、という話だった。秀吉の命に忠実な主戦論者の清正は、機会があれば和平交渉を妨害しようとするだろう。行長は大坂に着けば、まず清正の口を封じる策を石田三成と相談するつもりだった。

（かようなことはシメオン様の方が得手《えて》のはずだが）

秀吉が伴天連追放令を出して以降、石田三成に近づいてキリシタンを生きのびさせようと思う行長は、如水と疎遠になっていた。それでも、こんな時に如水ならどうするのだろう、と聞いてみたくなることがあるのだ。

この年、如水は京にいた。細川幽斎《ほそかわゆうさい》らと交友しつつ、明との和平交渉の行く末を見守っていた。吉田の細川屋敷を訪れたおりには忠興《ただおき》の妻、ガラシャと会うこともあった。かたわらにはガラシャの侍女、小侍従《こじじゅう》こと清原《きよはら》いとがいた。

いとはマリアという洗礼名のキリシタンである。細川家の親戚である公家の清原枝賢《しげかた》の娘で、ガラシャとは主従というより姉妹のような親密な間柄だ。ガラシャが洗礼を受けてキリシタンとなったのも、いとの助けによってだった。

ガラシャは秀吉の伴天連追放令にも拘わらず、その信仰を変えておらず、畿内《きない》のキリシタンたちから、その美しさとあいまって尊敬を集めていた。如水はジョアンとともに大坂の教会でガラシャといとに会ったことがある。

歌会の後、茶席がしつらえられるまで、如水は細川屋敷の庭を散策した。池のかたわらにガラシャが、いとを従えて立っていた。

(何事か話があるような)

如水が首をかしげると、ガラシャがわずかに頭を下げた。伽羅《きやら》のようなよい匂いがした。如水の前に出たのはいとだった。ガラシャのかわりに話すためだ。ガラシャの夫、忠興は異様に嫉妬《しつと》深い。ガラシャが他の男と口を利いたと知れば激怒するのだ。

「如水様におたずねしたいことがございます」

「なんなりと」

「朝鮮での戦、まことに終わりましょうか」

「さて、さようなことをどうして」

「セスペデス様がご心配されているとのことでございます」

いとが言うと、ガラシャがうなずいた。セスペデスは、かつてガラシャを受洗させたパードレである。

「さようか、されど、なかなか難しかろうと存ずる」

「なぜでございましょうか」

「行長が進めておる和平の話には詐術が多すぎる。それが漏《も》れるのを防ぐため三成と謀って、うるさい加藤清正を讒言《ざんげん》によって日本に引き戻させたが、これも謀《はかりごと》が過ぎる。ことはいずれ露見いたすに違いござらぬ。されば戦はふたたび始まりましょう」

如水がいうと、ガラシャは眉をひそめた。加藤清正は五月になって秀吉の命により急遽《きゅうきょ》召還され、いまは秀吉への拝謁もかなわぬまま伏見《ふしみ》で蟄居《ちっきょ》していた。清正が明への公文書に豊臣《とよとみ》の姓を許されていないにも拘わらず、

――豊臣清正
と署名したことや、明使に対し、行長のことを、

「弓矢のとり方も知らぬ堺の町人だ」

などと言ったことを咎められたのだ。世間では清正が、秀次同様に切腹させられるのではないかと見ていた。いとは憤然として、

「アゴスティノ(行長)様は懸命に和平のために努めておられると聞いております。シメオン様は何もなさらないのですか」

「戦は戦でしか終わらせることはできぬ。戦を行うものを倒す戦によってしかな」

如水は頭を下げると茶室に向かって歩き出した。その背中に、いとはなおも何か言いたそうにしたが、ガラシャがにこりとして、

「如水殿は太閤と戦うお覚悟のようですね」

とささやいた。いとは驚いて振り向いた。

「まことですか」

「わたくしにはそう聞こえました」

「でも、どのようにして」

「如水殿は、わが父が謀反を起こすようにしむけて信長様を討ったそうです。同じように太閤も討つおつもりではないでしょうか」

如水の策謀によって本能寺の変が起きたということは、キリシタンの間でささやか

れていた。

「まことにそうならよろしいのですが」

「いとは如水殿が信じられないのですか」

「あの方はいつもつかみどころがなくて、何をお考えなのかわかりません。まるで――」

「まるで？」

「悪魔《ルシヘル》のような」

いとは無邪気に笑顔で言った。


大地が鳴動した。閏《うるう》七月十三日の夜である。寝所に入ろうとしていた清正は、床が揺れて思わず転倒した。しかし、すばやく起き上がると耳をすました。地鳴りが聞こえ、なおも屋敷は揺れている。書院は崩れ落ち、厩《うまや》から火が出たようだ。

「具足を持ってまいれ」

清正は大声で怒鳴った。やがて小姓たちが、よろけながら具足櫃《びつ》を運んでくると、手早く身につけながら、

「皆にもただちに具足をつけ、棒を持てと命じよ。いまから伏見城の警護に参る」

さらに大声で指示した。この夜、京都盆地から大坂平野北部にかけて大地震が起きた。大名屋敷も倒壊し、およそ二千人の死者が出た。清正は白綾の陣羽織を着ると鉢巻をしめ、八尺の棒を小脇に抱えて屋敷を飛び出した。家臣三十人と、いずれも棒を持った足軽二百人が続いた。棒を梃《てこ》にして崩れた屋根の下敷きになった人々を救おうというのである。清正は走りながら、

——南無妙法蓮華経《なむみょうほうれんげきょう》、南無妙法蓮華経

と題目を唱え続けた。余震はなおも続き、地面は不気味に揺れていた。伏見城は大手門がすでに崩れ、本丸も半壊していた。清正が必死になって城内を探し、やがて奥庭に出ると、築山《つきやま》の上に女房衆や小姓たちが避難しており、その中に白絹の寝間着姿の秀吉がいた。

清正は秀吉に気づくと跪き、

「加藤主計頭《かずえのかみ》でございます。お咎めの身ではありますが、かかる時でございますれば、お助けいたしたく参じました」

と大声でいった。秀吉が何か言う前に、正室の北政所《きたのまんどころ》が前に出て、

「さすが虎之助《とらのすけ》。かかる折によう駆けつけてくれました。さても忠義者よ」

と褒《ほ》めそやした。北政所にとって清正は、淀殿に対抗する尾張《おわり》閥と言える子飼いの

武将だった。この機会に、なんとしても秀吉の勘気《かんき》を解いておかねばならない、と思ったのだ。これを聞いて、秀吉もやむを得ぬというようにうなずいた。

この後、清正は中門の警護にあたった。このころになって、大名たちが続々と伏見城に駆けつけてきたが、中門に八尺棒を突いた清正を見て、目を瞠った。長い朝鮮の陣で筋骨たくましい長身が痩せたうえに、髭がそそけ立ち、目がぎょろりと闇の中でも光る清正は、悪鬼《あっき》の形相《ぎょうそう》だった。中門に来た行長は思わず、

「虎が檻《おり》を破りおったか」

とつぶやいた。石田三成と行長は、この地震で自分たちの和平工作が危機に瀕《ひん》したことを悟った。明の正使楊方亨《ようほうこう》と沈惟敬が大坂城で秀吉に謁見したのは、九月一日のことだった。

この日、秀吉は上機嫌で労《ねぎら》いの言葉を与えた。明使からは冊封の金印、封王の冠服が捧げられた。この日の夕、明使の供応が行われ、翌日には猿楽《さるがく》が催され、贈られた赤い冠服を着た秀吉は、笑顔で明使に酒盃を与えた。秀吉が態度を豹変《ひょうへん》させたのは二日目である。冊封の国書を僧承兌《じょうたい》が朗読し、

「爾《なんじ》を封じて日本国王と為す」

という言葉に激怒したと伝えられるが、秀吉は、あらかじめ清正から交渉の実情を

聞いており、講和の決裂を決めていた。二日にわたって謁見を行ったのは、清正の話が本当かどうかを見極めるためと、突然の決定変更を行って自らの力を見せつけるという権力者の習性だった。さらに秀吉は、

「小西を呼べ、首をはねてやる」

と罵《ののし》ったが、淀殿や前田利家がかばい、石田三成ら三奉行も行長と申しあわせて交渉を進めたのだ、と証文を出したため、行長の処分は行われなかった。


「やはり弥九郎め、しくじったか」

如水はうなずいた。京猪熊の屋敷である。大坂城で和平交渉が壊れたことを伝えたのは金剛《こんごう》又兵衛だった。又兵衛は表向き猿楽師だが、実は甲賀《こうが》出身の忍びで、黒田家が播磨《はりま》にいたころから仕えてきた。

「太閤は小西様の首をはねろと大層なお怒りだったそうですが、石田三成のとりなしで、なんとかおさまったようです」

「太閤は三成だけは信じておるからな」

如水は苦笑すると、かたわらのジョアンを振り向いた。

「さて、今度はわしがやらねばならぬことになりました」

ジョアンは息を呑んだ。如水が渡海した秀吉を朝鮮水軍とともに襲うつもりだ、というることを聞いていたからだ。

「しかし、太閤が自ら朝鮮へ行くでしょうか」

「先の戦とは違います。もはや太閤が行かねば士気はあがらず、どうしようもありますまい。それに三成たちにしても戦をやめるには、太閤に戦場を踏ませて、いかに無謀な戦かを思い知らせるしかありませんからな」

「では、太閤が朝鮮へ渡れば戦は終わりますか」

「いずれそうなりましょうが、それまでに、どれほどの者たちが死ぬことになるか。文字通り屍山血河《しざんけつが》の惨状となりましょう。それを終わらせるのがわしの役目です」

如水は瞑目《めいもく》して言った。

しかし、如水も予想しない悲劇の発端が、このころ起きていた。

サン・フェリペ号事件、である。

五

一五九六年七月十二日、多量の財宝を積んだサン・フェリペ号がフィリピンから出港した。目的地はヌエバ・エスパーニャ（現アメリカ南部、キューバ、メキシコなど）だった。サン・フェリペ号は北上して太平洋を横断する航路をとっていた。

十月十九日（文禄五年八月二十八日）、台風によって舵《かじ》を折られ難破したサン・フェリペ号は、土佐《とさ》の浦戸《うらど》に漂着した。大坂城で明使が秀吉に謁見する直前の時期だった。土佐の領主、長宗我部元親《ちようそかべもとちか》は小船三百隻を出してサン・フェリペ号を曳航させたが、浅瀬で座礁《ざしよう》して沈没し、乗組員と荷物だけが引き揚げられた。

サン・フェリペ号には繻子《しゆす》五万反、唐木綿《からもめん》二十六万反、白糸十六万斤、香料、胡椒《こしよう》、鉄砲、銅、剣などのほか猿、鸚鵡《おうむ》まで積んでいた。またドミニコ会の神父一人、フランシスコ会の修道士二人が乗っていた。元親はこの積荷のことを豊臣家五奉行の一人、増田長盛に報告した。その結果、積荷は没収されることになった。

明使との交渉が決裂してわずか三日後のことだ。この時、増田長盛は積荷の箱の中から船の航路が描かれた世界地図を見つけた。ヨーロッパ西端から南北アメリカ、日

本、朝鮮、台湾、明、フィリピン、インドが南北逆に描かれている。長盛が航海士に、

「これは何だ」

と聞いたところ、積荷が没収されようとしていることに憤激していた航海士は、

「お前たちはわれわれの王の力を知ったら、さぞ驚くだろう。王の支配は、この世界全部におよんでいるぞ」

と豪語した。長盛が目を光らせて、

「ほう、どのようにして、そのような征服を行ってきた」

と聞くと、航海士は嘲笑うようにしていった。

「最初に神父を布教に出し、しかる後にスペイン艦隊が来るのだ。そして前もってキリシタンにしておいた信徒を使って、その国をスペインの領土にするのだ」

この一言が秀吉を激怒させた。このころ日本では、フィリピンから来たフランシスコ会の宣教師、ペドロ・バウチスタが伴天連追放令を無視するかのように布教活動を行っていた。秀吉は五年前の天正十九年九月十五日（一五九一年十一月一日）、朝鮮への出兵準備を進めながら、フィリピンへも使者を送った。マニラ総督ダスマリーニャスは書状を読んで、とりあえず日本に使者を遣《つか》わして時間稼《かせ》ぎを行い、その間にスペ

インに援軍を要請することにした。

フィリピンからの使者として日本に派遣されたのが、フランシスコ会のペドロ・バウチスタだった。日本での布教は教皇グレゴリオ十三世の一五八五年の小勅書により、イエズス会が独占し、他の修道会は介入することができなかった。しかしフランシスコ会は秀吉のフィリピンへの接触を好機として、日本へ布教活動の手を伸ばそうとした。

バウチスタは秀吉に謁見した後、フィリピンからの返書を待つとして、その間、京に教会を建てると布教活動を始めた。

イエズス会のパードレ、オルガンティーノはキリシタンを危険にさらすことになるから、と表立っての布教を控えるように説得した。しかし、バウチスタは日本での布教の機会をつかんだことで自信を深め、耳を貸そうとはしなかった。フランシスコ会は半ば公然と布教活動を行っていたのだ。

秀吉の命により、京のフランシスコ会の修道院が包囲された。さらに秀吉は、石田三成にすべての宣教師と信者を処刑するよう命じた。捕らえられたのはフランシスコ会神父と修道士六人、教会に出入りしていた信徒十四人、イエズス会関係者三人、合わせて二十四人だった。京に潜伏していたイエズス会のパードレ、オルガンティーノにまで捕縛の手がのびようとした。この時、オルガンティーノは小西行長の屋敷に匿われていたが、行長はすでに朝鮮に渡っていた。役人がオルガンティーノの居場所を嗅ぎつければ、かばい切れないだろう。

三成は処刑の命令に戸惑った。明との和平交渉を担ってきた行長は、すでに三成にとって盟友だった。それだけでなく、朝鮮出兵でキリシタンの力を利用してきた三成にとって、キリシタンの弾圧は得策ではなかった。

「キリシタンの処刑、いましばらくお考えになってはいかがでしょうか」

大坂城の広間で三成は言上した。しかし秀吉は、猜疑《さいぎ》深い目で三成を見て、

「お前もキリシタンか」

と言っただけだった。目が落ちくぼみ、肌が土気色をした老人の顔である。三成は、その声音のひややかさにぞっとして、

「めっそうもございません」

と平伏した。それでも秀吉に懸命に願って、処刑はフランシスコ会を主にしてオルガンティーノたちイエズス会のパードレたちを救った。

（これで、行長も納得するであろう）

三成はほっとする思いだった。

ジョアンは黒田屋敷にいて、オルガンティーノたちと連絡を取り合っていた。三成の配慮でオルガンティーノは助かったが、捕まった二十四人の中にはパウロ三木ら三人のイエズス会の日本人修道士がいたからだ。パウロ三木は三十三歳。摂津《せっつ》生まれで四歳の時に洗礼を受け、安土《あづち》セミナリオで教育を受けた、将来有望な修道士だった。

小西屋敷から帰ってきたジョアンは、如水の居室に行くと憔悴《しょうすい》した顔で、

「イエズス会の三人の修道士の助命を石田様にお願いしたところ、断られたそうです」

「やはり――」

「これ以上、イエズス会をかばえば、かえってイエズス会士全員の処刑ということにもなりかねないから、ということでした」

「大の虫を生かすためには小の虫を殺すと申したのでしょう」

「さようです。そのことをご存じでしたか」

ジョアンは驚いて如水の顔を見た。如水は黙ってうなずいただけだった。石田屋敷には、かねてから間者《かんじゃ》をしのばせていた。如水は沈痛な表情で、

「いかに治部でも、これ以上は無理でござろう。先に明使との交渉で太閤を欺いてお

ったことが露見したばかりゆえ」

「そうですか」

ジョアンは顔を伏せていたが、やがて立ち上がった。

「捕らえられた者たちは長崎に送られて処刑されるそうです。わたしも長崎へ戻ります」

「戻って、どうされる」

「祈るしかありません」

ジョアンは苦悩の色を浮かべ部屋から出ていった。


捕らえられたキリシタンたち二十四人は、上京一条の刑場で左の耳たぶを削がれた。大坂奉行所の小役人だったキリシタンが、パウロ三木ら三人の切られた耳たぶを拾ってオルガンティーノのところに持っていった。老いたオルガンティーノは目をうるませながら、それを押しいただき、

「これは日本イエズス会の初穂である。われらの苦労のみのりである」

と言って祈りを捧げた。後ろ手に縛られた二十四人は、三人ずつ八台の牛車に乗せられ京の町を引き回された。沿道からはつばが吐きかけられ、石が投げられた。その

夜は牢に入れられ、翌日から大坂、堺を引き回された。

「長崎において磔《はりつけ》にせよ」

という秀吉の命令が堺に届いた。寒気厳しい季節である。その中を長崎まで三十数日、二百里（八百キロ）の死の行進をさせようというのである。京にいたオルガンティーノとフランシスコ会の神父は、長崎に送られる二十四人の世話をさせるため、それぞれペドロ、フランシスコという二人の男に追わせた。ところが二人は山陽道を下関《しものせき》に着くころには、護送役人によって捕らえられ、処刑されるキリシタンの中に加えられてしまった。二人とも教会の下働きなどをする普通のキリシタンに過ぎなかったが、役人は、

「キリシタンだから」

という理由だけで捕らえたのだという。

十二月十九日、二十六人のキリシタンたちは長崎に着いた。西坂《にしざか》の丘の上の処刑場には三十本の十字架が用意されていた。二十六人は鉄輪と縄で十字架にくくりつけられた。落ち着いた様子で泣き叫ぶ者はいなかった。修道士のパウロ三木は、

「キリシタンの教えは敵を許すように教えている。だから、わたしは太閤とこの処刑に関わったすべての人を許します」

と大声で言った。刑場のまわりには竹矢来がめぐらされ、鉄砲や槍《やり》を構えた兵たちがいた。四千人もの人々がつめかけており、ジョアンは他の信者たちとともに竹矢来に取りすがった。やがて四人の刑吏が鞘《さや》を払って、十字架の下に立った。

集まった群衆と処刑者たちは一斉に、

「ゼズス、マリア」

と叫んだ。刑吏は鋭い穂先の槍で一人ずつ刺していった。血がほとばしり十字架の下は真っ赤に染まった。処刑される者たちの中には十三歳のアントニオ、十二歳のルドビコ茨木《いばらき》ら少年達がいた。刑吏が槍を構えると、アントニオは静かに賛美歌を歌い始めた。澄んだ歌声が響くと、刑吏が思わずたじろいだが、役人が叱咤《しった》した。

「何をしておる」

アントニオの歌声は槍で刺されるまで続いた。ルドビコ茨木は槍を受けると、

「天国《パライソ》、天国《パライソ》――」

とつぶやき、目を天に向けて息絶えた。ジョアンは竹矢来にしがみつき涙を流した。なぜ、このようなことが行われなければならないのか、と思った。

凍るような風が吹きつけていた。

「ジョアン、困ったことが起きた」

パードレのペドロ・ゴメスがジョアンにささやくように言った。二十六人の殉教《マルチリヨ》から七日がたっていた。長崎のキリシタンたちは沈痛な面持ちで、亡くなったパードレ、イルマンを弔《とむら》い、ミサを行っていた。

ゴメスは日本準管区長で満六十一歳になる。銀髪、丸顔の学者肌のパードレだった。このころ、キリシタンに地球が丸いということを教えるための『天球論』を書きあげていた。

ゴメスはジョアンを教会の外に連れ出すと、意外なことをいった。

「実はゴアのヴァリニャーノ巡察師から、ジョアンに手紙とある物が送られてきていたのだ。ジョアンが京から戻ったら渡そうと思っていたのだが、悲しみにまぎれて忘れていた。きょうになって思い出して、教会の倉庫に取りにいったのだが、なくなっていた」

「どうしてでしょうか。教会の物を盗む者がいるとは思えませんが」

「いや、それが――」

ゴメスは口ごもってから、

「日本人修道士がヴァリニャーノから届いた物にひどく興味を持っていた。どうも、手紙の内容を読んで、届けられた物について知っていたようだ。殉教が行われてから、他の修道士に、あれさえ使えば神の裁きが太閤に下るのに、ともらしたことがあるそうだ」

「太閤に神の裁きが？」

ジョアンは眉《まゆ》をひそめた。ゴメスは額の汗を手でふいた。そして黒い修道服の懐《ふところ》から一通の手紙を取り出した。

「ジョアン、君にあてたヴァリニャーノ巡察師からのものだ」

ジョアンは手紙を開いて読み出した。そこには、ジョアンにある物を送ったこと、それを暴王の秀吉の手の届くところに置くようにと書かれていた。そうすれば神の裁きが下るだろう、とヴァリニャーノは結んでいる。

ヴァリニャーノはある物について、カンタレラだ、と書いていた。

「カンタレラ？」

ジョアンが問いかけるように見ると、ゴメスはあわてて目をそらせた。そして、恐ろしいことだ、神の御加護をとつぶやき、十字を切った。

ジョアンは手紙を読み進んだ。カンタレラとはかつてロドリゴ・ボルジアやその息子のチェーザレが、暗殺のために用いた「ボルジア家の毒薬」と呼ばれるものだという。ヴァリニャーノの手紙には、次のように書かれていた。

——これはイタリアでは誰もが一度は耳にしたことのある有名な毒薬だ。しかし、何によって作られているのか誰も知らない。見かけは白い砂糖のような粉だ。少量入れて飲めばワインも美味になり、不道徳な者にとっては欲望を刺激するということだ。ボルジア家の人々は、これを指輪の石の下に仕込んでおき、殺したい相手を夕食に招いて、談笑のうちに酒やスープに混ぜた。相手は何も知らず、帰宅した後、夜中に突然苦しみ出して死ぬという。毒を飲んでから死ぬまでの時間は、カンタレラの量によって調節できる。ボルジア家の人間はカンタレラを使う技術を磨き、その日のうちか一週間後、一月後でも自由に殺すことができたと言われている。かつてオスマン帝国のバヤジット二世の弟ジェム王子が、兄との確執《かくしつ》からローマに亡命してきたことがあった。フランスのシャルル八世は、十字軍によるコンスタンティノープル回復を狙っており、そのための取引材料にしようとジェム王子の引き渡しを求めてきた。教皇庁では対応に困ったが、結局、引き渡されたジェム王子は間もなく謎の死をとげた。アレクサンドル六世がジェム王子の食事にカンタレラを入れたのではないかという、恐ろしい噂が流れたそうだ。わたしは事の真偽については知らない。ただ、カンタレラをジョアン、お前に託したいと思う。どうか暴王の身近なところに、これを置いてはくれないだろうか。シメオン（黒田如水）と親しいお前なら、それができるのではないだろうか。これが神に許される行為なのかどうか、わたしにもわからない。だが、何の行為も起こさなければ、暴王によって罪のない者たちが苦しみ、死んでいくだろう。わたしは神の裁きにゆだねたい。そのためにわたしのできることを行うべきだ、と思ったのだ。


ジョアンの顔色は青ざめた。

「送られてきた物とはなんだったのですか」

「銀の指輪だよ。表に牡牛の紋章がついた」

「では、その指輪にカンタレラが仕込まれているのですね」

とつぶやいたジョアンは、眉をひそめた。神の使徒として暗殺などやるべきことではない、と思った。

「それで、指輪を持ちだした修道士というのは」

「ハビアンだと思う」

ゴメスは重々しく言った。

「ハビアンですか」

ジョアンは目をみはった。

ハビアンは日本人修道士の中でも俊秀として知られていた。母親もキリシタンで、北政所の侍女だということだった。キリシタンになる前は京の大徳寺《だいとくじ》の恵春《えしゅん》という所《しょ》化《け》（修行僧）だった。天正十一年、十九歳の時、高槻《たかつき》のセミナリオに入り、洗礼を受けてキリシタンとなった。その後、天草《あまくさ》コレジオの日本語教師をしていて、年が明ければ三十三になる。天草コレジオでは布教のため書物を出版しており、ハビアンは『平家物語』の口語訳や『伊曾保《イソップ》物語』の翻訳を編纂《へんさん》していた。学究的な修道士だけに、そのような行動をとったというのが意外だった。

「指輪を持ちだして、ハビアンは何をするつもりでしょうか」

「わからないが、ハビアンはパードレたちのむごたらしい殺され方を憤っておった。ハビアンの母親は北政所の侍女だというから、自分なら太閤をカンタレラで毒殺できると考えたのかもしれない。しかし、そんなたくらみが成功するとは思えない。太閤を暗殺しようとしたことがわかれば、日本のキリシタンは、みな殺しになる」

「わたしが止めて参ります」

ジョアンはきっぱりと言った。キリシタンがボルジア家の毒を使うようなことがあってはならない、と思った。

「そうしてくれ。だが、わたしは心配でならない。今度のような残酷なことが行われると、わたしたちの信仰にも復讐心という悪魔が忍びこむものなのだ」

ゴメスの言葉にジョアンは、はっとした。丘の上で磔にされた十二歳のルドビコ茨木の、

「天国《パライソ》、天国《パライソ》――」

というつぶやきは、いまもジョアンの耳に残っていた。暴君への憎悪は確かにジョアンの中にあった。ヴァリニャーノは、そんなジョアンの心を見抜いて、カンタレラを送ってきたのだろうか。

（わたしはアモール〈愛〉を見失ってはならない）

ジョアンは思わず目を閉じた。

六

慶長二年（一五九七）一月、秀吉は再び朝鮮半島への出陣を号令し、十四万余りの動員が発表された。渡海軍の主将は小早川秀秋《ひであき》、副将を毛利秀元《ひでもと》とした。軍監は黒田

如水である。秀秋と秀元はいずれも若く、歴戦の如水が後見役を務めることになった。如水の渡海に先立ち、細川幽斎は屋敷で連歌会を催した。如水が和歌を好むことを知っていたからだ。

如水の母は近衛《このえ》家に歌道を指南した明石正風《あかししょうふう》(宗和《そうわ》)の娘である。如水は幼いころから和歌に親しんだ。十四歳の時に母が亡くなると、追慕の思いから一層和歌にのめりこみ、周囲を心配させたこともあった。席上、如水が、

鶯《うぐひす》の垣間へだつる声はして

と口にすると、幽斎がこれにすかさず、

梅うつろへる軒の山嵐

とつけた。如水は皮肉な思いがした。鶯の声としたのは、渡海させようとした秀吉のことである。かつて文禄の役では、あれほど渡海を口にしていた秀吉が、今回は名護屋城にすら行こうとしないのだ。若い小早川秀秋を主将として諸将が従うはずもないのだが、もはや秀吉には、そのような軍事的配慮すらなくなっているようだ。(村上隼佐を降倭として朝鮮水軍に潜り込ませたことも無駄になったか)

鶯の声が垣間をへだてて聞こえただけで、その姿は見えないのである。如水がそんなことを考えていると、庭先にちらりと女人の姿が見えた。細川ガラシャの侍女いと

である。

如水は何事か察して、幽斎に頭を下げた。

「ちと風に吹かれとうなりました。ご無礼仕つる」

ほかの客たちにもあいさつして庭へ下りた。草履《ぞうり》を持ってきたのは、いとである。

如水がいとに導かれるまま奥庭の東屋《あずまや》に行くと、床几《しょうぎ》に座ってガラシャが待っていた。しかも、そばにはジョアンがいた。

「これは――」

用事があるなら猪熊の黒田屋敷を訪ねてくればいいだけのことだ。なぜガラシャとともにいるのか、と不審だった。如水が床几に座ると、ガラシャが口を開いた。

「シメオン様にご相談するよう、わたくしがお勧めしたのです」

「ほう、何事でしょうか」

如水に見られてジョアンは顔をあげた。憔悴してやつれた顔である。

「長崎でヴァリニャーノ様から送られてきた物が盗まれました。盗んだのはハビアンという修道士で、それを持って京に出てきております」

「盗まれた物とは？」

ジョアンは大きくため息をついた。

「カンタレラという南蛮の毒薬です」

如水は驚かずにガラシャの顔を見て、

「したが、ガラシャ殿は、なぜこのことを知られた？」

「大坂の教会でハビアンという修道士とお会いしたのです」

ガラシャは、その日も、いとだけを伴に連れて大坂天満《てんま》の南蛮寺へ行った。伴天連追放令とともに京の南蛮寺は焼かれていたが、大坂では武家の信者が少ないとして無事だった。セスペデスが昔からの信者だけを相手にひそかに説教を行うことになっていた。

この日は薄曇りで、冷え冷えとしていた。唐織の打ち掛け姿で教会に入ったガラシャは、集まった十数人の信者たちの中に、見かけぬ修道士がいるのに気づいた。

いとがガラシャのそばに身を寄せて、

「ハビアン殿といわれる修道士です。わたしはハビアン殿の母上をよく存じております。母上のジョアンナ様は京のキリシタン教会によく見えておられました。禅僧のころハビアン殿は、わたしどもの邸に書物を筆写しに来られておりました」

とささやいた。いとの曾祖父《そうそふ》、清原宣賢《のぶかた》は戦国時代随一と言われた国学者、儒学者で、父の枝賢も学者として知られていた。このため邸には万巻の書が積まれ、筆写に訪れる学者や僧も多かった。

如水も若い頃、当時の主君、小寺政職の命によって、京に出て清原邸に通い、貞永《じょうえい》式目《しきもく》の抄本《しょうほん》を筆写したことがある。そのころ京で辻説法《つじせっぽう》をしていた日本人修道士ロレンソや少年だったジョアンと出会い、キリシタンとなったのだ。

ガラシャはうなずいただけで、何も言わなかった。ハビアンが自分に何か話があるのではないか、という気がした。近ごろガラシャは、信仰が深くなったためか、異常なほど感覚が鋭くなっていた。はたして説教が終わると、ガラシャはセスペデスに別室に呼ばれた。南蛮のテーブルと椅子が置かれた部屋である。セスペデスはガラシャにハビアンを紹介すると、

「教義書《カテキズム》を作るために協力してもらえないでしょうか。女人にわかりやすくキリシタンの教えを伝えるために、高貴なキリシタンの女人が問答する書物を書きたいとのことです」

と頼んだ。ガラシャは微笑して承知したが、ハビアンの顔を見た時、ふと何かを感じた。ととのった秀麗な顔立ちなのだが、その顔には不遜《ふそん》なものが漂っていた。

（この人は才に溺れている。おのれを恃《たの》む心が強すぎて信仰を守れないのではないか）

のにまかせた。

と思いながらも、ハビアンが細川屋敷を訪れるための段取りをいとが打ち合わせる

ハビアンは大坂に出てきてセスペデスを頼ったが、指輪のことは言わず、宿泊場所も明かさなかった。ただ教義書を作るために出てきた、と説明したようだ。その後、ジョアンはセスペデスを訪ねて、ハビアンが大坂に来たことを知った。セスペデスからハビアンがガラシャに頼み事をした、と聞いていとを訪ねたのである。


「それでハビアンという修道士は？」

如水が言うとガラシャはうなずいた。

「きょう当屋敷に参るそうです」

「きょう？」

「はい、大坂の屋敷では家臣の目もうるそうございますから京で会うことにしておりました。ちょうどシメオン様が連歌会にお出《い》でになると聞いて、ハビアン殿から指輪を取り戻す立会いをお頼みしようと思ったのです」

「さようか、すべてはガラシャ殿の策か」

「いえ、わたくしというより、小侍従が考えました」

ガラシャが微笑むと、いとが身を乗り出した。

「昔、大坂の教会にてシメオン様にお会いした時、失礼なことを申し上げてしまいました。覚えていらっしゃいますでしょうか」

「キリシタンのために、わが知恵を使えということか」

如水は笑った。それは秀吉が九州攻めの後、突如として伴天連追放令を発して間もないころだった。如水が方策を考えあぐねていたころ、大坂の教会で出会ったいとが、キリシタンのために知恵を使えと言ったのだ。

不思議なことにその言葉を聞いて如水は覚悟が定まった。ヨシュアを表す如水と名のることにしたのも、その時からだった。

「今こそ、わしが知恵を出す時だと言われるのか」

ガラシャといとは黙ってうなずいた。その時、細川家の家臣二人が両脇につくようにして、黒い修道服の男が池のそばを通って東屋に近づいていた。ハビアンは東屋の中央にいるガラシャを見て、一瞬、陶然となった。しかし、そのかたわらにいるジョアンを見てはっとした。さらに異相の如水を見て、顔に困惑を浮かべた。いとが前に出て、

「ここにお控えなさい」

と言った。二人の家臣はあらかじめ言われていたらしく、そのまま戻っていった。

ハビアンは観念したように東屋の前に膝をついた。ジョアンはハビアンのそばに立った。

「あなたのしていることは、およそキリシタンらしくないことばかりだ。指輪はどこにあるのですか。すぐにわたしに戻しなさい」

ハビアンは懐に手を入れて指輪を取り出した。しかし手のひらに置いたまま、じっと見つめて、渡そうとはしなかった。如水が口を開いた。

「お主は北政所の侍女である母親を通じて、太閤にそれを飲ませるつもりかもしれぬが、太閤は女色が過ぎて、北政所との仲も険悪だ。実はな、以前、何者かわからぬが太閤に附子《ぶす》毒を盛ろうとした者がいる。太閤は附子毒入りの汁を飲んだが、あの毒は効き目が時によるそうな。太閤はひどく吐いたが、命は助かった。それ以来、北政所のもとに参っても、毒味なしではどのようなものも口にはせぬ。無駄なことだぞ」

秀吉の身の回りが厳重に警戒されているのは事実だった。疑い深くなっている秀吉は側室のところに行っても茶などは口にせず、唯一、安心した様子を見せるのは、淀殿のところだけだった。

「この指輪を戻すのは構いません。しかし、そうすればこの指輪は正しく使われるのでしょうか」

ハビアンがつぶやくと、ジョアンは厳しい声で言った。

「正しい行いとは、この指輪を使わぬことです」

ハビアンはジョアンを見上げた。

「あなたは、そう言われると思いました。だから、わたしはこの指輪を黙って持ち出したのです。あなたは西坂で亡くなった二十六人の方のことを悲しまれないのですか。亡くなったのはパードレやイルマンだけではありません。たまたま捕まっただけの普通のキリシタンや、十二、三歳の子供たちまでいるのです」

ハビアンに言われてジョアンの脳裏に凄惨な刑場の様子が浮かび上がった。長崎まできつく縄で縛られ、寒気に耐え、ぬかるみの道に苦しんできたキリシタンたちは、丘の上に用意された十字架を見ると、自ら走りより十字架を抱いた。その様子を見たひとびとから悲しみのどよめきが起きた。役人はキリシタンたちの首と手足を十字架に鉄輪で固定すると、穴に突き立てた。この際、メキシコ人のフェリペ・デ・ヘススは、体重がすべて首にかかり、苦しんだ。槍で刺された時には、すでに死んでおり、舌が外に出ていた。

「あのようなことが行われるのを見ていたわたしたちは、大きな罪を犯したのではありませんか。止めようともせず、ただ祈るだけのわたしたちが許されるのでしょうか」

「だからといって、ハビアン、あなたがやろうとしていることは神に背き、罪を犯すことになる」

「罪でしょうか――」

くっくっとハビアンは笑った。

「もし、罪だというのなら、この指輪を手にして何もしない者こそ、罪を犯したことになるのではないですか」

ハビアンはジョアンを見上げて、

「ジョアン修道士、あなたの母親は明の女性と南蛮の貿易商人の間に生まれたと聞いております。だから、あなたは青みをおびた灰色の目をされている」

「それがどうしました」

「あなたは本来、この国にいるはずのない罪の子だ。この指輪を使うということは、その罪をはらすことでもあります」

ハビアンは指輪をのせた手をジョアンに差し出した。手のひらで牡牛の紋章がついた銀の指輪が輝いていた。出生の秘密を指摘されて、ジョアンの胸は痛んだ。南蛮人の血を受けた母親にジョアンを産ませたのは、すでに亡くなったキリシタン大名大友宗麟《そうりん》である。ジョアンは本当の父親を知らずに育ち、宗麟が亡くなる前に、ようやく真実を知った。

「わたしは罪の子ではない」

ジョアンはゆっくりと手を差し出した。言いながらも心が震えるのを感じていた。額に汗が浮いていた。不意に三条河原で処刑された関白秀次の妻妾たちの姿が思い出された。あのような惨劇を止めようとしないことは、やはり罪ではないか。そんな思いがジョアンの中で渦巻いた。ハビアンを責めることはできない、と思った。これ以上、罪無き者を死なせたくなかった。

（ハビアンの言う通り、誰かが止めなければ恐ろしいことが、また起きる）

ジョアンが震える手で指輪を取ろうとすると、ガラシャの声がした。

「ジョアン殿、それがわたくしたちの道でしょうか」

ジョアンがはっとした時、そばにいた如水がさりげなく指輪を取った。

「シメオン様――」

「ガラシャ殿の言われる通りです。これはジョアン殿の通るべき道ではない。だが、わしは血にまみれた武人です。いまさら、ためらうこともありますまい」

「まさかシメオン様がカンタレラを使うおつもりですか」

「いや、これが使われるかどうかは、太閤に決めさせましょう。太閤にひとを信じる心があれば、これは使われぬ。しかし、信じる心がなければ――」

「使われると」

如水はうなずくと何事もなかったかのように背を向けて歩きだした。その背に向かっていとが、

「シメオン様のお知恵を信じております」

と声をかけた。如水の肩が揺れた。


石田三成は困惑していた。朝鮮へ十四万余の兵を送るための業務に追われていたが、秀吉は度々、三成を召しだしては、大名の配置や渡海期日、率いる軍勢の人数、朝鮮での進撃路などを繰り返し問いただした。同じことを聞かれることも多く、三成が、

「そのことはすでに申し上げました」

と言おうものなら、激怒した。さらに、突然、

「佐吉（三成）、お拾《ひろい》（秀頼）はお前の子か？」

と、平然と言いだしたりした。三成が顔を青ざめさせて、

「めっそうもございません」

と言うと、

「そうかのう。お寧《ね》（北政所）はそう言うておるぞ、目のあたりがよう似ておるというてな。わしが死んだら、茶々はそなたと二人してお拾を育て、天下はそなたのものじゃそうな」

幸いまわりにひとがいなかったため、秀吉の妄想じみた話は聞かれずにすんだ。しかし、秀吉の胸中に三成への猜疑心と嫉妬がとぐろを巻いているのは確実だった。

（北政所が讒言《ざんげん》したのだ）

かつて三成自身、秀次を讒言して葬った。それだけに、秀吉が、いったん抱いた疑いが消えないことを知っていた。秀吉の黄色く濁った眼で見据えられると、三成は背筋が凍るような気がした。秀次のように追い詰められていくのではないか、と思った。

「殿下は老いて呆《ほう》けられたようだ。いかがしたものかな」

三成は大坂城内の石田屋敷で、家臣の島左近《しまさこん》に相談した。島左近は名を勝猛《かつたけ》、かつて大和《やまと》の筒井順慶《つついじゅんけい》、大納言豊臣秀長《ひでなが》に仕え、戦上手で知られていた。六十に近く、髷《まげ》は白髪《しらが》まじりだが、六尺を超す長身で、たくましい体つきは年齢を感じさせない。

黒々とした眉が太く、顎がはった精悍《せいかん》な顔だ。若いころ甲斐国に行き、武田信玄《たけだしんげん》の重臣山県昌景《やまがたまさかげ》に仕えた。武田信玄が徳川家康を破った三方ヶ原《みかたはら》の戦いでは逃げる家康を追って、もう少しのところで首をあげるところだったという。

「されば、北政所の陰に誰がおるかでございますな」

「黒田の隠居だ。近頃、足しげく北政所のもとに参っておったことはわかっておる」

三成は吐き捨てるように言った。

「狙いは何と思われる」

「わしを陥《おとしい》れたいのであろう。黒田とは昔から気が合わぬ」

「黒田がさような策を弄《ろう》したとすれば、狙いは別にありましょうな」

左近は少し考えたが、ふと、

「殿は本能寺で織田信長公が明智光秀に討たれたのは、黒田の策謀であることをご存じか」

「なんだと――」

「それがし昔、筒井家に仕えており申した」

明智光秀は大和と河内《かわち》の国境、洞《ほら》ヶ峠《とうげ》まで軍を進め、家臣藤田伝五《ふじたでんご》を大和郡山《こおりやま》城の筒井順慶のもとに派遣して味方するように求めた。ところが、筒井順慶は動こうとしなかった。

羽柴《はしば》秀吉が中国路から上方へ大軍とともに上って来るのを知り、慎重になったのである。このため、順慶には情勢によってどちらに味方するかを決めたということで、洞ヶ峠の日和見《ひよりみ》、という悪名がつくことになった。

「本能寺の変の時は筒井の殿に明智に味方するよう進言いたした。明智に天下を取らせれば筒井はもっと大きくなれる。あるいは明智の天下を奪うこともできるかも知れぬ、と思うたからです。それだけに山崎の戦で明智が敗れたのが、どうも納得《なっとく》がいきませんで、あらためて調べてみました。太閤の中国大返しはあまりにも早すぎた。羽柴勢は右府《うふ》が討たれることを知っていたのではないか、と戦をする者なら誰もが思うところでござる。それで、長宗我部のもとにおる明智の旧臣石谷頼辰《いしがいよりとき》に会うて聞いてみました。あのころ中国筋から明智を訪ねてきた者はいなかったかと。すると内藤如安が足利義昭《あしかがよしあき》の使者として来ておったことがわかり申した。いま如安は肥後の小西行長のもとにおるそうですが、それがしは如安を使って明智を唆《そそのか》した者がおるのではないかと思いました」

「それが、黒田だと言うのか」

「如安は名高いキリシタンでござる、同じキリシタンの言うことしか聞きますまい。

そして、如安を操れるほどのキリシタンで、そのころ羽柴勢におったのは——」

「如水か」

三成はぴくりと眉をあげた。

「しかし、なぜ如水が」

「あの男の頭や足を見ればわかることでござる。如水は荒木《あらき》村重《むらしげ》の城に幽閉されても、織田についた節を曲げなんだが、信長は人質にとっていたせがれを斬ろうとしたというではございませんか」

「なるほど、そんなことがあったな。その腹いせに謀反を企んだというのか」

「されば、あの男がいま企んでおることは太閤を討つことではござるまいか」

「まさか——」

「長崎にて二十六人のキリシタンを磔にいたしたことをお忘れか。その怨みは深いと思わねばなりますまい。そのために邪魔になる殿を追い落とそうとしておるのですぞ」

「なるほどな」

「されば、こちらも猶予《ゆうよ》はなるまいと存ずる」

「しかし、もう朝鮮での戦が始まる。如水を咎めて腹を切らせるようなことを仕掛ける暇はないぞ」

「戦なればこそ、いたしようがござる。戦の最中に誰が死のうと不思議ではござらん。あの男は天下の策士を以って任じておりましょうが、こちらにも策はあるところを見せてやりましょうぞ」

左近はかっと笑った。三成はうなずいたが、

（もし、如水が太閤を殺すつもりなら、そのままやらせた方が、わしにとってよいのではないか）

と思った。三成の脳裏には、秀吉の黄色く濁った目が浮かんでいた。

（あの目から逃れるには殺すしかないのではないか）

そんな思いが湧いてきて、ぞっとした。

七

慶長二年三月、如水は京を発して豊前《ぶぜん》中津に帰り、出発の準備を整えると、六月に小早川秀秋とともに朝鮮に渡った。釜山に渡った如水は二十有余の港湾を選定し、各地の築城を指導した。

七月になって慶尚南道《キョンサンナムド》、巨済島《コジェド》沖で藤堂高虎、脇坂安治《やすはる》、加藤嘉明《よしあき》が率いるおよそ百隻の日本水軍が、数百隻の朝鮮水軍に夜襲をかけ撃滅するという勝利をあげた。

文禄の役では李舜臣に連敗してきた日本水軍にとって、初めての大勝だった。

この時、朝鮮水軍の水将は李舜臣ではなく、元均《ウォンギュン》だった。李舜臣は元均によって讒言され、その地位を失っただけでなく、下獄していたのである。

日本水軍に連勝してきた名将が、なぜ下獄という憂き目を見たかというと、奇怪な経緯《いきさつ》があった。本軍に先立って朝鮮に渡っていた小西行長が、慶尚右兵使《ウビヨンサ》金応瑞《キムウンソ》のもとへ梯《かけはし》七太夫《しちだゆう》という使者を送って、

「このたび和議が不調に終わったのは加藤清正のせいである。わたしは清正を憎んでいる。清正が渡海する日取りと、どの島に来るかを教えるから、朝鮮水軍で襲えば殺すことができるだろう」

と告げてきた。朝鮮側では、この情報に基づき、李舜臣に出撃させようとしたが、李舜臣は、

「日本側の謀略ではないか」

として出撃しなかった。しかし、清正の渡海日程や場所などは正確なものだった。

このため朝鮮朝廷では李舜臣を捕らえ、死罪だけは免じたものの官職を削った。行長

が清正を陥れようとした謀略は名将李舜臣の失脚という、思わぬ結果になったのである。

このことを伝え聞いた如水は、

(行長め、わしと同じことを企みおったか)

と、ひやりとした。それと同時に李舜臣が動かなかったのは、すでに如水が降倭として潜り込ませている村上隼佐の言を信じてのことではないかと思った。

海戦で清正を討ってしまえば秀吉の渡海はなくなる。秀吉を討ってこそ勝利を決定できると考えた李舜臣は清正を見逃し、自重したのではないだろうか。

このころ、如水にとって思いがけないことが起きていた。

如水には吉兵衛《きちべえ》長政のほかに次男熊之助《くまのすけ》がいた。如水が荒木村重の有岡《ありおか》城に一年余にわたって幽閉され、ようやく助かった後にできた子である。如水にとって九死に一生を得た後にできた子だけに、命のありがたさを思い起こさせる息子だった。

黒田勢が朝鮮へ出兵する中、熊之助は留守居を命じられた。すでに十七歳の熊之助は、このことが不満だった。

「なぜでございますか。父上、兄上が渡海されるのに、なぜ、わたしが参れぬのですか」

熊之助は何度も如水に願ったが許されなかった。

「ならぬ、わしと長政に彼の地で万一のことがあれば、わが家を守るのはお前ではないか」

如水に一喝《いっかつ》されれば引き下がるしかなかったが、熊之助はあきらめなかった。如水たちが出陣した後、同じぐらいの年頃の近習《きんじゅ》たちと語らって、

「なに、海を渡ってしまえば、いまさら父上も帰れとは仰せになるまい」

ひそかに城を抜け出した。さらに船を雇って対馬へ赴き、朝鮮へ行こうとした。しかし、時ならぬ嵐が熊之助たちが乗った船を襲った。船は強風にあおられて沈没し、熊之助も帰らぬ人となったのである。このことは釜山浦にいた如水に伝えられた。さすがの如水が顔色を変えて、

——愚か者め
と、うめいた。若い命を散らした熊之助だけではない。理不尽《りふじん》な戦をやめようとしない秀吉や、その秀吉をいまだに止めることができない如水自身への罵りであった。

巨済島沖海戦で壊滅的な打撃を受けた朝鮮水軍は、その後、珍島《チンド》周辺に残存した十

数隻がいるだけとなった。しかし、その残存船を指揮して水軍を復活させるべく李舜臣が珍島に着いたという噂が広まった。

　日本軍は水軍の勝利に気をよくして宇喜多秀家、島津義弘《しまづよしひろ》、小西行長、宗義智《そうよしとし》、蜂須賀家政《はちすかいえまさ》らが率いる五万六千の軍勢が、全羅道の要衝南原《ナモン》城を攻略した。一方、毛利秀元を総大将とする加藤清正、黒田長政、鍋島直茂《なべしまなおしげ》、長宗我部元親らが率いる二万七千は、全羅道から忠清道《チュンチヨンド》へと兵を進めていた。

　如水は水軍の来島通総の要請により、軍監として珍島水域の視察に出た。すでに、この海域では藤堂高虎、毛利高政が三百三十隻を率いていた。かつて日本水軍を悩ませた朝鮮水軍は姿を見せず、制海権を握ったと見えた。このため、さらに西進して南下してくる明、朝鮮軍の背後をおびやかすことも考えられた。そのための判断をあおぎたいというのが通総の要請だった。

　如水は黒田水軍の安宅船《あたけぶね》一隻に乗り込み、通総率いる来島水軍の船、十数隻に守られて珍島水域に近づいた。船上に立つ如水は、黒餅《くろもち》紋の陣羽織姿である。

　船は珍島と半島の間の海峡にさしかかった。鳴梁《ミヨンニヤン》である。潮の流れが速く渦潮も起きている。不気味な潮鳴りが聞こえていた。

「このあたりは海の鳴き声が二里先まで聞こえるということで、鳴梁というそうでござる」

かたわらの塩飽九郎右衛門がいった。

「なるほどな、瀬戸内で言えば鳴門《なると》の渦潮に似ておる。潮の流れをよく知っておる朝鮮水軍なら、われらをかようなところに引きずりこもうとするであろうな」

「さようでござる」

とうなずいた九郎右衛門は、声をひそめて、

「大殿が小早川水軍に造らせておった亀甲船のことでござるが」

「おう、あれがどうかしたのか」

如水が小早川隆景に依頼して造らせた亀甲船は、秀吉が渡海した時、襲撃するためのものだった。しかし、秀吉の渡海が実現しないまま小早川水軍に秘匿《ひとく》されたままとなっているはずだった。

「それが先ごろ何者かに盗まれたようでござる」

「盗まれた？」

「朝鮮水軍は先の戦で船を随分と失いました。いまは一隻でも欲しいところでしょうから、盗み出したのかもしれません」

「それはまずいな」

亀甲船のことがばれれば、秀吉を討とうとした策謀まで嗅ぎつけられるかもしれない、と如水は顔をしかめた。

「されば、盗んだのは隼佐かもしれませんぞ」

と言いかけた九郎右衛門は、ふとあたりの海を見まわした。

「これはどういうことじゃ」

見ると、いつの間にか如水たちの船は来島水軍の船に囲まれていた。しかも船の大筒や鉄砲の筒先が、如水の船に向けられている。

「まさか、通総め」

如水がうめいた時、来島水軍の船の大筒からパッと白煙があがり、雷鳴のような音が響いた。如水の船のまわりに水煙があがり、さらに船体に大きな振動が響いた。大筒の弾がさらに当たり、船縁《ふなべり》の木片が吹き飛んだ。

「通総、この振る舞いは何事ぞ」

如水が怒鳴ると、具足姿の通総が安宅船の船上に姿を見せた。

「石田治部様よりの密命でござる。黒田殿に謀反の疑いあり、海にて始末いたせとのことにてござる」

「わしが何をしたというのだ」

「拙者《せっしゃ》らは存ぜぬこと。ただ、黒田様が小早川水軍に依頼されて造られた亀甲船が近頃、姿を消したそうでござる。敵に船を渡したとすれば、それだけで立派な謀反でござろう」

「待てっ」

如水がなおも言おうとしたが、通総はそれ以上、聞こうとはせず、

──撃てっ

と叫んだ。各船からいっせいに鉄砲が撃たれ、如水の船は黒煙に包まれた。

(しまった、三成の罠にかかるとは)

とんだ阿呆《あほう》だ、と胸の中で自嘲《じちょう》したが、その間にも鉄砲の弾は霰《あられ》のように飛んできた。もはや、ここまでか、と思った時、鉄砲の音にまじって、どこからともなくトオン、トオン、トオン、トオンという太鼓の音が聞こえてきた。来島水軍も、その音に気づいたのか鉄砲の音がやんだ。

「大殿、いまのは村上水軍の攻め太鼓でござるぞ」

九郎右衛門がささやくように言うと、船縁から顔を持ちあげた。

「亀甲船じゃ」

如水も驚いて船縁から海を見た。すると海面を潮の流れにのって亀甲船が近づいて

いる。竜の口から白い煙を吐いていた。さらに後方には朝鮮水軍の船、十数隻が続いている。朝鮮水軍が押し寄せる時は銅鑼《どら》を鳴らすのが普通だが、この時だけは、なぜか、村上水軍の攻め太鼓だった。

「大殿、あれは隼佐でござる」

九郎右衛門に言われてみれば、朝鮮水軍の指揮船には銀の鎧《よろい》姿の李舜臣らしい武将の姿が見え、そのかたわらに太鼓を打ち鳴らしている男がいた。来島水軍は聞き覚えのある太鼓だけに、相手を容易ならざる敵だと見て、如水の船への射撃をやめて戦闘態勢に入った。そこへ亀甲船が凄《すさ》まじい勢いで突っ込んでくる。そのころ、大筒や鉄砲の音に引き寄せられたのか、日本水軍の本隊も近くの海上に現れた。

「李舜臣め、凄まじいものだな。あの小勢で十倍する相手に挑むつもりか」

「この潮の流れじゃ。数は多くとも動ける船は少ないはず。この海峡に引きずり込まれたら、えらい目にあいますぞ」

「そのため、来島水軍を血祭にあげるのであろう」

朝鮮水軍の火器は虎蹲《こそん》砲、威遠《いえん》砲、霹靂砲があり、天字、地字、玄《げん》字、黄字銃筒と呼ぶものからは六尺から十二尺の長さの矢を飛ばした。火器を続けざまに撃ち、さらに矢を雨のように降らせつつ李舜臣の船は進み、来島水軍の指揮船である通総の乗った船を目指した。火攻めは朝鮮水軍の得意とするところで、「火壺《ひつぼ》」という投擲《とうてき》して炎上させる武器もあった。朝鮮側の記録によると、この時、李舜臣の船には俊沙《しゅんさ》という降倭が乗っており、通総の船を指差して、

「あそこの紋入り緋色《ひいろ》の甲冑を着た者が主将の馬多時《またじ》である」

と叫んだという。俊沙とは隼佐、馬多時とは通総のことだ。通総は鎖鉤《くさりかぎ》でからめ捕られ、船上に引き上げられて首をはねられた。これを知った日本水軍は次々に狭い海域に入り、朝鮮水軍に襲いかかった。数に劣る朝鮮水軍は、すぐさま包囲されたが、李舜臣は味方の船を援護しつつ奮戦し、三隻を炎上させた。さらに攻防が続く中、日本水軍の船のうち三隻で火の手がまわって火薬庫に燃え移り、大爆発を起こした。日本水軍の大船は流れの速い海峡では動きがとれず、海面をすべるように進む朝鮮水軍の餌食《えじき》となっていった。

来島通総が戦死したほか、藤堂高虎も負傷し、毛利高政も乗った船が沈み、あやうく溺れかけたところを助けられた。李舜臣は三十一隻の日本軍船を撃破し、日本水軍は惨敗したのである。

如水の船は敗走する日本水軍の中を引き揚げていった。通総が戦死したことで、如水を抹殺《まっさつ》しようとした三成の策謀も表立つことはないだろう、と如水は思った。

（それにしても、太閤を討つために仕掛けた罠のおかげで助かるとは不思議なことだ）

如水は皮肉な思いを抱くのだった。

北進した日本軍は明、朝鮮軍の反撃にあって、九月半ばから南下し、朝鮮半島南部に築いた城に籠《こも》ることになった。朝鮮側から倭城と呼ばれた半島南岸の城は、文禄の役で十八城、慶長の役で八城が築かれていた。

加藤清正は釜山から十六里北東の蔚山《ウルサン》倭城に入った。蔚山倭城は八城の東端である。西端は小西行長の籠る順天《スンチヨン》倭城で、両城の間は陸上で六十六里半、海上では八十二里あった。いずれも平山城で長大な城壁を築き、堀をめぐらし段々畑のように曲輪《くるわ》をつくった。

十二月には、南下した明軍四万四千が蔚山倭城を包囲し、兵糧に乏しい加藤軍は飢餓と渇きに苦しみ、壁土を口にし、尿を飲んだ、と言われる凄惨な籠城戦を行った。年が明けて慶長三年正月、毛利、鍋島、蜂須賀軍が援軍に駆けつけた。黒田長政は慶尚南道梁山《ヤンサン》にいたが、手勢を率いて救援に向かった。その留守に明、朝鮮軍八千が梁山を取り囲んだ。城兵は千五百人に過ぎなかったが、ちょうど梁山にいた如水が指揮

をとった。明、朝鮮軍がひしひしと迫ると如水は、

「敵が近づくのを待て。わしの下知《げち》なしで打って出た者は、たとえ戦功があっても処罰するぞ」

と敵を待った。このため明、朝鮮軍は城内が意気阻喪《そそう》していると見た。これに対し、如水は頃合いを計って城門を開き、軽騎を打って出させた。騎馬の兵たちは明、朝鮮軍とわずかに接触すると偽《いつわ》って負け、城内に戻った。これに勢いづいた明、朝鮮軍は先を争うように城門まで押し寄せた。この時、如水は城門に立って、

「今だ。ひとは狙わず、馬を狙え。馬が倒れれば、敵は右往左往するばかりぞ」

と叫んだ。これに応じて、城兵は城壁から一斉に狙撃した。如水の言葉通り、撃たれた馬の下敷きになる兵があいついだ。悲鳴と怒号が響く中、如水は城門を再び開かせ、長槍を持った足軽を突撃させた。混乱していた明、朝鮮軍はこらえ切れずに総崩れとなった。

一方、蔚山に向かった援軍は清正の籠る城を包囲した明軍を背後から急襲した。このため明軍は、士卒《しそつ》死亡 殆《ほとんど》二万、という損害を被って敗退した。しかし、この戦いの影響は思わぬ形で深刻化した。

在朝鮮の諸将は明軍の攻勢と李舜臣率いる朝鮮水軍によって兵糧補給が脅かされて

いることから、蔚山倭城などを放棄して戦線を縮小しようとした。このことが秀吉の逆鱗《げきりん》にふれた。蔚山倭城での戦で敗退した明軍を追撃しなかった黒田長政らを、臆病者、と罵り、戦線の縮小を認めなかったのである。

在朝鮮の諸将は秀吉の無理解に絶望的な気持となった。主戦派の筆頭だった加藤清正すらが暗い表情で口を閉ざすようになっていた。

そんな時期、如水は順天倭城に赴いて小西行長と会った。行長の居館に入った如水は、人払いをさせた。朝鮮での長い戦で行長は、すでに疲労困憊《こんぱい》していた。如水は頬《ほお》がそげ土気色の行長の顔を見るにしのびない思いがしたが、黙って黒い布の包みを差し出した。

——これは？

行長は訝《いぶか》しげに呟きながら包みを開いた。中には牡牛の紋章が彫られた銀の指輪があった。行長の目が鋭くなった。如水は指輪をとると紋章をひねった。紋章がわずかにずれて中に白い粉が入っているのが見えた。

「カンタレラだ。ヴァリニャーノ巡察師より長崎にもたらされた南蛮の毒だ。すぐには死なさず、ゆっくりと死なせることもできるそうだ」

行長は黙ってうなずいた。ボルジア家の毒薬カンタレラが送られてきたらしい、ということはセスペデスから聞いていた。そのカンタレラがハビアンという修道士によって持ち出され、さらに如水の手に渡った。セスペデスは如水の意図を測りかね、

「シメオン様はルシヘルになろうとしているのではないか」

と言っているという。額に汗を浮かべ黙っている行長に、

「これを治部に送れ」

「それはあまりに」

「それしかあるまい。このままでは十数万の将兵が朝鮮でのたれ死ぬぞ」

如水の目が厳しく光った。

「使うか使わぬかは治部しだいだ」

「使わないではいられないよう、すでに仕組まれているのではありませんか」

「さて、弥九郎にはそう見えるか」

「はい、本能寺の変で如水殿がなされたことを覚えておりますから」

明智光秀が織田信長を討つことを決意したのは、如水が巧みに誘導したからだった。そのことを行長は間近で見ていた。如水はため息をつくと、

「わしは、ひとの心を操っておるのではない、おのれの心の中にあるものに気づくよ

うに仕向けておるだけのことだ」

「では光秀は、もともと右府様を討つつもりがあったと言われますのか」

「おのれが気づいていなかっただけのことだ。わしがそのことを知るように仕向けた」

「ひとに、おのれを知らしめるのは、ルシヘルの所業《しわざ》でござる」

「なるほど、だとすると、わしは――」

悪魔《ルシヘル》なのか、とまでは言わず、如水は背を向けた。居館から出た如水は月光に照らされつつ杖を突いて、ゆっくりと去った。残された行長は、じっとカンタレラが入った指輪を見つめていた。自分がどうするかはすでにわかっていた。順天倭城を一歩出れば朝鮮の山野は冷え冷えとしている。多くの兵が死んだ鬼哭《きこく》の地にいれば、指輪に納められたものは人々を残酷な苦しみから救う秘薬のように思えるのだった。


慶長三年三月十五日、秀吉は醍醐寺《だいごじ》で盛大な花見を行った。北政所、淀殿、側室や女房衆だけで三千人におよんだ。太田牛一《おおたぎゅういち》の『大かうさまくんきのうち』によれば、

――五十町四方、山々三十三ところ御警固をおかせられ、申すにおよばず、弓、槍、鉄砲等の兵具、その手その手の前をうちまはし、伏見より下の醍醐まで御小姓《おこしょう》

衆《しゅう》、御馬廻《おうままわり》御警固なり
とある。不穏な動きがあるのを恐れて極めて厳重な警戒が行われたのだ。

十万余りの将兵が朝鮮の山野で飢餓に苦しんでいる最中での花見だけに当然のことだった。あいにく花冷えで肌寒かったが、醍醐の桜は満開で山を覆い、この世のものとも思えない美しさだった。

寺域には、各大名が紋入りの幕をはって趣をこらした茶屋を設けている。秀吉は、これらの茶屋をめぐって楽しもうというのである。

秀吉は、このころ体調が優れなかった。時折寝込んで満足に食事をとれないこともあった。女色が過ぎるのではないか、と言われていたが、それにしては衰えが激しかった。

秀吉は茶屋の一つに寄った時、ふと懐から紙包みを取り出し、小姓や女房たちの目から隠すようにして、おぼつかない手つきで白い粉を少量、茶にまぜて飲んだ。甘い味わいがした。近頃、淀殿が、

「南蛮渡りのお薬でありますそうな」

と、秀吉に勧めたものである。飲むと体の調子がよくなるような気がするのだ。それが三成から淀殿に渡されたものだということを、秀吉は知らなかった。

如水は四月になって秀吉の命により帰国した。伏見で朝鮮の状況を報告した如水は、そのまま豊前中津へ戻った。如水のもとに上方から早船によって報せがもたらされたのは八月末のことである。

――慶長三年八月十八日、太閤秀吉、伏見城にて没す。

その喪《も》は朝鮮に派遣された軍が帰国されるまで秘された。華美を好んだ秀吉にしては、ひどくひっそりとした死となった。

謀攻関ヶ原

一

慶長《けいちょう》三年（一五九八）十一月――

日が海に沈もうとしていた。雲は黄金色《こがね》に輝き、穏やかな海面は朱色に染まっていた。九州長崎《ながさき》の西坂《にしざか》で黒い修道服を着た二人の男が地面に跪《ひざまず》き、祈りを捧げていた。イエズス会の日本巡察師《ヴィジタドール》ヴァリニャーノと日本人修道士ジョアンである。

ヴァリニャーノは、この年七月四日に来日していた。日本を訪れたのは三度目である。

西坂は二年前、秀吉《ひでよし》の命によりキリシタン二十六人が処刑された殉教《マルチリヨ》の地である。ヴァリニャーノは祈りを終え、立ち上がると海をながめながらつぶやいた。

「ジョアン、秀吉の死は天国《パライソ》に召された者たちにとって慰めとなったであろうか」

豊臣秀吉が三月《みつき》前、八月十八日に没していた。ジョアンは悲しげに頭《かぶり》を振った。

「人の死を喜びとする者は天国に召されることはないのではないでしょうか」

「その通りだ。人の死を喜ぶのは悪魔《ルシヘル》だけだ」

ヴァリニャーノは慙愧《ざんき》の思いで言った。秀吉は天正《てんしょう》十五年（一五八七）に伴天連《ばてれん》追放令を発し、二年前にはパードレらキリシタン二十六人を処刑するという大弾圧を行った。

キリシタンにとって、魔王のごとき敵だったが、その死を望むことは神の御心《みこころ》にかなうことではない。ヴァリニャーノはそう思いつつも三年前、日本巡察師に任じられた後、ひそかに日本にボルジア家の毒薬カンタレラを送った。

イエズス会の三代目総長、フランシスコ・ボルジアからヴァリニャーノへ遺品として伝えられたものだった。ヴァリニャーノはカンタレラが秀吉に用いられることを期待したのだ。送った相手はポルトガル語に巧みで、黒田如水《くろだじょすい》ら日本のキリシタン大名と親しいジョアンである。

ジョアンはカンタレラをどうしたのか、決して語ろうとはしなかった。日本に来たヴァリニャーノはジョアンの沈鬱《ちんうつ》な表情を見て、

(わたしたちはともに大きな罪を背負った)

と思った。しかし、日本でのキリシタン布教のためには、さらに行わねばならない

ことがある。この日は、そのことをジョアンに告げるために西坂に伴ったのだ。二十六人の尊い血が流された地のうえでジョアンに話さなければならない、とヴァリニャーノは考えていた。

「ジョアン、わたしたちには、まだ果たさねばならない使命があるのです。わたしは、そのために日本に来ました」

海を見つめながら背後のジョアンに言った。ヴァリニャーノの顔を夕日が赤く照らしていた。ジョアンがうかがうように見ると、振り向いたヴァリニャーノの大きな目が鋭く光った。

「秀吉が死んで、次のテンカ様は誰になると思いますか」

「世間では内府《ないふ》様ではないかと言っております。しかし、石田《いしだ》三成《みつなり》殿ら太閤奉行衆《たいこうぶぎょう》がこれに抗《あらが》おうとしておりますから、どうなるかわかりません」

「内府とは徳川家康《とくがわいえやす》殿のことですね」

「はい——」

「豊臣家はキリシタンを禁じた。太閤が死んだからには、豊臣家のテンカ様は終わって欲しい。それでも徳川殿がテンカ様になることもわたしは望まない」

ヴァリニャーノはきっぱりと言った。

「それはなぜでしょうか。徳川様がキリシタンを弾圧したということは聞いておりません。むしろ、キリシタンの話を聞き、異国のことを知ろうとしているのではないか、という話も耳にしておりますが」

「だからこそ困るのです。近頃、フランシスコ会のパードレ、ジェロニモ・デ・ジェズス師が家康殿に拝謁《はいえつ》したそうです」

「フランシスコ会が――」

ジョアンは眉をひそめた。フランシスコ会はスペイン系の修道会である。托鉢《たくはつ》修道会とも呼ばれ、清貧に身を持し、街頭に立って宣教を行う。熱意にあふれているが、直線的で融通さには欠けるところがあった。

日本での布教はフランシスコ・ザビエル以来、永年、イエズス会が独占していたが、秀吉がフィリピンに使者を派遣した際、マニラ総督の使者として日本を訪れたのがフランシスコ会のパードレだった。

秀吉の伴天連追放令によってイエズス会が逼塞《ひっそく》している中、フランシスコ会は京での公然とした布教を行って秀吉の怒りを買い、長崎でフランシスコ会のパードレら二十六人が殉教する事態にまでなったのである。

ヴァリニャーノは不愉快そうに言った。

「知っているだろうが、ジェズス師は彼らの日本での失敗を、わたしたちイエズス会が妨害したためだと言いふらしている」

ジェズスはイエズス会への攻撃の中で、

「キリストの仲間にもユダがいたのだから、ロヨラ師のイエズス会にも一人のユダがいることが懸念《けねん》される」

とまで口にしていた。さらに教会を日本とマカオの貿易の場にしているとして、貿易活動を財源としてきたイエズス会を非難した。

「ジェズス師は今年、五月に日本に再びやってきた。家康殿はそのジェズス師を探し出して召し出した。目的はフィリピンとの交易を再開することだった。家康殿に拝謁したジェズス師は、江戸に教会を建てようとするに違いない」

「徳川はフランシスコ会を保護することになるのでしょうか」

「おそらく、そうなるだろう。家康殿がテンカ様になれば、わたしたちイエズス会の活動する場所が無くなる恐れがある。わたしはイエズス会にとっての利害だけを考えているのではない。スペイン系修道会の力が伸びることは、この国にとってよいことだとは思えない。フランシスコ会の背後にはスペインの意図があると見なければならない。スペインは日本の武力を狙っているのだよ」

「日本の武力を？」

「そうだ、スペインは無敵と言われたアルマダ艦隊が海戦でイギリスに敗れ、かつての力を失いつつある。フィリピンに新たな兵力を送ることもできないだろう。しかし、フランシスコ会が日本での宣教に成功すれば、朝鮮にまで攻め入った日本の武力をスペインのために使えるようになる。日本は鉄砲の射撃戦術ではヨーロッパを上回る。ヨーロッパの造船技術と航海法を伝えれば、フィリピンから明国《みん》にかけての広い海域を日本が支配することができるだろう」

「それでは、この国はまた海を越えての戦をせねばならなくなります」

「そうだ。やっと朝鮮での戦が終わったのに、また民が苦しむことになる」

ジョアンはスペインがメキシコの王国を滅ぼして植民地にした、という話を聞いたことがあった。戦に次ぐ戦に駆り出される人々のことを思って、ジョアンは身震いした。

「そんなことはあってはなりません。この国は、いままで戦乱に苦しんできました。平穏な日々が訪れてもよいはずです」

「そのためには、われわれイエズス会が押し立てるキリシタンのテンカ様が必要だ」

「しかし、そのようなひとは――」

天下を取ることのできるほどの力を持つキリシタン大名はいない。

かつてキリシタン大名と言えば高山右近《たかやまうこん》、蒲生氏郷《がもううじさと》、小西行長《こにしゆきなが》、黒田如水だった。このうち、右近は秀吉に棄教を迫られたが応じなかったため領国を没収され、追放された。いまは加賀《かが》前田家に身を寄せている。氏郷はすでに病没し、行長は石田三成の盟友であり、天下に野望を抱くような立場ではなかった。残るは黒田如水だけだ。

(シメオン様はそのようなことは望まれまい)

ジョアンには如水が自ら天下を狙うとは思えなかった。ヴァリニャーノはジョアンを見て不思議な微笑を浮かべた。

「かつての織田《おだ》大殿《シニョーレ》の孫はキリシタンになったと聞いています。岐阜《ぎふ》の織田秀信《ひでのぶ》という若い大名です。彼はわたしたちが待ち望むキリシタンのテンカ様になれるのではありませんか」

「織田秀信様――」

ジョアンは驚いた。織田秀信は信長の嫡男信忠《のぶただ》の嫡子で、織田家の正嫡である。美《み》濃《の》十三万三千石の大名であり、居城は信長の居城だった岐阜城だ。今年、十九歳である。身分は中納言《ちゅうなごん》であることから、岐阜中納言などとも呼ばれていた。世間には幼少のころの名、三法師《さんぼうし》で知られている。

信長と信忠が本能寺の変で明智光秀《あけちみつひで》に討たれた時、三法師はわずかに三歳だった。

秀吉は織田家の跡目相続で幼児の三法師を押し立て、信長の三男信孝《のぶたか》を擁立しようとした柴田勝家《しばたかついえ》を倒し、織田家の実権を握り、天下人の座へ駆け上がった。

秀吉はこのころ三法師が成人すれば天下を引き渡すかのように装ったが、競争相手を打ち倒すと、口をぬぐって、そのようなことは言わなくなった。かわりに秀信を美濃の大名として岐阜城の城主としたのである。

秀信がキリシタンになったのは四年前、文禄《ぶんろく》三年（一五九四）のことである。すでに秀吉が伴天連追放令を出していたが、秀信は恐れることなくオルガンティーノの洗礼を従者三人とともに受け、洗礼名、ペトロを授かった。

その後、秀信は岐阜に教会や病院、孤児院を建てており、岐阜ではキリシタンが急増しているという。

「ジョアン、あなたに頼みたいことは、キリシタン大名の力で太閤亡き後のテンカ様を織田秀信殿にすることです」

ヴァリニャーノは力強く言い切った。

「しかし、それは――」

ジョアンはかつて日本布教長のカブラル神父らと岐阜城を訪れ、信長に面会したことがあった。秀信とは、どのような人物なのだろう。もし祖父信長の血を濃く受け継いだ人物だったら、どうなるのか。

（魔王を再び蘇《よみがえ》らせることになりはしないか）

ジョアンは第六天魔王と自ら称した信長を思い出して身震いした。

二

ジョアンはヴァリニャーノから命じられて三日後には豊前中津《ぶぜんなかつ》の如水を訪ねていた。如水は豊前中津に教会の建設を進めており、完成すればセスペデス神父を迎えることになっていた。

如水はこの日、城内の中庭に面した広縁で男と碁《ご》を打っていた。如水は朝鮮の陣でも軍議に訪れた石田三成を、碁のあいだ待たせたと言われるほど碁を好んでいる。

ジョアンが広縁に座ると、如水はちらりと男に目をやった。男は色黒の引きしまった体つきをしており、目が鋭かった。総髪で髷《まげ》を茶筅《ちゃせん》に結い、青い小袖を着ている。

頭を下げてあいさつした。

「村上隼佐《むらかみしゅんざ》と申す。先ごろまで朝鮮におり申した」

隼佐は淡々と言った。鳴梁《ミョンニャン》の海戦で来島通総《くるしまみちふさ》を討った隼佐は、その後、朝鮮水軍を脱して如水のもとに戻っていた。朝鮮にいたと話す隼佐の顔色は、どこか冴《さ》えなかった。如水は黒石を碁盤にピシャリと置いた。

「隼佐は、それがしの命で、朝鮮水軍の水将のもとに降倭として潜りこんでおりましたが、その水将が先ごろの戦で討ち死にいたしした。そのことを悼《いた》んでおるのです」

朝鮮水軍の名将として日本の武将たちにも畏怖《いふ》された李舜臣《イスンシン》は、順天《スンチヨン》倭城《ウエソン》に籠《こも》る小西行長を海上封鎖していたが、救援に来た島津義弘《しまづよしひろ》の島津水軍と激戦を展開、戦闘中に戦死したのである。朝鮮の水将を悼んでいると言われた隼佐は、苦笑するだけで何も言わなかった。

ジョアンが、フランシスコ会が徳川家康に近づきつつあることやヴァリニャーノから命じられたことを話すと、如水はうなずいた。

「なるほど、岐阜中納言を天下人に――」

如水は碁盤に目をやりながらつぶやいた。如水は、秀吉の死を報せてきた吉川広家《きつかわひろいえ》にあてて八月に手紙を書いている。その中で、

――かようの時は、仕合せになり申し候。早くは乱申すまじく候。その御心得にて然るべく候

と、秀吉の死を契機にいずれ乱が起きることを予想していた。その風が、いま吹いて来たのである。しばらく考えた如水は黒石をつまんだ。

「天下はまずは、徳川と大坂方の争いになりましょう」

如水は碁盤に二つの黒石を置いた。

「織田秀信様が天下を取るためには、徳川と大坂方を争わせておき、勝った者を討たねばなりません。されば、秀信様が美濃にて兵をあげ、それがしが九州より駆け上って、挟み撃ちといたすが上策でござろう」

如水は二つの黒石を挟《はさ》むように白石を二つ、両脇に打った。ジョアンは碁盤を見つめた。挟み撃ちにするというが、徳川は二百五十万石の大大名であり、大坂方も徳川に匹敵する大名が結集することになるだろう。秀信と如水の勢力で討てるとはとても思えない。白石に挟まれた黒石が不気味だった。

「そのようなことができるでしょうか」

「まずは徳川に天下取りへの道を開いてやらねばなりませぬ。あの男は生来、物学びが好きなようで民政と陣立ては武田信玄《たけだしんげん》に、南蛮との交易は織田右府《うふ》に学んだものと見えます。天下取りの道は太閤に学ばねばならぬのですが、いまのところ諸侯と縁組みするなどして味方を増やすだけにて、いささか手ぬるい」

「手ぬるい？」

「太閤は明智光秀を討った後、幼い三法師君を擁して柴田勝家、滝川一益《かずます》ら織田家の重臣を下して織田の勢力を乗っ取りました。家康もまた秀頼《ひでより》君を擁して天下に号令せねばならぬのですが、太閤はそれを警戒して家康を伏見《ふしみ》に置いて政務にあたらせ、秀頼君の守役は前田利家《としいえ》殿に託しました。家康は大坂城に入って秀頼君を前田の手から奪わねばなりません。されど、いまだに手をつけかねておる様子でござる」

如水はそう言いながら二つの黒石のうち、一つを手にとって盤の中央にピシリと打った。

「まずは、家康を助け、天下を争う戦を引き起こさねばなりませんな」

そう言いながら、盤上を見て、

「家康は城攻めを苦手としております。野戦になるように仕掛けねば出てまいりますまい。岐阜中納言のいる美濃より西、大坂より東で野戦をするとなると、戦場は──」

と、しばらく考えた後、

──関ヶ原か

とつぶやいた。

十二月に入って如水はジョアンと隼佐を供《とも》にして飄然《ひょうぜん》と京に出た。

天下の政事は家康を筆頭に前田利家、宇喜多秀家《うきたひでいえ》、毛利輝元《もうりてるもと》、上杉景勝《うえすぎかげかつ》の五大老と石田三成、前田玄以《げんい》、浅野長政《あさのながまさ》、増田長盛《ましたながもり》、長束正家《なつかまさいえ》の五奉行によって行われていた。言わば五大老が最高会議評議員、五奉行が執政官である。

五大老筆頭の家康は秀吉の没後、しだいに専横な振る舞いが多くなっていた。中でも「私婚」を禁じる誓詞に違反して伊達政宗《だてまさむね》、福島正則《ふくしままさのり》、蜂須賀家政《はちすかいえまさ》との間に婚姻の密約を進めたことが問題化していた。

表面的には伏見の徳川家康と大坂の前田利家の対立のようであったが、その内実は石田三成派と反三成派の抗争、さらに秀吉の正室北政所《きたのまんどころ》と秀頼の生母淀殿《よどどの》の確執などがからみあって混沌《こんとん》とした様相を呈していた。

如水が入った伏見屋敷には連歌師の里村紹巴《さとむらじょうは》らが出入りして連歌の会が開かれた。如水は天下の情勢に関わりなく、風雅の道に閑日月《かんじつげつ》を過ごすかのようだった。

ジョアンは大坂のセスペデス神父のもとへ行った。時おり、織田秀信が大坂の教会を訪れると聞いたからである。如水はジョアンが秀信に会うために大坂に行くと聞くと、

「ならば、わしの名代として、又兵衛《またべえ》を連れていっていただきたい」

と言った。

「又兵衛殿を？」

「さよう、徳川も大坂方もいまは大名がどのように動くか忍びを放って見張っております。わしがひそかに岐阜殿に会ったと知れ渡れば、それだけで物議を醸《かも》しましょう。されば、今後、岐阜殿への連絡には又兵衛を遣わすつもりでござる」

ジョアンは秀吉の九州攻めの陣以来、又兵衛とは顔見知りだった。又兵衛の父親は如水と同様、播州小寺《ばんしゅうこでら》家に仕えていたが、又兵衛が幼い時に亡くなった。そのため又兵衛は如水にわが子同様に育てられたのである。六尺を超す巨漢で眉が太く、濃い髭《ひげ》を顎から頬にかけて生やしている。黒田家随一とされる武勇の武士だった。キリシタンではないが如水への忠誠心が厚く、さわやかな人柄だ。

ジョアンと大坂へ向かった又兵衛は編笠をかぶり、袖無し羽織《ばおり》、裁着袴《たつつけばかま》という姿だった。大坂天満《てんま》の教会に着いたジョアンは、目を瞠《みは》った。すでに日がかたむき始め、影を長くした教会のまわりに、百人を超す人々がいたからだ。

「これは、どうしたことでしょうか」

ジョアンは眉をひそめた。秀吉が没してキリシタンへの取り締まりはゆるやかになったものの、かつては京、大坂のキリシタン二十六人が捕らえられ、長崎で処刑されたのである。イエズス会では、教会でのミサも人目を避けるようにひっそりと行っていた。ジョアンは傍らにいた野菜売りの女に訊いた。

「今日は、何事かあるのでしょうか」

女はジョアンの修道服や南蛮人に似た容貌を見て、修道士だと察したらしく、

「きょうはガラシャ様がお見えなのです」

と敬虔《けいけん》な声で言った。あたかも聖女のことを話すかのようだった。

「ガラシャ様が――」

ジョアンは又兵衛とともに足早に教会に入った。

会堂では十字架《クルス》の前に人々が跪き、セスペデス神父が説教を行っていた。最前列に白い紗《しゃ》を頭からかぶった二人の女人がいた。

細川ガラシャと侍女の清原《きよはら》いとだった。やがて説教が終わり、祈りを捧げると、ひとびとはセスペデスだけでなくガラシャにも熱い視線を注いで頭を下げた。

ガラシャはその美しさと、信仰を貫いてきた勁《つよ》さによって、キリシタンたちの信望を集めていた。

ジョアンはガラシャと目が合うと、黙って頭を下げた。去年、京の細川屋敷で会っ

て以来である。ガラシャはジョアンに近づくと微笑んだ。傍らのいとが一歩前に出て、

「ジョアン様、また大坂においでになったのですね」

とにこやかに言った。うなずくジョアンを見るガラシャの目には、問いかけるものがあった。去年、ジョアンが大坂に出てきたのは、ボルジア家の毒薬カンタレラを仕込んだ指輪を持ち出した修道士ハビアンを追ってだった。

カンタレラは如水が預かり、その後、どうなったかジョアンは知らない。しかし、秀吉の死とカンタレラが無縁だとは思えなかった。ガラシャもそう思っているのか、ジョアンが大坂に出てきたことに不穏なものを感じたようだ。

「ヴァリニャーノ様のお言いつけで、さる方にお目にかかりに参りました」

ジョアンが言うと、いとはちらりとガラシャを見た。ガラシャは静かに口を開いた。

「どなたにお会いになるのですか」

ジョアンはためらったが、ガラシャに嘘を言う気にはなれなかった。

「岐阜中納言、織田秀信様です」

ジョアンは言いながらも、秀信とガラシャの奇縁を思った。ガラシャの父明智光秀

によって秀信の祖父信長と父信忠は殺された。

信長が生きていれば秀信は織田家を引き継ぎ、天下人となっていたかもしれない。それが、いまは美濃の一大名に過ぎず、ガラシャと同じキリシタンである。言わば本能寺の変で殺された者と殺した者の子が、信仰を同じくしているのだ。

秀信の名を聞いてもガラシャの表情は変わらなかった。いとがガラシャに代わって言った。

「ペトロ様なら、あそこにおられます」

いとの視線の先には、セスペデスと話している若い武士の姿があった。白の小袖に、背に揚羽蝶《あげはちょう》の紋が入った青色袖無し羽織を着て、胸に金色の十字架《クルス》を下げている。

色白で鼻が高く眉があがり、切れ長の目をしていた。

(信長様に似ている)

とジョアンは思いながら、秀信に近づいた。セスペデスがジョアンに気づいて、秀信に紹介した。

「修道士のジョアンです。彼は日本人ですが、神の御心にかない、わたしたちより巧みにポルトガル語を話します」

秀信は南蛮人の容貌を持つジョアンが日本人だと聞いても驚かず、微笑を浮かべた。

「わたしは、かねてから海を越えてパードレたちの国に行ってみたいものだと思っています。そのために、いつかポルトガルの言葉を教えていただきたい」

「南蛮に参られるのですか？」

ジョアンは秀信が意外なことを言い出したのに驚いた。

「おわかりでしょう。この国ではわたしは邪魔者なのです」

秀信はさびしげな微笑を浮かべた。秀吉は巧みに織田政権を簒奪《さんだつ》したが、その過程で信長の三男、信孝は滅ぼされた。次男信雄は所領を取り上げられ、相伴衆《しょうばん》として秀吉に屈して生きるしかなくなった。

秀信一人が大名として生きているが、人形のように何の野心も見せてはいけない境遇なのだろう。ジョアンはうなずいた。

「今日はヴァリニャーノ様からお伝えしたいことがあって参りました」

「ヴァリニャーノ殿から？」

秀信は不審そうな目をジョアンの脇に立っている又兵衛に向けた。ヴァリニャーノの話を伝えに来たジョアンが、キリシタンではなさそうな屈強な武士を連れていたか

らだ。又兵衛は頭を下げて、

「それがし後藤又兵衛と申す。主君黒田如水の使いとして参った」

「ほう、如水が関わっている話か」

秀信の目が鋭くなった。ジョアンはひやりとした。如水が本能寺の変で暗躍し、明智光秀を動かしたことは、キリシタンの間でひそかに囁《ささや》かれていた。秀信は、祖父と父の死に如水が関わりがあることを知っているのではないか。

秀信は怜悧《れいり》な口調で言った。

「ジョアン殿のお話、わたし一人で聞くのではなく、セスペデス神父、それにガラシャ殿にも立ち会っていただいたほうがよさそうだ」

秀信がガラシャに近づいて二言、三言話すとガラシャはうなずいて、ジョアンを振り向いた。

「わたくしも一緒に話をおうかがいしてよろしいのでしょうか」

「結構でございます」

ジョアンが言うと、又兵衛は身じろぎした。

「されば、それがしは、表にて怪しき者が来ぬか見張っておりましょう。なにせ、石田治部《じぶ》は京、大坂にくまなく間者を置いて、世の動きを探っておるそうですからな」

と言った。見かけの豪放さに似合わず、敏感な又兵衛は、秀信が黒田家の家臣を警戒していることを察していた。すると傍らのいとが、にこやかに言った。

「それなら、わたしも後藤様とともに見張りをしています。後藤様が入口に立たれては、皆さまがおびえられるでしょうから」

「わしが立つと皆がおびえるのでござるか」

又兵衛は目を丸くした。こんなにはっきりと物を言う女人は初めてだった。

「ええ、そのお髭が」

「髭でござるか」

又兵衛は困惑した表情で髭をなでた。その様子がおかしかったらしく、秀信は明るく笑うと、ジョアンたちをうながしてセスペデスの居室に入った。格子窓がある部屋には、板敷にテーブルと椅子が置かれていた。セスペデスが端に座ると、ジョアンは秀信とガラシャに向かい合う形になった。秀信の目が光った。

「お話をうかがいましょう」

「いま徳川様と大坂の大老、奉行衆の争乱が起きようとしています。ヴァリニャーノ様は、そのような乱を治めるキリシタンの天下人を待ち望んでおられます」

「キリシタンの天下人？」

ガラシャとセスペデスは、はっとしてジョアンの顔を見た。秀信は驚いた様子もなく微笑を浮かべてきっぱりと言った。

「もし、わたしにキリシタンの天下人となることを望まれているのであれば、無駄なことです。わたしに、そのような力はありません」

「しかし、キリシタンのために、そのような方が必要なのです。もし、決意していただけばシメオン様がお助けいたします」

「シメオン――」

秀信は如水の洗礼名をつぶやいた。すると、ガラシャが秀信に顔を向けて、

「わたくしはシメオン様を信じております」

と言った。秀信は困惑した目をガラシャに向けた。

「それは、なぜでしょうか」

「シメオン様は昔、荒木村重《あらきむらしげ》の城に乗り込み、一年余り幽閉されて足を悪くされました。あの方はその時、ひとに騙《だま》されたのです。それでも、今もひとを信じることをおやめになりません。わたくしは、そういう方を信じます」

「騙されてもなおひとを信じる――」

「わたくしはペトロ様も、そのようであっていただきたいと思います」

秀信はガラシャの目を見つめた。

「わたしは誰の言葉よりもガラシャ殿の言葉を信じましょう」

秀信が静かに言った時、ジョアンは、秀信とガラシャが一対の男雛《おびな》と女雛《めびな》のような美しさをたたえていることに、あらためて思いいたった。

ガラシャはすでに三十歳を超えているが、色白の肌は光を溜めたようで若々しかった。秀信の隣につつましやかに座った様子には、凛《りん》としたものが漂っていた。秀信はガラシャに対し、明智光秀の娘であるというこだわりは感じていないようだった。それどころか深い信頼を年上のガラシャに寄せているのではないか。ガラシャを見る秀信の目には明るい光があった。

話を終えてガラシャとジョアンが教会を出ると、大坂湾を見下ろすことができるあたりに又兵衛といとが立っていた。ガラシャに気づいたいとは駆け寄ってきて、

「御方様、あの者はまことに乱暴です」

と訴えるように言った。ジョアンが心配して訊いた。

「又兵衛殿が何かあなたにしたのですか」

「わたしにではありません」

いとが指さしたのは船着場へと下る坂道だった。見ると、そこには五人の武士や町

人が倒れていた。又兵衛が頭をかいて言った。

「いや、教会をうかがう怪しき者らがおったゆえ、始末しておきました」

「斬ったのですか」

「なんの、ただなぐって気を失わせただけでござる。それが乱暴じゃとの仰せで」

又兵衛が困ったようにいとの顔を見た。

「たしかに何人かの武士は怪しげな振る舞いでしたが、そのほかの者は、ただ御方様の姿を拝そうとのぞいていたキリシタンです。無実の方々なのです」

いとの憤激はおさまりそうにもなかった。

三

徳川家康が世間から「天下殿」と目され始めたのは慶長四年閏《うるう》三月のことだった。この年、閏三月三日に加賀の前田利家が亡くなっている。唯一、家康に対抗できる武将の死によって、豊臣政権内に抗争が勃発《ぼっぱつ》した。政権内での吏僚派の代表ともいうべき石田三成を討つべく、三成と不仲の加藤清正《かとうきよまさ》、浅野幸長《よしなが》、蜂須賀家政、福島正則、藤堂高虎《とうどうたかとら》、黒田長政《ながまさ》、細川忠興《ただおき》ら七人の将が大坂で兵を動員したのである。

七将の動きを察知した三成は大坂を脱け出し、伏見へと逃げた。この時、三成が家康の屋敷に逃げ込んだと噂されたが、実際には伏見城内の「治部少丸」と呼ばれる曲輪《くるわ》にある自らの屋敷に入った。七将は伏見まで三成を追ってきたが、伏見城に攻めかかるわけにもいかず、にらみ合いとなった。伏見にいた家康が調停を行い、七将に武力行使を思いとどまらせ、三成を居城の佐和山《さわやま》城まで護送するとともに隠退を強いた。

三成を追い払った家康は、間もなく大坂城に入った。この時をもって家康は、

——天下殿

になったのではないかと世間で囁かれた。家康は自らの権力を固めるため、他の大老たちの失脚を図った。まず加賀の前田利長に家康暗殺の企てがあるとして討伐する動きを見せた。しかし利長はこれを知って仰天し、家臣を大坂の家康のもとに送って弁明に努め、江戸に実母の芳春院《ほうしゅん》を人質として差し出し、屈服した。

「前田は弱腰じゃな」

家康は苦笑すると、領国の会津《あいづ》に引き籠り、武備を増強させつつある上杉景勝に狙いを変えた。景勝を討ち、五大老の内、二人を完全に屈服させてしまえば、残るは毛利輝元と宇喜多秀家だけである。家康の戦略は大坂城にあって豊臣政権を乗っ取り、

「天下殿」となることだった。伏見城と大坂城を押さえる形で天下経営に乗り出したのである。その手始めが上杉討伐だった。

慶長五年六月十六日——家康は上杉討伐の軍を発した。遮《さえぎ》る者はないかに見えた。

このころ、広島で一人の男が、ある策謀に取りかかろうとしていた。

中国、毛利百二十一万石の当主、輝元である。輝元は毛利家を巨大にした元就《もとなり》の孫にあたる。元就の死後、毛利家は輝元の叔父、吉川元春《もとはる》と小早川隆景によって支えられてきた。しかし、元春は天正十四年（一五八六）秀吉の九州攻めの際に陣中で没し、隆景も三年前に亡くなった。

叔父達に抑えられていた輝元は、ようやく大毛利家の采配を自らの考えだけで振えるようになっていた。

輝元は広島城に吉川広家を呼びつけた。広家は叔父元春の三男で輝元より八歳年下の従弟にあたる。父元春と叔父隆景亡き後、輝元を補佐していた。

輝元は広家を書院に呼び入れ、二人だけになると、露骨なことを口にした。

「そなた次の天下をどう見ておる」

広家は首をかしげて答えた。

「まず、徳川殿の差配で天下は動いていきましょうな」

「その時、わが家はどうなる」

「さて、徳川殿につけば安泰かと」

「そうはいくまい」

輝元はにやりと陰険に笑った。広家は父の元春が亡くなる前に言っていたことを思い出した。

「輝元殿は、わが父によう似ておられる。そなた、用心いたせよ。うっかりしておれば寝首をかかれるぞ」

元春の父元就は、

——用間《ようかん》の達人
と言われた。用間、すなわち間者を用いることに長《た》けていたのである。『孫子』の「用間編」では間諜の用い方は五種類あった。

すなわち敵国の人間を用いる郷間《ごうかん》、敵の陣営で不満を持つ者を用いる内間《ないかん》、寝返りさせた間者を用いる反間《はんかん》、自国の間者に虚偽の情報を流させる死間《しかん》、敵国に間者を忍び込ませ情報を持ち出させる生間《せいかん》である。元就は、

——はかりごと多きは勝ち、少なきは負け候と申す。兵書の言葉に候。ひとえに、

ひとえに、武略、計略、調略かたのことまでに候

と言い遺した。小土豪が大勢力と戦うには、ひたすら狡知《こうち》を尽《つ》くすしかなかったのだ。吉川元春と小早川隆景は武勇にすぐれており、父の代で築いた兵力があったため、間者に頼ることは少なかったが、輝元は祖父に似て用間を好んだ。

広家が不気味なものを感じて見つめていると、輝元は髭をひねってから言った。

「わしの見るところ、徳川の狙いは大老をことごとくつぶして豊臣家を乗っ取るつもりだ。すでに加賀の前田が屈した。会津の上杉を討てば、残るはわしと宇喜多秀家だけだ。会津攻めの後は中国攻めとなろう」

「さようかもしれませぬが、前田殿は膝を屈することで生き延びたのではござらんか」

「いったんはしのいだだけのことだ。いずれつぶされるに相違ない」

「それでは徳川殿を討たれるおつもりか」

「いや、戦では家康に勝てぬ」

輝元は平然と言った。

「ならば、ことを荒立てられては御家のためになりませんぞ」

広家が気色ばむと、輝元は笑った。

「家康には勝てぬが、一度は戦に持ち込まねば、唯々諾々《いいだくだく》と跪くしかなくなる。そこで、考えたのは、わしの代わりに戦をして、負けてくれる者をつくることだ」

「なんと」

「石田三成がおる。あの男は家康の世になれば、もはやどこにも行き場がなくなる。おだててやれば家康の留守に伏見城を落とすぐらいのことはできよう。もともと家康が天下の政務を見るのは伏見城においてだった。伏見城を失えば家康が天下人としておる場所が無くなる」

「大坂城があるではございませんか」

「大坂城にはわしが入る。三成に不穏な動きがあるゆえ鎮定《ちんてい》のためということでな」

「まさか、天下を取るおつもりか」

「三成が伏見城を落とせば家康は、ただちにとって返して三成を討つだろう。勝てば伏見城に入ることができるが、秀頼君を擁《よう》して天下の政務を見ておるわしを討つことはできぬ。わしも家康を討とうとは思わぬゆえ、天下は東西で分け持つことになろう。すべての罪は三成に背負ってもらってな」

輝元はひややかに笑った。広家は、

（なるほど、祖父元就はかような謀略を重ねて中国を手に入れたのかもしれぬ）

と思った。

「されど、そこまで考えておわすなら、なぜ、それがしにお打ち明けなさる。謀《はかりごと》は、たとえ一族であろうとも秘すべきでござろう」

「そちにはしてもらいたいことがあるのだ」

「何でござる」

広家は難題を押し付けられそうな気がして、眉をひそめた。

「三成を立たせるには、わしが味方につくと思わせねばならん。だが、戦になれば家康が勝つであろう。負け戦につくわけにはいかん。そこで、そちは毛利の軍を率い出陣したうえで家康とひそかに和議を結んでもらいたいのだ。戦になっても毛利の兵は動かすな」

「つまり裏切り者になれと仰せか」

広家は苦い顔をした。

「すまぬが、そうせねば毛利が徳川に抗して生き残る術《すべ》がないのだ。さらに言えば宇喜多秀家は三成と仲がよい。おそらく三成につくであろうから、戦の後、そちは寝返りの見返りとして宇喜多領を望め。さすれば、わが毛利は文字通り中国を手に入れたことになる。それだけの勢力を持てば家康といえども、うかつに手は出せなくなる」

輝元の目には執念があった。かつて秀吉が中国攻めをした時、毛利が苦しんだのは、備前《びぜん》の宇喜多直家《なおいえ》が寝返って秀吉についたからだ。秀吉の遠征軍は当初、六千に過ぎなかった。これに播磨《はりま》の土豪の軍勢が加わったものの直家が秀吉につき、その兵力二万が動いたことで、大兵力となったのである。備前を手中にするということは、毛利にとって、かねてからの宿望でもあった。

広家は輝元の話を黙って聞くと城下の館に戻った。そして部屋で手紙をしたためた。如水に輝元の策謀をもらすためだった。輝元の策を行えば、広家は戦場で三成を裏切り、家康に寝返らねばならない。輝元のために武士として汚名を着ることになるのだ。

(なぜわしが裏切り者にならねばならないのだ)

広家は腹立ちのまま、父のように慕っている如水に輝元の策謀を伝えたのである。広家こそ如水が毛利の中につくった内間だった。

如水は昨年十二月、家康に暇を請い、中津に戻っていた。広家からの手紙を中津城内の居室で読んだ時、傍らにはジョアンと隼佐がいた。手紙を読み終えた如水は、にやりと笑った。

「どうやら、毛利の古狐《ふるぎつね》が動き出したようでござる」

「毛利様が？」

ジョアンは不安げな顔になった。戦が果てしもなく続く戦国の世に戻るのではないか、と恐ろしかった。如水はジョアンを慰めるように言った。

「こたびの戦、決して長引きはいたしませぬ。終われば世は安らかになりましょう」

「さようでしょうか」

うなずいた如水は隼佐に命じた。

「ジョアン殿を早船にて上方《かみがた》へお連れいたせ。石田の目をくぐり抜けて岐阜城までお送りするのだ」

「わたしは岐阜へ参るのですか」

ジョアンははっとした。秀信には、戦いの時には如水から献策すると告げておいた。いよいよその時が来たのだ。

「さよう、岐阜中納言殿には東西手切れとなっても、いずれにもつかず岐阜城にお籠りありたいとお伝えください。兵をあげるのは家康が会津攻めよりとって返し、大坂に向かった後です」

「シメオン様は？」

「それがしは九州を討ち平らげ、その兵をもって上方へ駆け上ります」

「九州を――」

ジョアンは息を呑んだ。黒田家の兵は長政が率いて、家康の会津攻めに従っている。中津城に残るのは老兵か年少の者ばかり、それも四、五百ではないだろうか。とても九州を攻め取るような兵力ではなかった。

「なんの、戦は力だけでするものではござらん、知恵でするのです」

如水は指先で頭をさして笑った。ジョアンは懐かしくなった。

「シメオン様は昔もそのようなことを言われました」

「ほう、さようなことがありましたか」

「そう、京で松永久秀《まつながひさひで》によって将軍足利義輝《あしかがよしてる》様が討たれた年のことでした」

三十五年前のことである。十六歳だったジョアンは宣教師フロイスらとともに京で布教していた。足利義輝を攻め殺した松永久秀はキリシタン嫌いで、京のキリシタンたちは迫害を恐れて逃げ出さねばならなかった。その時、ヴィレラ神父とジョアンを護衛したのが、当時、小寺官兵衛《かんべえ》と名のっていた如水だった。

ジョアンは京から落ちのびる夜、ヴィレラたちに、戦は知恵でするもの、と豪語した官兵衛の笑顔を今でも覚えていた。

「さようか、思えばあのころは、それがしも若うござった」

如水は昔を思い出す顔になったが、ジョアンの目を見て言った。

「このたびの戦こそ、それがしの最後の戦です。戦場はおそらく関ヶ原になるでしょう。そこで、われらは織田秀信様を擁して戦い、キリシタンの天下人をつくるのです」

「関ヶ原？」

如水の目が光った。

「さよう、関ヶ原で勝つのは、徳川でも豊臣でもなく、織田でござる」

四

慶長五年七月二日――越前敦賀《えちぜんつるが》城主大谷吉継《おおたによしつぐ》は家康に従って会津征伐に従軍するため、軍勢を率いて美濃の垂井《たるい》に着いた。吉継は病でほとんど失明しており、顔を隠す白い頭巾《ずきん》をかぶり、移動には輿《こし》を使っていた。
かねての約束で石田三成の子重家《しげいえ》を同道するため、佐和山に迎えの使者を出した。ところが三成からは、佐和山に来るよう要請する使いが来た。吉継が怪しみながら佐和山に赴《おもむ》くと、三成は家康を討つため蜂起すると打ち明けた。

「無理だ」

吉継はにべもなくはねつけたが、三成は数日にわたって執拗《しつよう》に説得を重ねた。吉継はいったんは拒絶して佐和山を去ったが、三成の決意が固いことを知ると、若いころからの友情を思い、垂井から引き返した。

七月十一日――

三成は旧友が行動をともにする決意をしてくれたことを喜び、佐和山城に来ていた安国寺《あんこくじ》恵瓊《えけい》と引き合わせた。恵瓊もまた会津征伐出陣のため大坂に来ていて、三成の要請で佐和山に来たのである。かたわらには三成の謀臣島左近も控えた。

恵瓊は永年、毛利の外交僧として活躍してきた男だ。三成は嬉しそうに言った。

「われらが決起すれば、恵瓊殿が輝元殿に大坂城に入るよう進言してくださる」

吉継はかすかに頭をかしげた。

「ほう、慎重で知られる毛利殿が、さように気軽にお動きなさるか」

「なんの、拙僧はすでに毛利の殿より内諾を得ており申す」

「内諾？」

吉継は、うっすらと笑みを浮かべた。

「ということは、まことは、これは毛利殿のたくらみではないのかな。三成、お主は利用されているのではないのか」

「なんということを」

三成はあわてたが、左近がくっくっと笑った。

「いかにも大谷様のおっしゃる通りでござるよ。しかし、いずれにしても毛利様が動く気になられたのは、われらにとって瑞兆《ずいちょう》でござる。毛利様の名がなければ、徳川を討つため大名を集めることはかないませんからな」

吉継は左近に見えぬ目を向けた。

「しからば、承知のうえで毛利殿の謀にのるというのか」

「謀っておるのは徳川も同じこと。いや、徳川だけではござらん。九州の黒田如水にも謀があるようでござる」

「如水殿が？」

吉継は当惑した声で言った。吉継は若いころから戦陣で如水の軍師ぶりを見てきた。端倪《たんげい》すべからざる鬼謀は警戒しなければならないと思っていた。

「さよう、先ごろ、キリシタン修道士を使いにして、岐阜の織田秀信様になにやら仕掛けておるようでござる」

「なんと」

「岐阜中納言様はキリシタンだそうでござる。われらと徳川の争いにつけこみ、キリシタンが天下を取ろうとする謀があるやもしれません」

「まことか」

吉継は三成に向かって言った。

「そうかもしれぬ。それゆえ、恵瓊殿を通じてしかるべき手を打っておいた」

三成が言うと、恵瓊がにこやかに応じた。

「されば毛利にお預けの身となっている大友吉統《よしむね》殿を使うのでござる」

「なるほど、大友を九州に放つのか」

吉継は鋭く三成らの計画を察した。大友吉統は、かつて九州の覇者だった大友宗麟《そうりん》の息子である。秀吉の九州征伐の後、豊後一国三十七万石を安堵されていた。ところが朝鮮に出兵した際、敗戦に驚き、味方も助けずに退いたことが秀吉の怒りにふれて所領を没収された。吉統はその後、毛利に預けられていたのである。

「豊後一国を取り戻せるかもしれぬと思えば、大友は勇んで九州に戻りましょうな」

吉継はつまらなそうに言った。三成がうなずいた。

「そうだ。如水にどのような謀があるにせよ、九州で大友の名は大きい。吉統が戻れば馳《は》せ参じる者も多かろうし、わずかな手勢しか持たぬ如水を討つことも、難しくはあるまい」

「さて、そのようにうまくいくか」

吉継は如水の力を知るだけに不安げに言った。左近が身じろぎした。

「大友にはしばらくの間、如水を足止めしてもらえばよいのでござる。その間に、われらはキリシタンの人質を取り申す」

「キリシタンの人質？」

「細川家御内室、ガラシャ殿でござる」

「ガラシャ殿を人質にするというのか」

吉継は嫌な顔をした。三成が取りなすように言った。

「やむを得んのだ。細川ガラシャ殿はキリシタンの間で格別な尊崇をあつめているという話だ。人質に取れば、如水が岐阜中納言と何かを企んでおったにせよ、その動きを止めることができる」

「しかし、ガラシャ殿を人質にしようとして、万一、自害でもされたらどうする」

左近がハッハと笑った。

「ご案じめさるな。キリシタンは自害を禁じられており申す。ガラシャ殿が自決されることは万に一つもござらん」

左近に断言されると、吉継も黙るしかなかった。

三成は謀議の後、大坂に入って長束正家、増田長盛、前田玄以ら三奉行の名で輝元に大坂城入りを要請した。

七月十二日のことである。


同月十九日、会津征伐を控え江戸にいた徳川家康のもとに、増田長盛からの手紙が届けられた。大谷吉継と石田三成が何事か謀議しているという風評を伝えるものだった。このころまで、豊臣家奉行の間でも三成につくか家康につくかは定まっていなかったのだ。

家康は手紙を一読しただけで、予定通り会津へと向かうつもりだった。上杉景勝を討ったうえで上方に馳せもどろうと考えていた。

フランシスコ会の宣教師ジェロニモ・デ・ジェズスが家康に拝謁を願い出たのは、出陣のあわただしさの最中のことだった。

「何事だ」

家康は顔をしかめつつも拝謁を許した。フランシスコ会はスペインとの交易を開くための窓口だと思っていたからである。ジェズスは二年前、慶長三年（一五九八）に江戸の八丁堀《はっちょうぼり》付近にロザリオの聖堂を建立し、布教を始めていた。家康に拝謁したジエズスは通辞を通じて言った。

「きょうはイエズス会の不埒《ふらち》なたくらみについて申し上げに参りました」

「イエズス会の？」

家康は不審な顔をした。キリシタンの中でイエズス会とフランシスコ会が競争相手であることは、最近、ようやく知ったばかりである。

「イエズス会は自らの意のままになるテンカ様を作ろうと企んでおります」

キリシタンの間では織田秀信が天下人となることへの期待が強まり、噂となって広がっていた。

「イエズス会が天下人をだと」

家康は思わず笑った。そんなことができるわけはない、と思ったのだ。しかし、次の瞬間、ジェズスの言葉を聞いて背筋が凍る思いがした。

「イエズス会が推しているのは岐阜の織田秀信様、その陰で暗躍しているのは黒田如水です」

「なんだと――」

家康は不安になった時のいつもの癖で手の爪《つめ》を噛《か》んだ。織田と聞くと、家康は、いつも夢に見るほど恐ろしかった信長のことを思い出す。

幼いころ今川家の人質だった家康は、信長が桶狭間《おけはざま》の戦いで今川義元を討ったのに乗じて独立した。しかし、その後は信長の同盟者として酷使される日々が続いた。最初の妻築山御前《つきやまごぜん》と嫡男の信康《のぶやす》を、信長に疑いをかけられたというだけのことで死なせねばならなかった。信長への恐怖心は体にしみついている。如水が信長の孫を擁立しようとしているとすれば、恐ろしいことである。

(容易ならざる話だ)

と思いながらも、家康はジェズスを下がらせた。如水に怪しい動きがあることを知っただけで十分だった。

家康は二十一日に江戸を出発し、二十四日には下野《しもつけ》の小山《おやま》に着いた。この日、伏見城の守将鳥居元忠《とりいもとただ》から、三成が挙兵して伏見城を攻撃しているという報が届いた。

大坂方では十七日、三奉行の連署によって十三ヵ条からなる、

——内府ちがひの条々
が出され、家康が糾弾《きゅうだん》されていた。同じ日、毛利輝元は海路、兵を率いて大坂に上り、大坂城西の丸に入ったという。

「毛利め」

家康は歯噛みした。輝元が三成らを操って大坂城入りしたに違いなかった。会津攻めにあたって三成が上方で騒動を起こすことは予測していた。しかし、いったん奉行の座から失脚した三成に、さほどのことができるとは思っていなかった。三成が諸大名を動かすほどの力があれば、隠退に追い込まれることなどなかったからである。

(毛利は天下に野心がないと思っていたのが、油断だった)

毛利が動いた以上、西国の大名は呼びかけに応じて、続々と集まるに違いなかった。これに比べて、家康は気心が知れぬ豊臣系の武将たちを率いて上杉と一戦交えようとしていたのである。

(罠《わな》にはまったのではないか)

家康はまた爪を噛んだ。


七月二十五日、小山で諸将を集めての会議が開かれた。世に名高い小山の評定《ひょうじょう》である。席上、真っ先に口火を切って、

「家康殿が太閤の遺命を奉じ、秀頼様を補佐される意向がおありなら、それがしが先鋒となって、石田三成ら一党を撃破いたしますぞ」

と吠《ほ》えるように言ったのは猛将福島正則だった。正則の発言で会津征伐軍に加わっていた諸将のほとんどが家康につくことを表明した。家康は満足げに評定の成り行きを見守っていたが、内心では疑いを持っていた。

正則に家康につくと表明するよう説得したのは、黒田長政なのである。

長政は本多正信《ほんだまさのぶ》ら家康の側近と打ち合わせたうえで、正則を説いて評定の席で最初に発言させたのだ。長政は、さらに北政所の甥《おい》である小早川秀秋《こばやかわひであき》にも寝返るよう工作を進めている。徳川にとっては願ってもない味方だった。しかし、長政は如水の息子であり、自身もキリシタンだった。織田秀信は会津征伐に加わるはずだったが、軍装が整わないという理由で遅れ、いまも美濃の岐阜城にいる。

（わしを上方へ向かわせ、途中で織田秀信と示し合わせて討つつもりなのではないか）

家康は小山評定で諸将が味方につくことを表明しても、安心はできない、と思った。このため、家康に従うことを表明した上方、東海道筋の武将たちは家康の家臣、井伊直政《いいなおまさ》、本多忠勝《ただかつ》をつけて東海道を西上させ、徳川本軍は徳川秀忠が率いて中山道を上らせることにした。合流地点は美濃か近江《おうみ》である。美濃の織田秀信に不穏な動きがあった場合、徳川本軍を温存する用心だった。

家康自身は八月五日に江戸に戻った。この間、八月一日には伏見城が落城し、三成は美濃に向かった。大垣《おおがき》城に入ったのは十一日である。十四日には福島正則らの西上軍が、正則の居城、尾張の清州《きよす》城に集結した。戦機は熟しつつあったが、なおも家康は江戸にとどまったままである。

「家康殿は何をしておられる」

正則ら西上軍の諸将の間から不満が漏れ始めた。

そのころジョアンは岐阜城にいた。如水からの献策を伝えに来たのだが、意外なことに秀信は、徳川方についた諸将の西上軍と戦うための軍備を行っていた。石田方につくつもりのようである。ジョアンは天守閣で秀信と二人きりになって訊いた。

「なぜでしょうか。シメオン様は東西いずれにもつかず、徳川軍が上方へ上るのをやり過ごしていただきたいと申されていましたが」

秀信はしばらく黙った。秀麗な容貌に疲れが浮いていた。やがて重い口調で言った。

「城内に石田からの使者が来ておる」

「その者が石田方につくように説得したのですか」

秀信は頭を振った。

「いや、使者が告げに来たのはガラシャ殿の死の真相だ」

ジョアンははっとした。細川ガラシャは一月前の七月十七日、大坂玉造《たまつくり》の細川屋敷で凄絶《せいぜつ》な最期を遂《と》げていた。

三成は十六日、会津征伐に加わった諸将の家族を大坂城に移して、人質に取ろうとした。この時、黒田家では天満屋敷から如水の妻幸圓と長政の妻ねねを屋敷の裏手の湯殿の壁を穿《うが》ち、そこから俵《たわら》につめて二人を外に出した。商人に変装した母里太兵衛《もりたへえ》らが天秤棒《てんびんぼう》にかついで、大坂湾の近くの商人の家に匿《かくま》った。

如水が隼佐に命じて派遣した船に乗せる予定だったが、大坂方は川筋や大坂湾に軍船、早船を配置し、百人あまりの兵に警戒させたため船に運ぶことができなかった。ところが十七日の夜になって突如、玉造の方角に火の手があがった。警備の兵たちが驚いて玉造に向かった隙に、幸圓らを船に運び上げることができた。

この時の火の手は玉造の細川屋敷からあがったものだった。三成は十六日にガラシャも人質に取ろうとしたが、細川家はこれを拒絶した。

翌日、三成が兵に屋敷を囲ませると、屋敷から炎が出た。人質になることを拒んだガラシャは、自害を禁じられているキリシタンであるため家老の手にかかって果てた。ガラシャが息絶えた後、家老は屋敷に火を放ち、切腹したという。

　黒田家の幸圓たちは、奇《く》しくもガラシャの死によって救われたのである。

　ガラシャの死の数時間後、オルガンティーノは細川屋敷の焼け跡を訪れてガラシャの骨を拾い、堺《さかい》のキリシタン墓地に葬った。三十八年の生涯だった。

　ジョアンにとってガラシャの悲劇的な最期は胸に重くのしかかるものだった。あの美しいガラシャにもう会えないのか、と思うだけで悲嘆の思いが胸にあふれるのだった。しかし、秀信がガラシャの死を悲しんだとすれば、憎むべき相手は人質に取ろうとした三成ではないのか。ジョアンがそう言うと、秀信は頭を振った。

「たしかに、三成が人質に取ろうとしなければ何も起こらなかったかもしれません。しかし、自殺を禁じられているキリシタンのガラシャ殿が、なぜ死を選んだのでしょうか。黒田家では内室を家臣たちが無事に逃がしたではありませんか」

　たしかにそうだ、と思ってジョアンはうなずいた。秀信は目に悲しみをたたえていた。

「ガラシャ殿が亡くなられたのは、細川忠興《ただおき》が殺させたからです」

「まさか――」

「石田の使者の話では、忠興は、大坂と戦になる時はガラシャ殿を殺して屋敷に火を放てと命じていたそうです。さもなくばキリシタンのガラシャ殿は、自害されずに人質になられたでしょう」

「しかし、細川様がなぜそのようなことを」

「ガラシャ殿が明智光秀の娘であり、キリシタンだったからです。本能寺の変の後、細川家は謀反人の娘であるガラシャ殿を、太閤の目をはばかってしばらく幽閉していました。その後、屋敷に迎えましたが、ガラシャ殿は伴天連追放令が出ているのにも拘わらず、キリシタンになってしまわれた。忠興は何度も棄教をうながしたが、ガラシャ殿は聞こうとなさらなかった。細川家にとって、ガラシャ殿は常に邪魔なひとだったのです」

「それで、戦のどさくさにガラシャ様を殺《あや》めたというのですか」

ジョアンは眉をひそめた。

「家康に味方して西上する軍勢の中には、細川忠興がおります。いまごろ福島正則らとともに清州城に来ておるでしょう。わたしはガラシャ殿の仇《かたき》である忠興を討ちたい。だから石田方につくのです」

「しかし、それでは、秀信様にキリシタンの天下人になっていただくという謀がかないません」

「わたしはもともと天下人になどなろうとは思っておりませんでした。ガラシャ殿が喜ばれるのであれば、と思っただけのことです。いまはガラシャ殿の仇を討ち、ガラシャ殿が待つ天国《パライソ》へ参りたいと思うばかりです」

秀信は静かに言った。ジョアンはそれ以上、言う言葉がなかったが、

「しかし、石田の使者が伝えたことが、すべてまことかどうかはわかりません。使者は何という者なのでしょうか」

と訊いた。

「島左近です」

秀信はうなずいて答えた。

五

九州中津の如水が大坂方の挙兵を知ったのは、七月十七日のことだった。この日、如水のもとを豊後高田一万三千石の城主、竹中重隆《たけなかしげたか》が訪れた。重隆は、かつて秀吉の軍師として、如水とともに戦陣にあった竹中半兵衛の従兄弟である。如水は重隆と連れ立って城下に遊び、伊予屋弥右衛門《いよややえもん》という商人の接待を受けた。

重隆が辞去した時、かねてから如水が大坂との連絡のために用意している早船で密使が着いた。如水は密書を読むと、

「天下大乱が始まったぞ。すぐさま出陣の用意をいたせ」

と周囲に命じて、重隆を呼びもどさせた。重隆があわてて戻ると、

「いま、大坂の留守居から連絡があって、石田三成らが伏見城を攻撃するとのことです。伏見城はいずれ落ちようが、三成は江戸の内府には勝てまい。されば、そこもとは高田にお戻りになって、関東方につかれたがよい」

と言った。重隆がうなずいて、

「では、如水様も関東方につかれるのですか」

と訊くと、如水はカラッと笑った。

「それがしには、それがしの大博打《おおばくち》がござる」

如水はその後、家臣たちに総登城を命じ、大広間に集めた。居並んだ家臣たちを前に、

「上国《じょうこく》の形勢はただならぬものがある。わしは兵を挙げて近隣を切り取ったうえで、上方へ馳せ上る」

と宣言した。老臣たちは驚いて顔を見合わせると、言上した。

「先に長政公が家中の精鋭を率いて関東へ出陣なさっておいでです。今、中津に残っている軍勢は少数でございます。それに九州一円は、ほとんどが大坂方で三成の党類によって占められております。まずは籠城されて時期を見られたがよかろうと存じます」

如水は泰然として言った。

「お前たちは永年、わしとともにいて、まだわしの力量がわからぬのか。今、三成の党類で攻めてきそうなのは豊後の七党と小倉《こくら》の毛利ぐらいのものだ。お前たちを先鋒にすれば、後詰は女子でも足りよう。いまは九州を討ち平らげ、中国に打って出て、毛利、宇喜多の領地を切り従え、兵船を播州の室《むろ》ノ港に集め姫路《ひめじ》へ押し出せば、彼の地は旧領だ。国人《こくじん》はこぞって馳せ参じる。その勢いにのって京洛に旗をたてるのだ」

意気軒昂《けんこう》な言葉に、老臣たちは息を呑んで何も言い返せなかった。

如水は、天守閣にこれまで貯えていた金銀、銭を大広間に持ってこさせ、山盛りにしたうえで領内にふれを出して兵をあつめた。銭で兵を雇い、戦力とするつもりだった。

ふれに応じて男たちが中津城に詰めかけると、一騎あたり前金として銀三百匁《もんめ》、徒《か》士《ち》の者には永楽銭で一貫文ずつ当座の支度《したく》金として手渡した。この金配りの時、二

重、三重にもらう者がいた。掛りの役人が気づいて如水に告げると、

「わしも気づいておった。しかし、二重に取らせても味方として働けばそれでよいのだ。同じ者が二度来ても景気づけになると思えばよい」

と言ってとがめなかった。

金配りで騒がしくなったころ、大坂を脱出した幸圓とねねが着いた。如水は喜んで迎えたが、二人を護衛してきた隼佐が思いがけないことを耳打ちした。

「なに、ガラシャ殿が――」

黒田家では幸圓たちを脱出させる手立てを講じていただけに、細川家にも備えがあるものと思っていた。加藤清正の大坂屋敷でも、清正の正室を家臣が乗った駕籠にひそませて脱出させ、川筋で船に乗り換え九州まで運んでいる。

「なぜ、細川は手を打っておかなかったのだ」

如水は顔を曇らせた。隼佐は声をひそめた。

「細川様は、どうやら大坂方が人質に取ろうとする際には、ガラシャ様を生かして渡さぬよう家臣に命じておったようでございます」

「忠興め」

如水はうめいたが、ふと気づいたように、

「ガラシャ殿には、いとという侍女がいた。あの者はどうした」

と訊いた。隼佐は首を振った。

「細川屋敷は焼け落ちましたゆえ、誰がどうなったかわかりませぬ。侍女の中には屋敷から脱出したものもいると思われますが」

「そうか――」

ガラシャがなぜ死んだのか、その秘密を知っているのはいとなのではないか、と如水は思った。


同じころ大坂城では、毛利輝元が山口から呼び出した大友吉統を西の丸大広間で引見していた。かたわらに石田三成が控えている。

吉統はこの年、四十三になる。朝鮮の陣では、救援を求める小西行長を見捨てて戦わずに逃げたとして、秀吉の逆鱗《げきりん》にふれ、所領を失った。

「臆病者」の汚名はいまも晴れていないが、朝鮮で退陣したのは行長がすでに戦死した、という誤報を信じたためだった。また、この時、小早川秀包《ひでかね》、黒田長政も救援を求められながら拒否している。吉統ひとりが罪に問われたのは、三成ら太閤奉行衆から軽んじられていたためだった。いまも吉統は三成の目を恐れておびえ、平伏したまま顔をあげられなかった。

「大友殿——」

輝元が苦笑して声をかけた。

「急ぎ、九州に下り所領を回復されよ。九州にては黒田如水に怪しげな動きがあるが、大友家当主のそこもとが戻られれば、国人は争って味方につこう。如水など物の数ではござるまい」

吉統は平伏したまま、

（あの男と戦うのか）

と思うと、わきの下を冷や汗が流れる心地がした。吉統は、如水の武略を九州攻めのおりに間近で見ていた。神算鬼謀《しんさんきぼう》の軍師で、とても自分がおよぶとは思えなかった。それでも豊後一国を取り戻すには、この機会を逃すわけにはいかなかった。

「かしこまった」

吉統は顔をあげて言ったが、情けないことに声が震えていた。輝元は、あきれたように三成を見た。三成はつめたい笑いを浮かべた。

「大友様に申し上げておきたいことがござる」

吉統はぎょっとした。

「何でござろう」

「黒田の隠居の企みは、おそらくキリシタンの天下をつくることを狙《ねら》ってのことでござろう」

「キリシタンの天下？」

「さよう、申し上げておきたいこととは、大友様の父上、宗麟様は名だたるキリシタン大名でござった。大友様も一度はキリシタンになられたはず。されば九州に下って後、キリシタンとして一味同心されては困り申す。そのこと信じてよいでありましょうか」

吉統は何を言われているのかわからないような鈍い表情になったが、やがて吐き捨てるように言った。

「大友が、かつて耳川《みみかわ》の戦で島津に敗れたのは、父宗麟がキリシタンであったためでござる。キリシタンであったことで大友は悲運が続き申した。いまさらキリシタンに同心することなどあり申さぬ」

吉統にしては激しい言葉だった。輝元と三成は満足げにうなずいたが、吉統は胸の中で別なことを考えていた。修道士ジョアンは宗麟が南蛮人の血を引く明の女に産ませた子で、吉統にとっては異母兄にあたる。

如水がキリシタンの天下を夢見ているとすれば、ジョアンもまた同じだろう。その夢を阻むことで豊後を回復できるのだとすれば皮肉なことだった。

(わしとジョアンはやはり悪縁なのだ)

吉統は不思議なさびしさを感じた。

吉統には豊臣家から九州に下る支度として馬百頭、甲冑《かっちゅう》百領、槍《やり》百本、鉄砲三百挺《ちょう》、銀子《ぎんす》三千枚が下賜された。吉統は豊後七党を呼び寄せ、豊前の毛利吉成とも連絡を取りつつ、兵船で海路、豊後に向かった。

六

家康は江戸から動こうとはしなかった。八月十九日、家康の使者村越茂助《むらこしもすけ》が清州に到着した。茂助が伝えたのは、軍目付の井伊直政や本多忠勝を驚愕《きょうがく》させる内容だった。

家康は福島正則ら先手となって清州城に在陣している大名が大坂方と一戦交えてからでなければ、江戸を発たないというのである。清州城の大広間でこのことが告げら

れると、大名たちはざわめいた。家康が味方のはずの大名をそこまで信じていないことが意外だったのだ。正則が大声で笑い、

「いかにもごもっともなることだ。さっそく手出しいたそう」

と言ったことから、大坂方との戦端を先手大名だけで開くことが決まったが、大名たちの胸の中には家康の猜疑心《さいぎしん》の深さへの怒りが渦巻いた。

二十日には軍議が開かれ、織田秀信の岐阜城を攻めることが決まった。清州から岐阜城へは七里ほどの距離である。

軍議の後、黒田長政は大広間を出ると、すぐに後藤又兵衛を呼び寄せて、ひそかに命じた。

「岐阜中納言様は何度も使いを出したのに、なぜかいまだに関東方につくと言われぬが、このままでは、われらは岐阜城に攻め寄せることになる。至急、岐阜城に忍んで岐阜中納言様の真意をたしかめてまいれ」

又兵衛はうなずくと、陣営に戻り具足を脱いで、袖無し羽織、裁着袴姿で編笠をかぶり、旅の武士らしい身なりとなった。夜のうちに木曾《きそ》川の下流を渡った。

二十一日早朝、西上軍は岐阜城に向かって動き出した。福島正則、細川忠興、加藤嘉明《よしあき》、黒田長政、藤堂高虎、井伊直政ら一万六千人が木曾川下流から対岸をめざし

た。池田輝政、浅野幸長、山内一豊《やまのうちかずとよ》、堀尾《ほりお》忠氏《ただうじ》ら一万八千人が木曾川上流を渡河した。

又兵衛は軍勢の動きを遠望しつつ岐阜城へ向かったが、山頂の城からは粛々《しゆくしゆく》と軍勢が下りつつあることに気づいた。

「やっ、城を出て戦うつもりか」

又兵衛は意外な思いがした。岐阜城に籠る兵は四、五千だろう。それが三万を超える軍勢に対して、城を出て野戦を挑むとは考えられなかった。

(さすがに胆《きも》太いわ。亡き織田右府の孫のことだけはある)

又兵衛は出陣した秀信に会うのは難しい、と顔をしかめた。又兵衛が道を急いでいる時、茂みの中に赤いものが動くのを目ざとく見つけた。

「何者だ」

又兵衛は刀の柄《つか》に手をかけて、用心深く声をかけた。岐阜城の物見なら斬り捨てるしかないと思った。すると菅笠をかぶり緋《ひ》色《いろ》小袖を着た女が立ちあがった。杖を持っているところを見ると、旅の女らしい。又兵衛が編笠をあげて女をよく見ようとすると、女が大きな声をあげた。

「ああ、ようございました」

「なんだ、その方」

「お忘れでございますか。乱暴なうえに物忘れのひどい方ですね」

女は細川ガラシャの侍女、小侍従《こじじゅう》こと、清原いとだった。

「そなた——」

又兵衛は苦い顔になった。細川ガラシャが大坂で人質となることを拒んで屋敷に火を放って死んだことは、すでに西上軍にも伝わっていた。

諸将の家族を人質に取ろうとした三成に抗《あらが》ったガラシャの凄絶な最期は、大名たちに感銘を与えていたのである。そのガラシャに影のようについて離れなかったいとが、なぜ美濃にいるのか。

「亡きガラシャ様より、岐阜中納言様にお伝えするよう命じられたことがあって参りました。岐阜中納言様のもとへお連れください」

いとに毅然《きぜん》と言われて又兵衛はうなずいたが、戦で殺気立っている陣中に女を連れていくのか、とげんなりした。しかもいとは右足を指さして、

「足をくじいて、歩くことができません。背負ってください」

と平然と言った。又兵衛はやむなく片膝をついて広い背中を向けた。いとは、そのままおぶさると、

なかった。

「急いで」

と命じる口調で言った。又兵衛は顔をしかめると、いとのかぐわしい匂いをかぎながら野道を駆けだした。織田の軍勢に出会ったら、どう切り抜けたらいいのかわからなかった。

織田秀信は三千二百の兵を率いて岐阜城を出ると、木曾川河畔の川手《かわて》村に陣を敷いていた。西上軍が渡河するところを銃撃するつもりのようだ。

――半渡を討つ

渡河しようとしている軍を渡りきる直前に討つのは軍略の常道だが、川を渡る軍は水にぬれて鉄砲が役に立たなくなるだけに、川辺で待ち構えての一斉射撃は効果的だろう。

(岐阜中納言は、祖父信長が桶狭間で行った奇襲をやろうとしているのだ)

信長は今川義元の大軍が尾張領内に攻め入った時、籠城せずに雨の中、桶狭間で今川本軍に奇襲をかけた。秀信が木曾川を渡ろうとしている西上軍を鉄砲による奇襲で退ければ、すぐれた武将としての名が一度に広まるに違いなかった。

いとを背負った又兵衛は川手村に近づき、日が暮れるのを待った。闇にまぎれて陣営に入り込むつもりだった。やがてあたりが薄闇に包まれ松明《たいまつ》が灯り始めたころ、又兵衛はいとを背負って動き始めた。西上軍が木曾川を渡って戦が始まるのはおそらく翌朝のことになるだろう、と思った。それまでに秀信に会わねばならない。

又兵衛が河畔沿いの茂みを移動していると、不意に、

「戦場に女を背負ってくるとはたいした度胸だな」

と男の声がした。又兵衛はぎょっとして振り向いた。背後に立っていたのは六尺を超す長身だが、髷《まげ》は白髪まじりで六十に近く見える。筋骨たくましく顎がはった精悍な顔は眉が黒々として年齢を感じさせない。又兵衛と同じように袖無し羽織、裁着袴で旅の牢人のような身なりだ。

「何者です」

声をかけたのは、又兵衛の背におぶさっているいとだった。

「何者か問うなら、自らが名のったらどうだ」

男はひややかに言った。又兵衛は、問われて名のる者などおるか、と言おうとしたが、いとが答えてしまっていた。

「わたしは細川ガラシャ様の侍女、小侍従。このひとは黒田家の後藤又兵衛殿。ガラシャ様のご伝言を岐阜中納言様にお伝えに参るところじゃ、邪魔するでない」

「ほう、後藤又兵衛か。武辺者じゃそうな。噂は聞いておるぞ」

男は嬉しそうに言うと、刀の柄に手をかけた。又兵衛も刀に手をやりながら、いとに言った。

「いと殿、背から降りていただけるか」

「足が痛うございます」

「ならば、しっかりとつかまっておられい」

又兵衛は刀を抜くと左に跳んだ。男が抜き打ち様に斬りつけてきた。凄まじい刃音が響いた。又兵衛も斬りつけたが、刀は弾き返された。薄闇に青い火花が散った。又兵衛はいとを背負ったまますべるように動いた。

男の動きも同じようになめらかだった。又兵衛は男に向かって跳躍した。真っ向から斬り下げると、男の刀が弾き返し、そのまま反転して又兵衛の胴を狙った。又兵衛は危うく飛び退いたが、額には汗がじっとりと浮いていた。男の剛力《ごうりき》は、ただ者ではないことを証明していた。

(かほどの奴に今まで出会ったことがない)

それほどの相手にいとを背負って戦うことの不利を悟って、背筋に冷や汗が出た。しかし、男は退くと、刀を鞘《さや》に納めた。

「お主ほどの男、戦場で会うたほうが面白かろう。それに、何を岐阜中納言に伝えるつもりか知らぬが、もはや間に合わぬぞ」

と言うと背を向けた。

「待て。お主の名は？」

又兵衛が訊くと、男は振り向きもせずに答えた。

——島左近
(あ奴が島左近か)

又兵衛は、世に聞こえた三成の謀臣、島左近と初めて出会ったのである。

いと又兵衛は、間もなく川手村の秀信の本陣に近づいた。松明の炎が輝き、槍を持った足軽たちがあわただしく動いていた。いとが胸元から黄金の十字架《クルス》を差し出して、

「細川ガラシャ様より中納言様にお伝えしたいことがございます。お通しくだされ」

と凜《りん》とした声で言った。足軽たちは動揺して顔を見合わせた。篝火《かがりび》の向こうから黒い修道服を着た長身の男が近づいてきた。

「ジョアン様——」

ジョアンはにこりと笑った。

「中納言様にお取り次ぎをいたしましょう」

又兵衛といとは、間もなく秀信の前に連れていかれた。秀信は閻魔堂《えんま》を本陣として、兜《かぶと》はかぶらず、具足の上に黒地で裏が赤い南蛮のマントを着ていた。篝火の明かりが色白の秀信の顔を照らし出した。

「何用だ」

秀信は祖父に似た簡明な訊き方をした。いとは跪いた。

「ガラシャ様の御遺言をお伝えに参りました」

秀信の表情に翳《かげ》がさした。ジョアンも思わず目を伏せた。ガラシャの悲壮な最期が脳裏に浮かんだのである。秀信は苦しげに言った。

「忠興の命によってガラシャ殿が殺されたことは聞いたぞ」

いとはゆっくりと頭を振った。

「ガラシャ様は殺されたのではございません。殉教《マルチリヨ》されたのでございます」

「殉教されたと」

秀信は目を瞠った。

石田三成が大坂城に入り、徳川家康を討とうという動きが活発になった時、ガラシ

ャはいとを居室に呼んだ。ガラシャは毅然とした表情で、

「大坂城の動きは知っていますね」

と確かめた。いとはあたりをうかがってうなずいた。

細川忠興が会津征伐の軍に加わってから、細川家の大坂屋敷は異様な雰囲気に包まれていた。家臣たちはガラシャと侍女たちを監視し、屋敷からの出入りも自由ではなくなっていた。家老の小笠原少斎《しょうさい》はある日、ガラシャの前に出ると正直に言った。

「御方様にはまことにお気の毒とは存じまするが、大坂方に動きがあった時、御方様を人質に取られぬよう御命を縮めよとの殿の御命令でございました。その際には御覚悟いたされますよう」

「わたくしが生きていては細川家のためにならぬというのですね」

少斎は悲しげな顔をするだけだった。

少斎から話を聞いたガラシャは、大坂方蜂起の際には人質となって大坂城に入るしかない、といとと話し合った。ところがオルガンティーノ神父からの手紙がガラシャの考えを変えた。

如水が大坂方と家康の争いに乗じて織田秀信を天下人にしようと策謀していることは、ガラシャも知っていた。オルガンティーノは秀信が天下人になることがすべての

キリシタンの希望だと書いていた。そして大坂方は秀信の動きを止め、キリシタンを味方にするためガラシャを人質に取ろうとしているようだ、と告げてきていた。

小西行長がオルガンティーノに報せてきたのだという。行長は三成からガラシャを人質にする計画を聞いて困惑した。大坂のキリシタンたちがガラシャを聖女のように思っていることを知っていたからだ。

ガラシャを人質にすることは、キリシタンの憎悪を買うことでしかない。そう思った行長はガラシャを逃がすためオルガンティーノに三成の計画を報せたのである。行長はオルガンティーノへの手紙で、

「三成は、してはならぬことをしようとしています。それを止める力を持たないわたしをお許しください」

と苦しい思いを伝えてきていた。

オルガンティーノはガラシャに人質にならぬよう大坂から脱出して欲しいと書いてきていた。手紙を読んでガラシャは覚悟を決めた。家臣が監視している中、大坂を脱出することなど不可能だった。

ついに大坂方が動いたと聞いてガラシャは決意した。

「わたくしは大坂城へは参りません」

「なぜでございます。このままでは御命を奪われます」

「それでもよいのです」

ガラシャは静かに微笑した。

「わたくしは神の御《み》教えによって永遠の命を知りました。キリシタンとして死ぬことは怖くありません」

「それでも――」

泣きそうになったいとに、ガラシャは、

「このことを岐阜中納言様にお伝えして欲しいのです」

「岐阜中納言様に？」

「そうです。わたくしがどのように死んだか、何を思っていたかを」

「なぜ、お伝えしなければならないのでしょうか。わたしはお傍を離れるわけにはまいりません」

「岐阜中納言様はわたくしの夢なのです。そのことを、どうしても知っておいていただきたいのです」

ガラシャはきっぱりと言った。

十七日夕刻――

大坂城からの使者が細川屋敷を訪れ、ガラシャに人質として大坂城に入ることを求めた。少斎はこれを突っぱねた。大坂方が細川屋敷を兵力で囲み、ガラシャを強引に人質にしようとするのは必至だった。

ガラシャは二人の娘をいとに託して大坂のオルガンティーノのもとに送ると、屋敷内の礼拝室に静かに籠った。やがて少斎が薙刀《なぎなた》を手に礼拝室の前の縁側に来た。ガラシャは長い髪をかきあげた。少斎に首を刎《は》ねさせるためである。しかし、少斎は困惑した表情で礼拝室には入らなかった。

忠興は異常に嫉妬深い。たとえ最期の瞬間であろうと、ガラシャの部屋に男の家臣が入ったと知れば激怒するだろう。

少斎の戸惑いを察したガラシャは少し考えてから、胸元をくつろげた。白い乳房がのぞいた。少斎はうなずくと、なおもガラシャに敷居近くまで来るように求めたうえで、薙刀を構えガラシャの胸を突いた。ガラシャが倒れて息絶えたのを見て少斎は屋敷に火を放ったうえで、腹を切った。細川屋敷が炎上すると、赤い炎は夜空を焦がすかのように高く上がった。

「わたしはガラシャ様のお供をいたそうと思いましたが、中納言様にぜひともお伝えせよと命じられ、お屋敷を出て、こうして参ったのです」

「わたしに伝えたいこととは？」

「ガラシャ様のお父上、明智光秀様はひそかにキリシタンに心を寄せていらっしゃいました。本能寺の変で織田信長公を討たれたのは、キリシタンの天下人をつくるためでした。信長公の御孫である中納言様がキリシタンの天下人になられれば、お父上の夢がかなう、と仰せでございました。中納言様が天下人になられることは、ガラシャ様にとっても夢だったのでございます」

いとは顔を伏せて嗚咽《おえつ》した。

「そうか、わたしはガラシャ殿の夢であったか」

秀信はうなずいた。

「しかし、もはや遅い。わたしは島左近にだまされたようだ。キリシタンの天下人の夢は、夢のままで終わるしかない」

秀信の声はさびしげであった。いとと又兵衛は顔を見合わせた。

星が一つ夜空を流れた。ガラシャの思いは夜空を彩りつつ、いま消えていった。

二十二日の夜明け前、木曾川の上流と下流から渡ろうとした西上軍に織田方は鉄砲で一斉射撃した。猛射に西上軍はたじろいだが、大軍だけに一部の兵が渡り終えると織田方に襲いかかった。

秀信は陣頭で指揮して西上軍を退けたが、じりじりと押しこまれると、未練なく、

「城へ戻るぞ」と兵を退いた。大坂方として戦う意志はすでになかったのだ。西上軍はそのまま岐阜城に猛攻を加え、二十三日には陥落させた。

秀信は城を出ると頭を剃《そ》り、後に高野山《こうやさん》に入った。高野山で亡くなったとも、あるいは高野山を追放されたともいう。秀信が高野山を追放された理由が、キリシタンであったためかどうかは伝わっていない。

七

「九月九日、辰《たつ》ノ刻《こく》(午前八時ごろ)をもって出陣といたす。準備をいたせ」

如水は中津城の大広間で居並んだ家臣に命じた。

重臣の母里太兵衛が顔をしかめた。銭で雇った兵は三千あまりに達しただけである。九州を平らげるというには兵力不足だった。

「上方での戦の成り行きを見てからでも遅くないのではござらぬか」

如水は笑った。

「遅いのだ。わからぬか、上方での戦がどう転ぶかはわししだいなのだ」

家臣たちは如水の言う意味がわからず顔を見合わせるばかりだった。

しかし、大友吉統が豊後に上陸したという報せが入ると黒田家中は緊張した。大友が豊後の支配権を握れば真っ先に圧迫されるのは、豊前中津の黒田だからである。

「そうか、毛利は大友を使うか」

如水はさほど驚かずに、豊後への出陣を決めた。吉統のもとには瀬戸内海を下向する途中、旧臣の吉弘嘉兵衛《よしひろかへえ》が参じた。嘉兵衛は大坂方につくことに反対したが、吉統に説得されて、ともに九州に下ることになった。

九月九日――吉統が別府の脇浜に上陸すると、田原紹忍《たわらしょうにん》、田原親盛《ちかもり》、宗像鎮続《むなかたしげつね》ら旧臣が続々と駆けつけ、たちまち二千の兵が集まった。吉統は別府の郊外、立石《たていし》の城を修復して本拠とした。豊後の諸城のうち富来《とみく》、安岐《あき》、府内《ふない》、臼杵《うすき》、佐伯《さいき》、竹田、角牟《つのむ》礼《れ》、日隈《ひのくま》などは吉統に応じた。さすがに名門大友の名を慕《した》う者は多く、吉統は上陸後、一月もたたずに豊後のほぼ全域に威を振るうようになったのである。

如水は同じ九日に、中津城を発して豊後に侵入し、まず国東《くにさき》半島の高田城を囲んだ。城主の竹中重隆は、かねてから如水と親交があったが、石田三成とも親しかっただけに旗幟《きし》を鮮明にできずにいた。

如水は容赦なく城を囲み、態度の決定を迫ったのである。驚いた重隆は味方することを約し、息子の重義に兵二百をつけて如水のもとに送った。如水の軍勢は八千にまで膨れ上がった。

一方、吉統は国東半島のつけ根に位置する細川氏の杵築城《きつき》を二千の兵で囲んだ。十三日には杵築城の二の丸、三の丸が落ち、落城寸前となった。城代の松井康之《まついやすゆき》は如水に救援を求め、如水もこれに応じた。

吉統が国東半島を制すれば、すぐさま矛先を如水の居城である豊前中津城に向けることは明らかだった。如水は杵築城を囲んだ大友勢の背後へと兵を向けた。吉統はこれを知ると、杵築城の囲みを解かせて全軍を別府《べっぷ》近郊の台地、石垣原《いしがきばる》に集結させた。

石垣原は北に向かって傾斜した原野で、鶴見岳《つるみだけ》の火山岩が無数に散乱している。地表に露出した石や岩が続く不気味な原野だった。

吉統は石垣原に三千の兵を四隊に分けて布陣した。如水は石垣原が見渡せる実相寺《じっそうじ》山《やま》に本陣を置いた。黒の頭巾をかぶり、青竹一本を手にした如水は、石垣原を眺めて、

「吉統め、臆病者だと思ってきたが、少しは戦に慣れたものと見える。石垣原は大軍

を動かしにくい地形だ」

如水は兵八千を八陣に分けて布陣している。兵数において勝っているが、石垣原で直に戦えるのは先鋒の三千になる、と見た。豊後における大友の名は高いだけに、戦が長引けば援軍となる者がどこから出てくるかわからなかった。

「油断はできぬな」

如水の目が鋭く光った。後に九州の関ヶ原合戦と呼ばれることになる石垣原の戦いが始まろうとしていた。


岐阜城が陥落したことで、家康はようやく江戸から動いた。九月一日のことである。率いる兵は三万二千だった。九日には三河岡崎に到着した。このころ石田三成は美濃に出て大垣城に入っていたが、家康が西上しつつあると聞いて、大坂城の毛利輝元に大垣への出馬を要請した。

大坂方の総大将は輝元である。三成としては当然の要請だった。ところが、輝元からの返事は意外なものだった。

「さっそく大垣に出る用意をしていたが、増田長盛が家康に内通しているという噂がある。うかつに大坂城を出ることはできぬ」

というのだ。輝元の使者からこのことを聞いた三成は眉をひそめた。吏僚の長盛は輝元が大坂城を出たからといって思い切ったことができるような男ではなかった。

三成は傍らの小西行長と島左近を振り向いた。行長は三成の要請によって七千の兵を率いて出陣し、伏見城攻撃に加わった後、三成と行動をともにしていた。行長はひややかに言った。

「どうやら毛利の正体が知れたな。家康と戦う気はないようだ」

「やはり、そう思うか」

「律儀を装っているが、毛利は昔から謀略を好む。本性が出たまでのことだ」

行長が吐き捨てるように言うと、三成はうなずいて皮肉な口調になった。

「謀を好むところは如水殿と同じだな」

行長は同じキリシタンの如水のことをあてこすられて、不快だったが何も言わなかった。細川ガラシャが死んだことで、行長は三成への気持を冷やしていた。

(キリシタンから聖女のように慕われていたガラシャ殿を死なせては、キリシタンが味方をすることはない)

行長自身、もはや引き返すわけにもいかずに大坂方に加わっているだけのことである。行長が押し黙ると、島左近が口を開いた。

「おそらく戦は殿に押しつけるつもりでござろう。われらが家康と戦って勝てば、おのれの手柄とし、負ければすべてを殿に押しつけたうえ、大坂城で秀頼様を擁して家康と和睦《わぼく》するつもりでございましょう。あるいは、すでに和議の密約を家康と取り交わしておるかもしれませんな」

左近は笑った。

「ならば、どうする」

「われらには家康と戦って勝つしか道は残されており申さぬ」

左近がきっぱりと言うと、三成は苦い顔でうなずいた。死中に活を求めるしかない、と覚悟したのだ。行長もまたすべてをあきらめたように目を閉じた。

（キリシタンのための戦いは如水殿がされるであろう）

思いがけない事態に覚悟を新たにしたのは家康も同じだった。九月十一日、清州城に着陣した家康は、夜になって井伊直政、本多忠勝、藤堂高虎と軍議を開いた。高虎は豊臣系の武将だが、かねてから家康に「直臣《じきしん》同然に思《おぼ》し召《め》せ」とすり寄っており、言わば内輪だけでの軍議だった。

家康が驚いたのは、中山道を進んだ秀忠の軍勢がまだ到着しそうにない、ということだった。秀忠は途中、信濃《しなの》で真田《さなだ》昌幸《まさゆき》の籠る上田《うえだ》城を攻めて、八日間を費やしたという。その後、家康からの急使に急き立てられて美濃へ急いでいるが、木曾の山道は大軍で進むには日数がかかり、大坂方との戦に間に合わない可能性があった。

「秀忠め」

家康はうめいたが、もともと東海道を福島正則ら豊臣直参の武将を先鋒にして進ませながら、秀忠ら中山道を上る徳川本軍の出発を遅らせたのは家康自身だった。家康は岐阜城での織田秀信の動きを警戒するあまり、徳川本軍を温存しようとしたのだ。家康が率いてきたのは小身の旗本ばかりで、本陣を守るための兵力に過ぎなかった。

(このまま大坂方と戦になれば、福島正則ら豊臣子飼いの武将たちの力に頼るしかなくなる)

このことが家康を不安にさせていた。

「どうしたものか」

家康が訊くと、直政が膝を進めた。

「中山道の軍勢を待ちたいところでござるが、すでに岐阜城を落とした諸将は戦に逸《はや》っております。これ以上、待たせるわけにはまいりますまい」

高虎もうなずいた。

「戦はどう転ぶかわかりませんぞ。中山道の秀忠様が遅れられることがまずいとばかりも申せませぬ。大坂方が優勢であった時には後詰として秀忠様が来られたほうがよいのでござる」

高虎の言葉を家康は指の爪を噛みながら考えた。

（なるほど、豊臣子飼いの武将を互いに戦わせ、疲れ果てさせたうえで、わしが勝ちを制するのであれば、それに越したことはない）

すでに、吉川広家、小早川秀秋の内通が確実だとの情報も得ているだけに勝算はある。そう考えてようやく安心したのである。

三成と家康が不本意なまま戦に臨もうとしている時、大坂城に居座ったままの毛利輝元だけがほくそ笑んでいた。

十三日、家康は清州を発し岐阜へ着いた。さらに十四日の明け方には岐阜を発し、大垣城への城攻めを回避して、佐和山から京へ出る進路を全軍に示した。

西上軍の動きが伝われば、三成が大垣城を出て家康の前途を塞《ふさ》ぐべく、関ヶ原に布陣するに違いないと見たのである。はたして、三成は十四日夜になってひそかに関ヶ原への移動を開始した。

両軍の動きは輝元が放った間者によって次々に大坂城にもたらされた。輝元は本丸に入り、かつて秀吉が座した大広間上段で、美濃から京にかけての地図を広げて戦の成り行きを検討した。大坂方と西上軍は関ヶ原で戦うことになりそうだった。

（さて、どういうことになるか）

輝元は舌舐《したな》めずりする思いで地図を見ていた。輝元が出馬しないことで、石田三成が総指揮を背負わされた。

中山道の秀忠軍が間に合わなければ、家康は豊臣子飼いの武将に頼って合戦に臨まなければならない。両者とも不本意な戦いになったことを輝元は熟知していた。しかも、勝敗を決するのは吉川広家に託した毛利軍の不戦という寝返りである。

輝元は大坂城に座したまま関ヶ原の戦を操る快感を味わっていた。

関ヶ原で家康が勝利すれば、大坂城で、ともに秀頼への忠誠をあらためて誓う形で和睦するつもりだった。すでに広家は和議の誓約書を家康側近との間で取り交わしている。家康がたとえ三成に勝ったとしても、輝元を粗略にはできないはずだった。

（関ヶ原で勝つのは実は大坂にいるわしということになる）

輝元はくっくっと笑った。しかし、輝元の万全の策は意外なところでほころびようとしていた。関ヶ原での戦が始まろうとしていたころ、豊後、石垣原で黒田如水と大友吉統の軍が激突していた。

八

石垣原の戦は九月十三日、如水の先鋒、井上九郎右衛門《くろうえもん》、時枝平太夫《ときえだへいだゆう》、久野《くの》重義、曾我部五右衛門《そがべごえもん》ら三千が、待ち構える大友方の第一陣、吉弘嘉兵衛との間で火ぶたを切った。

嘉兵衛は古豪らしく、最初は偽り負けて黒田勢を石垣原の奥深く引き込んだ。伏兵を岩陰にひそませており、黒田勢が逸り立って追撃しようとすると、周囲から包み込むようにして銃撃した。

黒田勢が思わぬ伏兵に矛先《ほこさき》が鈍ったところに、嘉兵衛はとって返した。黒田勢は嘉兵衛の猛攻に混乱し、先鋒の久野重義は包囲されて討ち死にした。さらに曾我部五右衛門も乱戦の中を突進し、敵将の一人、宗像鎮続を見つけると一騎打ちを挑んで激闘の末、刺し違えて討ち死にした。

如水は、石垣原の東西にわたって高さ一丈、長さ六、七町も続く石垣土手を指して、

「あの土手を取れ。さすれば敵の動きは押し返せる」

と伝令を発し、本陣を進めた。石垣土手は敵味方が入り乱れての攻防の場となった。やがて黒田勢が土手を取ると、これを見た吉統は、

「もはや、いかぬ」

といつもの弱気が出た。吉統が退却を命じると、嘉兵衛が怒鳴った。

「ここで退いては大友家再興の夢が断たれますぞ」

嘉兵衛は吉統の指図に従わず、前線に突出した。これを見た大友勢は、

「嘉兵衛様を討たすな」

と続き、勢いを盛り返した。この時、嘉兵衛は黒田勢の先鋒を指揮する井上九郎右衛門に出会うと、

「よき敵、ござんなれ」

と馬上から槍をつけようとした。九郎右衛門もこれに応じて、十文字槍を振った。たがいに槍で数合、戦ううち、嘉兵衛が何かのはずみで、どう、と落馬した。それでも嘉兵衛は立ち上がると脇差を抜いて馬上の九郎右衛門の股を斬った。同時に九郎右衛門の十文字槍が嘉兵衛の左脇下を突いた。たじろいだ嘉兵衛に数本の矢が突きたった。嘉兵衛は倒れて絶命した。

嘉兵衛が討ち死にすると、大友勢は戦意を失って崩れ、総退却すると立石城へ籠った。

黒田勢は勢いにのって立石城に攻めかかろうとしたが、如水はおりから、風雨が激しくなったのを理由に、城を囲ませただけで攻撃をひかえた。

石垣原の敗戦により大友勢は逃げ落ちる者が相次ぎ、吉統とともに城に籠ったのは八百の手勢に過ぎなかった。もはや力攻めにしなくとも城は落ちると如水は見ていたのである。

如水は母里太兵衛に命じて吉統に降伏をうながした。

「降《くだ》れば、悪いようにはせぬ」

如水の言葉に吉統は迷った。秀吉の九州征伐のおりに見た如水の軍略の恐ろしさは、身にしみていた。籠城して勝てるとは思えず、かと言って降伏しても命があるかどうかわからなかった。

(だまされるのではないか)

恐れた吉統は諸将を集めて相談した。家臣の中には名門大友家の名を惜しんで降ることに反対する者も多かった。しかし、一族の田原紹忍が進み出て言った。

「これも宿命でござろう、降りなされ。おそらく命だけは助けてくれよう。思えばキリシタンの如水に屈することになるのも、宗麟様がキリシタンとなられた時に決まっておったことかもしれぬ」

紹忍は吉統の母、奈多方の兄で、かつては奈多方とともに宗麟がキリシタンになったことを激しく非難した。島津義弘との耳川の戦で大友が敗れたのは、宗麟がキリシタンの王国を造ろうとしたためだった、と思っていた。そして、いままた大友家再興の夢をキリシタンの如水が阻んだのである。

「大友にとって、キリシタンはまことに悪縁じゃ」

紹忍は吐き捨てるように言った。吉統は紹忍の意見を入れて、如水に降ることを決めた。剃髪して墨染の衣を着た姿で十数人の従者に守られながら、悄然として如水の本陣に向かったのは十五日夕刻のことだった。

奇しくも関ヶ原決戦、当日のことである。


十五日、関ヶ原は昨夜から降り続いた雨が残っていた。

関ヶ原は濃尾《のうび》平野の西北の端に位置し、西南に松尾山《まつおやま》、東南に南宮山《なんぐうさん》、北に相川山《あいかわ》が連なる平原である。中山道と北国街道《ほっこく》の分かれ道にあたり、かつては不破《ふわ》の関が置かれていた。大坂方は石田三成が最左翼、相川山麓の丘陵部に堀を掘り、矢来《やらい》を組んで陣地として、「大一大万大吉」の六字の旗を翻した。

石田陣地の右に島津義弘、さらに右、天満山にかけて小西行長、宇喜多秀家が陣を敷いた。大谷吉継は松尾山に陣取った小早川秀秋に裏切りの噂があることから、これに備え、松尾山近くに陣を構えた。毛利秀元、吉川広家は南宮山に上がり、その麓に長束正家、長宗我部盛親、安国寺恵瓊が布陣した。

大坂方は相川山から南宮山まで連なる布陣で関ヶ原に入ってくる家康の軍勢を包囲する陣形だった。しかし、合戦を前に三成は雨中を単騎走り回って諸将への連絡に努めねばならなかった。その姿は総大将のものではなかった。本来総大将であるべき毛利輝元が出陣しなかったため、吏僚の三成が調整役を務めたのである。大坂方は総大将不在のまま戦を始めようとしていた。

西上軍の先鋒、福島正則の軍勢が関ヶ原に着いたのは七ツ半（午前五時）ごろだった。

早朝、霧が出て関ヶ原に布陣する軍勢の動きを隠した。それでも火縄の臭いが立ち込め、馬のあがく音、具足がふれあって発する金属音が霧の中に響いて不気味だった。

ようやく霧が晴れ始めたのは五ツ（午前八時）になったころだ。

突如、鉄砲が鳴り響き、戦闘が始まった。福島勢に向かって正面から押し寄せたのは宇喜多秀家の軍勢だった。福島勢ともみ合ううち、石田三成の軍勢と細川忠興、加藤嘉明、黒田長政の軍勢の間でも激闘が始まった。

後藤又兵衛は黒田勢の先鋒として石田勢の側面に突っ込んだ。石田勢の指揮を執るのは島左近である。左近は朱色の天衝《てんつき》の兜、黒い具足に浅黄《あさぎ》の陣羽織という姿で馬上、

「かかれえ、かかれえ」

と戦場に響き渡る大音声を発していた。又兵衛は馬を躍らせて石田勢に突っ込んだ。織田秀信をだまし、ガラシャの死を無にした左近を討ち取るつもりだった。

——後藤又兵衛、見参《けんざん》

又兵衛は大槍を振るって石田勢の雑兵をはねのけながら、一直線に左近に向かって進んだ。左近は振り向くと、

「又兵衛か——」

とにやりと笑った。左近は十文字槍を搔《か》い込むと又兵衛に向かって馬を走らせた。おおっ、又兵衛が、これに応じて大槍を振りかざすと馬腹を蹴った。

二人の馬がぶつかる勢いで駆け寄った時、左近の十文字槍が又兵衛の大槍をからみ

つくようにしてはね上げた。又兵衛はとっさに大槍を手放すと太刀を抜いて左近に斬りつけた。左近はこれを十文字槍の柄で受けたが、又兵衛の刀は槍の柄を両断した。

「やるのう」

左近は白い歯を見せて笑うと、太刀を抜いて又兵衛と数合、斬り合った。それでも勝負がつかず、手綱を引いて馬首を返そうとした時、鉄砲の音が鳴り響いて、左近の体が馬上でぐらりと揺れた。

――左近

又兵衛は追おうとしたが、兵たちが間に群がり、土煙の中、左近の姿を見失った。

戦闘はなおも続いたが、大坂方と西上軍は一進一退を続け、いずれが勝つとも見えなかった。この時、関ヶ原周囲の松尾山に小早川秀秋の軍勢一万、南宮山に毛利秀元、吉川広家の一万六千が陣取っていた。しかし、戦いが始まっても動かず、静まり返っているだけだった。三成は狼煙《のろし》を上げて二つの山の陣営に出撃をうながしたが、応じる気配はなかった。両軍の戦いが五分であると見て、態度を決しかねているようだった。

家康もまた小早川秀秋の寝返りがないことに苛立ちを深め、

「小せがれめに、たばかられたか」

と、うめいていたが、正午を過ぎたころ鉄砲隊に命じて秀秋が陣取る松尾山めがけて銃撃させた。裏切りの督促だった。秀秋は、これにたまりかねて松尾山を降りた。家康に味方して大坂方を裏切るためである。

秀秋の寝返りで関ヶ原の勝敗は決した。小早川勢に襲いかかられた大谷吉継は果敢に応戦したが、やがて大軍に呑みこまれるようにして吉継も戦死し、石田勢、宇喜多勢にも混乱は広がっていった。

南宮山から、戦場の様子をながめた吉川広家は苦い思いでいた。

石田三成とともに宇喜多秀家が滅びれば、毛利にとって中国筋に目ざわりな大名はいなくなるのである。後は秀頼の後見という立場さえ手放さなければ、家康と五分の和睦交渉ができるだろう。

(利を得るのは、戦った者よりも戦わなかった者ということか)

広家には、眼下に繰り広げられている戦場の惨禍《さんか》が虚しいものに思えていた。

関ヶ原の戦いが終息に向かった昼下がり、再び雨が降り始めた。

家康は本陣で諸将の働きをねぎらった。敗れた石田三成、宇喜多秀家、小西行長らはいずこかへ落ちのび、勝者と敗者の落差をくっきりと見せた。

西上軍は関ヶ原の戦いの後、十八日には三成の佐和山城を落とした。家康は佐和山城の陥落を見届けたうえで、黒田長政、福島正則に命じて大坂城の毛利輝元に投降を勧めさせた。

大坂方では戦に加わらなかった毛利勢、さらに大津城を攻め取ったばかりの猛将立《たち》花統虎《ばなむねとら》が無傷のままだった。これらの兵が大坂城に入り、秀頼を擁して籠城すれば戦の行方はどうなるかわからなかった。

家康は二十日に大津城に入ると、大坂城の毛利輝元の出方を待った。輝元にとっては、かねてから考えてきた和睦交渉の始まりのはずだった。

しかし——大坂城の輝元は焦りの表情を浮かべていた。この時、九州で如水が大友吉統を破ったという報が届いていた。

如水は石垣原で勝つと、すぐさま国東半島にとって返し、諸城を落としたうえで豊前に戻り、中津城にも入らずに香春岳《かわらだけ》城へ向かった。

城主の毛利時定は大坂へ出陣し、伏見城攻めで戦死していた。如水が迫ると、留守居役の毛利定房はすぐに降った。如水はそのまま小倉城に向かい猛攻を加えた。

輝元を脅かしたのは如水の電光石火ともいえる動きだった。如水は豊前、豊後の二国を押さえ、北部九州を制圧しようとしていた。そうなれば如水の動員兵力は二万を超すだろう。

海峡を渡って中国筋に乱入すれば、輝元が留守の毛利領はひとたまりもなかった。九州での如水の動きは家康にも伝えられていた。家康は輝元との交渉を長引かせたほうが有利になると判断していた。

輝元が大坂城に居座る間に肝心の本国を如水に奪われてしまえば、どれほど有利に交渉しようともすべては無になるのだ。輝元としては吉川広家を通じて行った密約が守られることを期待して、一刻も早く本国に戻るしかなかった。しかし、謀略家である輝元には家康が約束を守るとはどうしても思えないのだ。

「おのれ、如水め」

輝元は謀ったつもりの自分がいつの間にか、もっと大きな謀略の網に捕らえられていたことを悟った。

九

二年後――、慶長七年（一六〇二）八月。

ジョアンは京猪熊の黒田屋敷に如水を訪ねた。

「そろそろジョアン殿がお見えになるのではないかと思っており申した」

如水は屋敷内の茶室にジョアンを招じ入れた。

如水は石垣原の合戦で大友吉統を破った後、国東半島の諸城を落とし、北進して豊前の小倉城を奪った。豊前、豊後の二ヵ国を手中にすると、肥後《ひご》の加藤清正《きよまさ》と結んだ。清正は小西行長の宇土《うと》城を落として肥後一国を掌握していた。このため肥後も如水の支配下に入った。如水はこの勢いにのって各地へ兵を進めて平定した。筑後《ちくご》柳川《やながわ》城に戻った立花統虎を降したのは十月二十五日である。

如水の勢力圏は豊前、豊後、日向の半分、肥後、肥前、筑後の六ヵ国におよび、動員兵力も四万九千にまでおよんだ。このころ関ヶ原から退いた島津義弘は薩摩《さつま》に帰りついており、徳川家康は如水に島津攻略を求めてきた。

如水は加藤清正、鍋島直茂《なべしまなおしげ》、立花統虎らを率いて薩摩に迫ろうとしたが、島津は家康に使者を派遣して謝罪外交を行った。家康は島津の謝罪を受け入れ、如水に停戦を命じた。如水が島津をも倒して、九州での勢力をさらに拡大することを恐れたのである。

如水がわずかな手勢を率いて九州を席巻《せっけん》したことは世に鳴り響いた。しかし、戦が終わると如水は十二月三十日、大坂に上り、家康と会見して関ヶ原での戦勝を賀しただけで、自らの功績についてはふれなかった。

家康もまた如水の子、長政に筑前五十二万三千石をあておこなっただけで、如水への恩賞は沙汰《さた》しなかった。家康の側近が九州一円を制した如水の戦功が無視されたことを不審がると、家康は、

——あの男、何のために骨折ったのやら
と吐き捨てるように言っただけだった。

九州で奇跡的な武略を発揮した如水の人気は高く、ひさしぶりに京に戻った如水のもとには公家、大名などの客が引きも切らず、にぎわっていた。

ジョアンが茶室のにじり口から入ると、薄暗い茶室の床の間に不思議なものがあった。木の台に据えられた二尺ほどの大きさの金属球である。表面には切り抜かれた羊皮紙が貼られ、彩色されていた。ヨーロッパで作られた地球儀だった。

如水は地球儀を床の間からジョアンの前に移した。

「これは——」

「死んだ小西隆佐《りゅうさ》の形見分けとして弥九郎《やくろう》が贈ってきたものです」

如水は小西行長を昔、呼びなれていた弥九郎の名で呼んだ。

「アゴスティノ様が」

ジョアンは行長の洗礼名を口にして涙ぐんだ。関ヶ原の戦いの後、落ちのびた石田三成と小西行長、安国寺恵瓊は捕らえられ、京の六条河原で斬首された。ジョアンはキリシタンとして誠実に生きた行長が、三成と行動をともにしたため悲運の最期を迎えたのが悲しかった。

（アゴスティノ様はキリシタンが生きのびられるように石田三成に近づかれ、犠牲となられたのだ）

ジョアンは地球儀を前に十字を切った。

「昔、隆佐にはいろいろなことを教えられました」

如水は茶を点《た》てながら静かに言った。隆佐は行長の父で堺の薬種商だった。如水は昔、ジョアンにキリシタンの隆佐を紹介された。隆佐は如水に地球儀を見せてスペイン、ポルトガルの動向を語って聞かせたのである。

ジョアンはうなずいたが、顔にかすかに翳りがあった。如水はジョアンの表情を見て言った。

「何かわしに訊きたいことがおありなのでしょう」

ジョアンは如水の目を見た。

「関ヶ原のことでわからないことがございます。あの戦のおり、わたしたちイエズス会は織田秀信様を天下人にいたしたいと思いました。それはかなわず、徳川様が関ヶ原で勝たれ、天下人になられました。しかし、どうもわたしには、目の前で起きていたこととは、別のことが起きているような気がするのです」

「なるほど」

如水は黒天目茶碗をジョアンの前に置いた。

「わしもジョアン殿に懺悔《コンヒサン》いたしたいことがござった」

「懺悔《コンヒサン》――」

「あの戦の前にヴァリニャーノ巡察師様は、秀信様を天下人にすることを望まれた。しかし、わしは、それはかなわぬ夢だと思っておりました」

「かなわぬ夢？」

「さよう、キリシタンにとって、キリシタンの天下人が現れることが、もっともよいことです。しかし、それは、キリシタンではないひとびとにとっては望ましいことではございますまい。かなわぬ夢というより、かなえてはならぬ夢だと思ったのでござる」

「それではなぜ、秀信様を天下人にするつもりがあるかのように振る舞われたのですか」

「キリシタンの天下人を望みはしませんでしたが、キリシタンが禁じられずに生きることができる国を造りたかったのです。そのためには大坂方も徳川もいずれも勝たせず、負けさせぬ戦をせねばならぬと思いました」

「しかし、勝ったのは徳川様ではありませんか」

ジョアンが首をかしげると、如水は微笑を浮かべた。

「そう思われまするか」

如水は地球儀に手をふれた。

「隆佐は南蛮が地球を分け取りにいたす、デマルカシオンなるものを教えてくれました」

デマルカシオンとはかつてポルトガルとスペインの植民地争奪が激しくなったころ、ローマ教皇の仲裁により、大西洋と太平洋をそれぞれ子午線《しごせん》を境界線として分割した領域区分のことである。この時の区分で日本はポルトガルの領域に入り、イエズス会が布教に訪れたのだ。

如水は地球儀の日本を指で縦になでた。

「デマルカシオンとは東西に分けることだそうです。それがし、太閤がキリシタンを禁じた時、豊臣家を倒し、天下を二分すればキリシタンが自由に生きられると考えたのでござる」

「天下二分――」

「関ヶ原で家康は勝ちましたが、得たものはさほど多くはござらん。なぜなら関ヶ原で戦ったのは徳川勢ではなく、豊臣子飼いの大名たちだったからでござる。家康は大坂方について敗れた大名の所領の多くを、これら豊臣子飼いの大名に恩賞として分け与えねばなりませんでした」

関ヶ原で敗れた大名の領地は没収、削減され、家康によって論功行賞として再配分された。

その総領地は六百三十二万石余りにおよぶ。

福島正則が尾張清州二十四万石から安芸広島四十九万八千石、肥後隈本《くまもと》二十五万石の加藤清正が五十二万石、丹後《たんご》宮津《みやづ》十七万石の細川忠興が豊前小倉三十九万九千石に加増された。豊前中津十八万石だった黒田家も筑前福岡五十二万三千石になっていた。

徳川家は二百五十万石から四百万石に増加したものの、大坂方から奪った総領地のおよそ八割は豊臣系武将に配分された。一方で豊臣家の直轄領は二百万石から摂津《せっつ》、河内《かわち》、和泉《いずみ》六十五万石へと減少した。

「豊臣はかつての力を失い、徳川は関ヶ原で戦った諸大名を優遇せざるを得なくなりました。家康は三成の挙兵を聞いた時、そのまま東海道を徳川六万の兵を率いて上り、わが一手で大坂方を破るべきでした。それができなかったのは、織田秀信様をキリシタンの天下人にする動きがあるという風聞を耳にして、疑心暗鬼にとらわれたからです。家康は耳臆病《みみおくびょう》な大将で何事も慎重でありすぎます。大事を取って徳川本軍に中山道を上らせ、そのおかげで豊臣子飼いの大名を頼るしかなくなりました」

「そのために織田秀信様を利用されたのですか」

ジョアンは恐ろしいものを見るように如水を見つめた。

「それがしは秀信様を、家康を迷わせる罠といたしました。さらに言えば、毛利輝元は石田三成を動かして家康と天下を分け取りすることを企んでおりました。毛利は元就のころよりキリシタンを嫌ってきた大名でござる。その毛利に西国を取らせるわけにはいきませんでした。それゆえ、九州を切り平らげて中国に馳せ上る勢いを示し、輝元が大坂城に居座れぬようにいたしたのです」

毛利輝元は関ヶ原の戦の後、大坂城で家康と戦うことを主張する毛利秀元らを振りきるようにして大坂城を出て大坂の下屋敷に入った。一刻も早く国元へ戻り、如水の侵攻に備えるためだった。

輝元が立ち退いた大坂城に入った家康は、それまで吉川広家が家康側近とかわしていた和議を無視し、輝元を首謀者の一人として断罪した。

吉川広家の必死の嘆願により、毛利家は百二十一万石のうち、周防《すおう》、長門《ながと》三十六万九千石を安堵されたが、昔日の中国の覇者としての面目は失った。輝元の謀略は無残な結果となったのである。

「シメオン様は恐ろしいかたです」

ジョアンはため息をついた。悪魔《ルシヘル》という言葉が脳裏に浮かんだ。

関ヶ原の戦が終わってみれば、かつての力は失ったものの豊臣家はそのまま大坂にあり、西国には大大名となった豊臣子飼いの武将がひしめいている。しかもキリシタンを嫌った毛利は周防、長門二国に押し込められた。かわって広島に入った福島正則はキリシタンに寛大で広島に教会を建てることを許し、布教を認めた。もし、家康がキリシタンを禁じようとすれば、如水はすぐさま西国大名を糾合し、大坂の豊臣秀頼を擁して家康と戦うことができるのである。

「しかし、それがしにも悔いはござる」

「悔い?」

「ガラシャ殿を死なせたことでござる」

如水は慙愧の表情を浮かべていた。

「石田三成がガラシャ殿をキリシタンの人質にしようとしたのは、それがしが織田秀信様をキリシタンの天下人にしようとしていると思わせたためでござる。それがしは、策のためにガラシャ殿を犠牲にしてしまいました」

ジョアンは如水の声に悲痛な響きを感じた。かつて如水とともにガラシャとは何度か会ったことがある。その出会いがガラシャの悲劇につながっているとは思いもしなかった。

如水は茶をゆっくりと喫した。

「しょせん、策でひとは救えませぬ。天下二分などと称しても、それがしが生きている間だけのことでござる。家康はしぶとい男ゆえ、時をかけて豊臣家の息の根を止め、西国大名たちも膝下《しっか》に組み敷いていくに違いありません。それがしのなしたことも、死ねばすべて虚しくなります」

ジョアンは頭を振った。

「ひとは自分が生きている時代に責めを負えば十分なのです。ひとが生きて力を尽くしたことは、永遠に消え去りはしません」

さようか、と如水はうなずいた。

「しかし、シメオン様が神の御許に召されるのは、まだずっと先のことです」

「いや、それがしはそう長くは生きられますまい」

如水は透き通った笑みを浮かべた。

「シメオン様――」

「キリシタンは異国からこの国に吹いた風でござった。われらは風となって生きましたが、風はいつかは吹き去る日が来るのです」


黒田如水が没したのは二年後、慶長九年（一六〇四）三月二十日である。如水は死にあたってイエズス会に二千タエス（三百二十石）を贈るよう遺言した。

如水は伏見の黒田屋敷で亡くなったが、博多の教会で如水の葬儀が行われたという。

徳川幕府は如水が没して八年後の慶長十七年、キリシタン禁教令を発布した。

イエズス会では教会の縮小を図り、数人の日本人修道士を不行跡を理由にして追放した。その一人はジョアンだった。ジョアンが追放された理由は、

「少年好きとみられている」

という身に覚えのないものだった。

ジョアンは大村の教会から出るように言われた日、黙ってうなずいた。いわれのない咎めを受けたことにも怒りはなかった。

日本人修道士の中には失踪する者や教会の金を流用したりする者も出ていた。すでにイエズス会には日本で多くの修道士を抱える余裕がなくなっていた。

ジョアンと親しかったルセーナ神父はため息をついて言った。

「ジョアン、わたしはあなたと十年間一緒にいて、あなたがどういう人物なのか知っています」

ジョアンは微笑した。

「たとえ、教会を出ても、わたしが神の僕《しもべ》であることは変わりません。どこに行こうとも神はいらっしゃいます」

ジョアンはそう言うと教会の扉を開けて外へ出た。

海からの風が吹いていた。

ジョアンは空を見上げた。空は抜けるように青く、上空の風に吹かれて白い雲が流れていた。如水が言ったことを思い出した。風はいつか吹き去るのだ。

ジョアンを海から吹き寄せる風が包んだ。

秘謀

潮風が早暁《そうぎょう》の浜辺を吹き抜けた。ようやく空が白み始め、浜に打ち寄せる波頭に輝きを与えていた。黒々とした浜辺に蠟燭《ろうそく》の火が灯《とも》り、ゆっくりと動いていた。蠟燭を手にした黒い人影が列をつくって浜辺を歩いているのだ。

黒い修道服を着た数十人の人々だった。蠟燭を手にしていない者は白絹《しらぎぬ》に十字架を描いた旗や金文字で南蛮《なんばん》の文字が書かれた幟《のぼり》をかかげていた。吹きつける風から蠟燭の火を袖《そで》で守った。蠟燭の行列は細長く連なり、その中ほどに金色《こんじき》の緞子《どんす》をかけた棺《ひつぎ》をかついだ一行が静かに進んでいた。

棺をかついでいるのはいずれも屈強な武士たち六人である。先頭の二人のうち一人の武士は肩衣《かたぎぬ》、袴《はかま》姿だった。鷹《たか》のように鋭い目を前方に向け、口を一文字に引き結んでいる。もう一人も肩衣をつけた、たくましい体つきの髭面《ひげづら》の武士で棺を肩に軽々とかつぎ、黙然と歩いていた。

一行は浜に黒い足跡を残しながら進み、陽が昇りかけたころ、松林を抜けてなだらかな丘にあがった。そこには板屋根の二階建ての建物があった。黒々とそびえたつ大きさである。まわりは庭園になっており、植え込みの中に三段の石台が築かれ、大きな十字架が立てられていた。

十字架の前に黒い修道服を着た神父《パードレ》がいた。白髪で白い顎鬚《あごひげ》をたくわえている。棺が男たちの手によって十字架の前に置かれると、神父は十字を切った。

「ようこそ、戻られました。シメオン様――」

神父の目には深い悲しみの色があった。蠟燭を手にした人々が聖歌を歌い始めた。歌声は明け方の空に流れていった。

「パードレ、父は天国《パライソ》へ参ることができましょうや」

棺をかついできた鷹のような目をした武士が、悲痛な声で神父に訊《き》いた。武士は白《しろ》装束《しょうぞく》の胸に金の十字架をかけていた。

「シメオン様はアモール（愛）を抱《いだ》いておられました。必ずパライソに参られるでしょう」

神父が言うと髭面の武士が突如、嗚咽《おえつ》した。

「大殿、それがし、必ずや――」

武士が号泣《ごうきゅう》とともに言いかけた言葉は、聖歌と潮風にかき消された。十字架を描いた白旗が激しくバタバタと揺れた。丘の下の松林が不気味な音をたててざわめいた。

雲の流れが速く、風が奔《はし》っていた。

「シメオン様の戦いはまだ、終わってはいないのかもしれません」

神父は、黄金色《こがねいろ》に輝き始めた暁《あかつき》の空を見上げながらつぶやいた。

一

二年が過ぎた。慶長《けいちょう》十一年（一六〇六）夏――、筑前黒田《ちくぜんくろだ》藩領から豊前細川《ぶぜんほそかわ》藩領に騎馬で入った武家の一行があった。小倉《こくら》城下にさしかかった一行の主人は、六尺を超す髭面の巨漢だった。およそ三十人の一行は、巨漢の家族と家臣たちだった。巨漢は細川藩の役人に対して、

――後藤又兵衛《ごとうまたべえ》
と名のり、領内を通過する許可を求めた。このことを聞いた藩主細川忠興《ただおき》は、

「そうか、又兵衛め、いよいよ出奔《しゅっぽん》いたしたか」

とにこりと笑って、又兵衛を城に召《め》し出すように命じた。又兵衛は忠興の招きに眉《まゆ》をひそめたが、やむを得ないという様子で城に上がった。

忠興は広間で又兵衛と向かい合うと、

「とうとう我慢しかねたか」

「いかにも、さようでござる」

又兵衛が苦笑してうなずくと、濃い髭が揺れた。たくましい体つきは若いころと変わっていないが、四十七歳になる。黒田家では家中の武勇の士二十四人を「黒田二十四騎」と称しているが、さらに、その中の八人は、「黒田八虎《こ》」と呼ばれた。又兵衛はこの「黒田八虎」の一人だ。

又兵衛は幼いころ播州小寺《ばんしゅうこでら》家に仕えていた父親が没《ぼっ》したため、小寺家の家老だった黒田如水《じょすい》に引き取られ、八歳年下の長政《ながまさ》と兄弟のように育てられた。黒田家が筑前五十二万石となると六支城のひとつ大隈《おおくま》城を預けられ、一万六千石の重臣となったのである。

又兵衛と主君長政の不仲は、かねてから細川藩にも伝わっていた。如水から兄弟同然に育てられ、遠慮がないだけに軋轢《あつれき》が深まったらしい。朝鮮出兵のおり、長政が川の中で敵将と格闘になった時、又兵衛は川辺で見物して助けようとせず、来合わせた小西行長《こにしゆきなが》の家臣から咎《とが》められると、

――あのような弱敵に負けるようなら、わが主人ではござらぬ
と言い放ったという。これが二人の確執の発端だという者がいたが、黒田家の内情

に詳しいものは「中津《なかつ》以来のことだ」と黒田家が豊前中津にいたころの事件をあげた。

如水が豊臣秀吉《とよとみひでよし》の九州征伐の後、新たな領国となった豊前に入国して間もなく、長政は豪族宇都宮鎮房《うつのみやしげふさ》を中津城で仕物《しもの》（暗殺）にかけて殺している。

宇都宮氏は鎌倉以来の豊前の豪族で、城井《きい》氏とも称している。黒田家が入封してからも抵抗を続けていた。鎮房は黒田家にいったん服したものの、その後、居館がある城井谷《きいだに》に籠《こも》ったまま出てこず、黒田家に臣下の礼をとろうとはしなかった。その鎮房がある時、長政への一礼のためと称して中津城に出向いてきた。

――不図《ふと》中津の城に出来《いでく》る
という様子だった。傲然《ごうぜん》とした振る舞いは、鎌倉御家人《ごけにん》を祖とする豪族としての誇りに満ちていた。鎮房は十数騎を従《したが》えて中津城の城門に現れ、城内には小姓《こしょう》一人だけを連れて入った。この時、如水は肥後《ひご》の一揆《いっき》鎮圧《ちんあつ》に赴《おもむ》いて留守であり、長政は鎮房の時ならぬ来訪を無礼と感じた。鎮房のために大広間で酒席が設けられたが、長政はただちに鎮房を仕物にかけるよう命じた。鎮房はそのことを予期していた。城内の大広間に入ってからも両刀を離さず、隙《すき》を見せなかった。鎮房は身の丈《たけ》六尺、見上げるような大男で、二尺余の刀を腰にさし、二尺八寸の刀を後ろに立てかけていた。

長政から鎮房を討つように命じられた家臣はわざと盃《さかずき》の酒をこぼし、粗相《そそう》を繕《つくろ》うふりをして長政と鎮房の間に身を置いた。この瞬間、別の家臣が三方《さんぽう》を鎮房に向かって投げつつ刀を抜いて斬《き》りつけた。鎮房は左の額《ひたい》から目のあたりまで斬られたが、泰《たい》然自若《ぜんじじゃく》として、

「心得たり――」

と叫び、長政が斬りつけた太刀を腰刀《こしがたな》で受けた。長政の刀は流れて鎮房の胸乳《むなぢ》のあたりを斬った。鎮房は白い歯を見せて笑うと長政を蹴倒《けたお》した。顔や胸が血に染まった鎮房は、大広間に踏み込んだ黒田家の家臣たち数人を斬って捨てた。その凄《すさ》まじさに思わず長政もたじろいだ。鎮房は嗤《わら》ってそのまま立ち去ろうとした。大廊下に出た鎮房の前に現れたのは後藤又兵衛だった。又兵衛は自慢の長槍《ながやり》を携《たずさ》えていた。

「宇都宮殿、お覚悟めされい」

「下郎《げろう》、推参《すいさん》な」

鎮房は怒号すると、又兵衛の槍を刀で払って踏み込んだ。又兵衛は長槍で鎮房を討つつもりは最初からなかった。鎮房に払われるなり槍を投げ捨て刀を抜いた。刀が撃《う》ち合う金属音が響き、青い火花が散った。鎮房は思いがけないほどの身軽さで飛び上がると、真っ向から斬りつけた。又兵衛は大廊下に転がり、鎮房の刀を避けて体ごと

鎮房にぶつかった。

「いざ、組まん」

又兵衛が怒鳴ると、鎮房も、おう、と応じて二人は刀を放し、おたがいの咽喉元《のどもと》に手を伸ばし組み合った。そのまま凄まじい音を立て大廊下を転がった。

やがて上になったのは剛力《ごうりき》で勝る鎮房だった。鎮房に首を絞め上げられて、又兵衛の顔が真っ赤になった時、鎮房の動きが止まった。又兵衛の手に脇差が握られていた。

脇差は鎮房の下腹部をえぐっていた。鎮房は、卑怯《ひきょう》、とうめくと血を吐《は》いて倒れた。又兵衛は上になった鎮房の体を押しのけて止《とど》めをさした。その時には又兵衛の顔や胸に返り血がかかっていた。又兵衛は大広間から出て来た長政に血を浴びた顔を向けて笑いかけた。

「宇都宮鎮房、さすがに豪《ごう》の者でござった。いささか手間取りました」

長政はむっとしたように又兵衛から目をそらせた。鎮房を仕留《しと》められず逃がすところだったことを嘲《あざけ》られたように感じた。又兵衛はかねてから、

「宇都宮ほどの者を従えてこそ大名でございましょう」

と進言していたからだ。このことがあってから主従の間に溝ができたという。

忠興の前に座った又兵衛は、ことさら長政の悪口は言わなかった。ただ、忠興がしきりに細川家へ仕《つか》えるように求めるのを言を左右に受け流していたが、やがてたまりかねたように、ひと払いを求めた。出奔にいたったわけを話すというのである。

「ならばよし」

忠興はひと払いを命じた。そしてまわりにひとがいなくなると、静かに訊いた。

「やはりキリシタンのことか」

「ご存じでありましたか」

又兵衛は苦笑してうなずいた。如水はキリシタン大名として知られていた。イエズス会の宣教師ルイス・フロイスの『日本史』によると如水は、

――(高山《たかやま》)ジュスト右近《うこん》殿とその父ダリオ、および他の殿たちの説得によって大坂でキリシタンになった

という。洗礼名はシメオンである。フロイスはこれを天正《てんしょう》十二年(一五八四)のことだとしているが、一方で如水について、小寺官兵衛殿と書いている。如水は天正八年、旧主の小寺政職《まさもと》が織田《おだ》方に叛《そむ》いたため、それまで名のっていた小寺から黒田の姓に復した。

入信したのが小寺姓の時だとすれば、天正八年より以前である。また、如水は妻の幸圓《こうえん》以外に側室を置かなかった。キリシタンの掟《おきて》に従ったためと見れば、若いころからキリシタンだったということになる。長政も、秀吉の九州攻めの際、洗礼を受けた、ダミアンという洗礼名を持つキリシタンなのである。

忠興がキリシタンのことに敏感なのは、関《せき》ヶ原《はら》の戦《いくさ》のおり、大坂で人質となっていたキリシタンの妻が死んでいるからだ。世に名高い細川ガラシャである。忠興は秀吉が伴天連《ばてれん》追放令を出した後、ガラシャと家中の侍女《じじょ》でキリシタンになっていた者たちに棄教《ききょう》するよう命じた。応じない侍女の鼻を削《そ》ぎ、追放するということまでしたが、ガラシャは信仰を棄《す》てなかった。

大坂方が人質として城内に入れようとするのを拒んだガラシャは、屋敷に火を放った。自らはキリシタンであるため自害はせず、家老の小笠原少斎《おがさわらしょうさい》に薙刀《なぎなた》で胸を突かせて死んだのである。その壮烈《そうれつ》な最期はキリシタンの間で美しく語り継がれた。

忠興はガラシャの死後、キリシタンへの態度をやわらげたが、細川家ではなおも問題が続いた。その一つは忠興の弟、興元《おきもと》がガラシャに続いてキリシタンになっていたことである。興元は父、細川藤孝《ふじたか》（幽斎《ゆうさい》）の所領、丹波《たんば》峯山《みねやま》の城主だったが、関ヶ原の戦の後、兄とともに豊前へ来た。ところが一年後、忠興と不仲になり、大坂へ去った。

この時、小倉から大坂まで興元のために隣国、筑前の黒田長政が小船一隻《せき》を仕立ててやった。忠興と興元が不仲になったのはキリシタンであることが原因だった。興元が立《た》ち退《の》くにあたって長政が小船を用意したことは、忠興に不快の念を持たせた。

さらに忠興の次男興秋《おきあき》もキリシタンとなっていた。興秋は幼いころ病にかかり、一命が危うくなった。これを心配した母、ガラシャが洗礼を受けさせたのである。

天正十五年十一月七日の宣教師セスペデスあてのガラシャの手紙には、三歳（実際には五歳）になる次男の病気がひどいことから、侍女の清原《きよはら》マリアによって洗礼を受けさせたとある。

忠興には嫡男忠隆《ちやくなんただたか》がいたが、関ヶ原の合戦後、不仲になり廃嫡《はいちやく》した。このため興秋が相続する立場になったが、忠興はなぜか三男の忠利《ただとし》に家督《かとく》を譲《ゆず》ることを決めた。

忠利が幼少のころから江戸に人質になり徳川《とくがわ》と親しんでいたことがあるが、やはり興秋がキリシタンだったことが理由だろう。興秋は忠利にかわり、江戸に人質として送られることになったが、旅の途中で出奔した。去年、慶長十年のことである。

忠興にしてみれば弟と次男がキリシタンであったがために、ともに細川家を去ったことになる。それだけに隣国の黒田家が如水以来、キリシタンを庇護《ひご》してきたことが面白くなかった。さらに長政と忠興はともに荒大名として知られ、張り合う気持があった。又兵衛が出奔してきたことは忠興にとって意趣返し《いしゅがえ》の好機だったのだ。

又兵衛はじっと忠興の顔を見た。

「お話しいたすまえにおうかがいいたしたい。興秋様がお戻りになられても、もはや世子となされるおつもりはございませんか」

「さようなことはない」

忠興は憮然《ぶぜん》として答えた。ならば、と又兵衛は膝《ひざ》を乗り出した。

「黒田の大殿が関ヶ原の戦に際し、わずかな手勢にて九州を切り取られたことはご存じでありましょう」

「まことに見事なお働きであった。わずかな兵で九州を切り平らげたのは、さすがに天下一の軍師の手並みだと感服した」

関ヶ原の戦いのおり、如水は九州にいた。中央の情勢を早船で報《しら》せるよう手配しており、石田三成《いしだみつなり》が決起し、徳川家康《いえやす》との戦が始まったと知るとすぐさま動いた。黒田家は長政が家康に従って出陣しており、国元は老兵ばかりでしかも少数だった。如水は蓄《たくわ》えていた銭で兵を雇うという策に出て、牢人《ろうにん》、地侍《じざむらい》から地元、求菩提山《くぼてさん》の山伏《やまぶし》までかき集め、九千の兵を急造して豊後《ぶんご》に侵入した。

九州の関ヶ原と呼ばれた「石垣原《いしがきばる》の合戦」で大友義統《おおともよしむね》を破り、兵を返すと豊前の諸城を落とし、瞬《また》くうちに豊前、豊後の二国を手に入れた。この勢いにのって日向《ひゅうが》、肥《ひ》後《ご》、筑後《ちくご》、肥前《ひぜん》まで合わせて六ヵ国を勢力圏に置き、動員兵力は四万九千百人にまで膨《ふく》れ上がった。

関ヶ原で家康が勝利したことを知ると、如水は徳川方としての旗幟《きし》を鮮明にした。しかし、関ヶ原の戦が長引けば天下を争う腹だったに違いない、と世間では評判された。

長政が関ヶ原から帰還して、家康から右手を押しいただかれて感謝されたと報告すると、如水は苦々しげに、

「その時、そなたの左手は何をしておったのだ」

と言い放ったという話も流れた。なぜ、家康を刺し殺さなかった、そうすれば九州から馳《は》せ上って天下を手中にできたのに、というのだ。如水は策謀家《さくぼうか》として世間に印象づけられていた。

「大殿がまことに狙われたのは天下にあらず、キリシタンの国を造ることでござった。そのため九州を平らげられたのでござる」

「なに?」

忠興は又兵衛の表情をまじまじと見つめた。

「大殿の如水という号の謂《い》われをご存じでござるか」

「かつて太閤《たいこう》の機嫌を損じた時、頭を丸め、水は方円《ほうえん》に従うということから如水と名乗られたと聞いたが」

「さにあらず、如水とはキリシタンの武将の名でござる」

「キリシタンの？」

忠興は目を瞠《みは》った。如水はローマ字で、

――Josui Simeon
と刻《きざ》んだ印判を用いた。

――如水　シメオン
である。語尾が一字違うがポルトガル語でJosueであれば、ジョスエと読み、すなわち聖書に出てくるヨシュアのことである。

ヨシュアとは、約束の地カナンを目指してエジプトを脱出したユダヤ人の預言者モーゼの後継者である。ヨシュアは預言者であり、戦士でもあった。放浪の民族を率いて難攻不落の城塞《じょうさい》都市、エリコを落としたとされる。

「されば、大殿が関ヶ原の戦のおり、九州にて兵をあげられたのは、キリシタンの王国を造らんがためでござった。そのことが江戸表に知られ申した。このままにては黒田家は幕府から咎めを受けるは必定《ひつじょう》でござる」

又兵衛の目が光った。

二

慶長八年（一六〇三）十一月、病気療養のため有馬《ありま》で湯治《とうじ》した如水は、体調が戻って翌九年正月に伏見《ふしみ》藩邸に戻った。ところが二月末には病状が悪化し、死期を悟った如水は長政と家老の栗山備後《くりやまびんご》を呼んだ。

「わしは二十日の辰《たつ》ノ刻《こく》(午前八時ごろ）に逝《ゆ》くであろう。わしが死んだら葬儀は簡素にいたせ。領民を大切にして国を安泰にすることがわしの願いじゃ」

と言い遺《のこ》すと、備後に長年用いてきた合子《ごうす》の兜《かぶと》、唐皮《からかわ》おどしの鎧《よろい》を与えた。

如水が亡くなったのは予言通り、三月二十日辰ノ刻だった。享年五十九歳。

遺骸《いがい》は京の大徳寺《だいとくじ》の境内《けいだい》に葬《ほうむ》られ、福岡の崇福寺《そうふくじ》にも廟所《びょうしょ》を設けて分骨した、とされた。

「されど、御《ご》遺言《ゆいごん》により、ひそかに船にて御遺骸を運び、福岡の教会にて葬儀を行ったのでござる」

又兵衛は沈痛な表情で言った。如水は死にあたり、博多《はかた》の教会で葬儀が行われることを望み、イエズス会に二千タエス（米三百二十石に相当）を贈ることを長政に言い遺した。

教会での葬儀に、肩衣姿で立ち会った鷹のような目をした武士は長政だった。長政は荘厳《そうごん》な儀式に感動して、教会に五百石を寄贈することを申し出た。又兵衛もまた如水の棺をかつぎ、葬儀では号泣したのである。

「今年三月に教会にて大殿の三回忌が行われ申した。この時、京より招かれたハビアンなる修道士が御家に災厄《さいやく》をもたらし、それがしが退去いたすことになったのでござる」

イエズス会のパジオ準管区長は、如水の三回忌追悼《ついとう》式典を行うことで福岡でのキリシタン布教をさらに広げようとしたのだ。パジオ準管区長は長崎《ながさき》から多数の神父、修道士を伴って福岡を訪れ、追悼説教のために京から日本人修道士ハビアンを呼び寄せた。

ハビアンは、キリシタンになる前は京の大徳寺の恵春《えしゅん》という所化《しょけ》（修行僧）だったという。色白のととのった顔立ちで四十二歳である。頭脳が優れ、『平家物語』の口語訳や『伊曾保物語《イソップ》』の翻訳を編纂《へんさん》したほか、慶長十年に教義書の『妙貞問答《みょうていもんどう》』を出版している。キリシタンきっての理論家だった。

ハビアンは如水の追悼式でなめらかな口調で神の加護を称《たた》え、如水の業績と信仰をしのんだが、話を途中でやめると長政に近寄り、意外なことを囁《ささや》いた。

「シメオン様が関ヶ原の戦に際して神の王国を築かれようとしたことは、わたしどもの誇りとするところでございます。このことをもっと多くのキリシタンに知ってもらわねばなりません。説教の中で申し上げてよろしいですか」

長政は困惑《こんわく》した表情になった。長政はこの年、三十九歳。父親の如水が知謀のひととして知られているのに比べ、勇猛な武将と見られることが多い。しかし、関ヶ原の戦いのおりには調略によって毛利《もうり》の吉川広家《きっかわひろいえ》を戦闘に参加させず、小早川秀秋《こばやかわひであき》を寝返らせて徳川家康に勝利をもたらし、外交に長《た》けているところを見せていた。

黒田家では、如水が関ヶ原のおりに天下を狙ったと噂されることは構わなかった。戦国武将としてはありがちなことで、いまさら家康に咎めだてられることでもないからだ。しかし、キリシタンのための戦いだった、ということになると話は違ってくる。

為政者としては危険なものを感じて、かつて秀吉が伴天連追放令を出したようにキリシタンを禁圧するかもしれなかった。黒田家にとって、如水が関ヶ原に際してとった策は隠しとおさなければならない秘謀《ひぼう》だった。

「そのこと御無用に願いたい」

長政が言うと、ハビアンは驚いたように長政を見た。

「なぜなのですか」

「わが父のなしたことは、われらが知っておればよいことだからでござる」

長政は射すくめるようにハビアンを見た。ハビアンはおびえたように沈黙した。しかし、表情には不満げなものが漂《ただよ》った。そのためだろうか、ハビアンは京に戻ってしばらくすると、迂闊《うかつ》にもある人物に如水のことをもらした。

話した相手は林羅山《はやしらざん》である。

羅山は天正十一年（一五八三）の生まれで、この時、二十四歳。藤原惺窩《ふじわらせいか》に師事した儒学者だった。六月十五日に羅山は弟の信澄《のぶずみ》、歌学者の松永貞徳《まつながていとく》とともに一条油小路《いちじょうあぶらのこうじ》の教会を訪れた。

「キリシタンの教義とやらを聞かせてもらいたい」

羅山はかねてから仏教を敵視し、排仏《はいぶつ》を主張していたが、この日はキリシタンを論破しようと乗り込んだのだ。ハビアンは年若い儒学者を軽んじた。

「どのようなことが訊きたいのですか」

「キリシタンは大地が球のように丸いと言っておるそうな」

「たしかに、その通りです」

「迷妄《めいもう》である」

羅山は斬り捨てるように言った。

「地球方形説」を信奉《しんぽう》している羅山は激しく駁論《ばくろん》した。地球が球形であるなら、上下というものがなくなる。身分の上下によって社会の秩序を見出そうとする羅山にとって、認めることができない思想だったのだ。ハビアンはこれに対してヨーロッパの科学知識を説いて激論になった。

言葉の応酬が続くうち、教会の外は大雨が降り、雷鳴が響く悪天候となった。ハビアンの語調はしだいに傲慢《ごうまん》なものになっていった。傍《かたわ》らの信澄が思わず、

「汝《なんじ》は狂謾《きょうまん》なり――」

と怒鳴った。ハビアンはむっとしてしばらく押し黙ったが、やがて、如水が関ヶ原においてキリシタンのために策し、その結果、西日本では徳川の威光がおよばない、と口走った。羅山が前年、藤原惺窩の紹介で家康に初めて拝謁《はいえつ》し、来年から徳川家に出仕することが決まっていることを自慢顔に述べたことに反発したのである。これを

聞いて、羅山の右眉《みぎまゆ》がぴくりと上がり、やがて満足そうな笑みを浮かべて教会を退出していった。

後には憮然としたハビアンが残された。

羅山は七月に二条城《にじょう》で家康に拝謁すると、如水の謀計について言上《ごんじょう》した。羅山はハビアンとの会見後、『排耶蘇《はいやそ》』という文章を書いており、キリシタンに対する指弾は苛烈《かれつ》を極めた。家康は肉づきのよい顔のぎょろりとした目を光らせて聞いていたが、羅山が語り終えると、

「よい話を持ってきたな」

と、にやりと笑ってうなずいた。家康は如水の動きについては、すでに見抜いていた。その策謀を証言する者が現れたことを喜んだのである。このことは京のスペイン人パードレのモレイジョンから黒田家へと伝えられた。

「重臣一同集まって、いかにすべきか考えたのですが、それがしはハビアンと申す修道士をひそかに斬ればすむと申しました。殿のお許しがあれば、即刻、京に馳せ上って首を刎《は》ねる所存でした」

「なるほど生き証人となる者がいなければよいというわけか」

「御意《ぎょい》。されど、殿はキリシタンとしてそれはできぬ、とお許しになられなんだ。そ

れで、かつて豊前入国のおり、宇都宮鎮房を仕物にかけたことをお忘れか、と申し上げたところ、ひどくお怒りになられた」

「それで、喧嘩《けんか》になり、出奔したか」

「いかにもさようなわけで」

「又兵衛、そなたがこたび出奔したのは黒田家のために京に上り、ハビアンとやら申すキリシタンを斬るためであろう」

さて、と又兵衛は頭をかいただけで答えなかった。忠興はそんな又兵衛を見て面白そうに笑った。

「まあ、よい。そのキリシタンが気になるなら、わが家の者を京にやって、捕らえさせてもよい。そなたはわが家にて五千石で召し抱えよう」

忠興の目が鋭くなった。又兵衛は困ったように顔をしかめた。

「黒田家に喧嘩をお売りになるおつもりか」

「さほどのことではない。ただ、そなたがわが家におれば、黒田は首根っこを押さえられたも同然ということになろう。これは手放せぬ」

忠興にとって、関ヶ原での如水の謀計など過去のことにすぎなかった。しかし、又兵衛を握っていることで黒田家の生殺与奪の権を握ることになる、と思ったのだ。又

兵衛は髭をひねって考えていたが、

「なにごともおまかせいたしましょう。されど長政公、おのれの面をはたかれて、黙って退くほど甘い御方ではござらぬぞ」

目がわずかに笑っていた。

三

出奔した又兵衛の動向はすぐに黒田藩に伝わった。忠興が又兵衛を召し抱えようとしていることを聞いた長政は激怒して、

「後藤又兵衛は奉公構《ほうこうかまい》といたした者。ただちに引き渡せ」

と猛烈に抗議した。奉公構とは出奔した者に対して仕官させないよう大名たちに求めるという刑罰である。

忠興はせせら笑い、黒田藩が兵を細川藩に差し向けるという噂が出ても、

「わが家の手のうちを見せてやろう」

と、いっこうに退く気配はなかった。このことは江戸にも伝わり、幕府が仲裁に立つという騒ぎにまでなった。すると又兵衛は、

「ここらが潮時でござる」

と、細川家の家臣に言い残して小倉を去った。又兵衛はその後、四国の伊予《いよ》に親戚の僧侶を訪《たず》ねて、寺に逗留《とうりゆう》した。この間、福島正則《ふくしままさのり》、前田利長《まえだとしなが》、藤堂高虎《とうどうたかとら》らから仕官の誘いがあり、特に福島正則は又兵衛の器量を買って、三万石を与えるとまで言ってきた。

しかし、いずれも黒田家から、

「奉公構とした者をあえて召し抱えられるのか」

と横槍が入って実らなかった。さらにこのころ黒田藩では又兵衛を暗殺するため刺《し》

客《かく》を放ったと噂になった。

腕すぐりの家臣が寓居《ぐうきょ》に押し掛けたものの、又兵衛に一喝《いっかつ》されて討つことができ

ず、すごすごと引き揚げたなどという話がいつの間にか世間にもれたのである。

又兵衛の動向は世の耳目を集め続けた。

翌慶長十二年（一六〇七）、又兵衛は家族と家臣を親戚に預けると、供も連れず、一

人でふらりと京に出た。笠《かさ》をかぶり、袖無し羽織、裁着袴《たつつけばかま》姿の又兵衛が向かったのは

一条油小路の南蛮寺（教会）だった。

又兵衛が南蛮寺の門をくぐったのはすでに夕刻である。建物の奥に人々があつまる広い土間があった。又兵衛が笠を脱いで入ると、奥に祭壇《さいだん》らしきものがあり、蠟燭が灯っていた。その前にひとつの黒い影がうずくまっている。修道服を着た男が跪《ひざまず》き、何事か祈っているようだ。他に人影は無かった。

「ハビアン殿か」

又兵衛は声をかけた。男は立ち上がって振り向いた。思いがけないほど痩《や》せた色白のととのった顔の男である。

「さようだが」

ハビアンの声には傲然とした響きがあった。

「それがし筑前黒田家に仕えておった後藤又兵衛と申す」

黒田家と聞いて、ハビアンはいぶかしげに又兵衛を見た。

「黒田家の方が何用ですか」

「お手前は先日、黒田家の大事を徳川に仕える儒者にもらされた、と聞いた」

ハビアンの顔がさっと青ざめた。

「わたしを斬るつもりですか」

「身に覚えがござろう」

「林羅山という儒学者があまりに幕府に仕えることを自慢したのでキリシタンの力を思い知らせたかったのです」

「無用なことをなされたな」

又兵衛は笠を捨てて前に出ると、刀の柄《つか》に手をかけた。ハビアンは目を瞠って又兵衛を見ると、口を開けて何か言おうとした。その時、

「又兵衛殿、待たれい」

男の鋭い声がした。又兵衛は柄に手をかけたまま、ゆっくりと振り向いた。入口に三人の武士が立っていた。又兵衛と同じ袖無し羽織、裁着袴で草鞋《わらじば》履きである。中央の壮年の男が、

「ハビアン殿を斬らせるわけにはいかぬ」

落ち着いた声で言った。眉が太くあごがはった精悍《せいかん》な顔をしている。又兵衛は苦笑して、柄から手を離した。

「掃部《かもん》殿か」

明石《あかし》全登《たけのり》、かつて宇喜多《うきた》秀家《ひでいえ》に仕え掃部頭を称していた男である。ジョアン・ジュストの洗礼名を持つ、熱心なキリシタンだった。四十二歳である。

関ヶ原では西軍の宇喜多軍勢の主力八千を率いて福島正則と激戦を展開した。関ヶ

原後は落ちのびる途中、黒田長政に助けられ、如水に匿《かくま》われた（如水の母親が明石氏だったためだという）。その後、如水の異母弟でミゲルという洗礼名を持つキリシタンでもある惣右衛門直之《そうえもんなおゆき》の所領、秋月《あきづき》に潜《ひそ》んだ。

「又兵衛殿がハビアン殿を斬られるつもりらしいと聞いて京に出て参った」

秋月にいた全登は又兵衛が出奔した騒ぎを聞くと、ハビアンが危ないと察したのである。

「この者を斬らねば黒田家が危うくなる。そのことをご承知か」

「いかにも。されど、キリシタンにとって修道士殿は神の御教えを伝えていただく方ゆえ斬らせるわけには参らぬ。黒田の殿もお許しにはなるまい」

全登が言うと両脇の男たちが刀の柄に手をかけて身構えた。

「それがしは、すでに黒田家から退転した身ゆえ、さようなことは構わぬがな」

又兵衛はふっとため息をつくと、

「されど、関ヶ原で福島正則を苦しめたほどの掃部殿にさように出られてはいたしかたないのう」

又兵衛はそう言うと腰をかがめ、笠を拾おうとした。次の瞬間、又兵衛は後に跳躍《ちようやく》していた。

「しまった」

全登が刀を抜いて前に出た時には又兵衛はハビアンの傍らに立ち、片手斬りにハビアンに斬りつけていた。白刃が稲妻《いなずま》のように光って、凄まじい刃音が響いた。しかし、刀はハビアンの首筋でピタリと止まった。又兵衛は目を光らせてハビアンを睨《にら》んだ。ハビアンは足が震《ふる》え、やがて頽《くずお》れるように倒れた。又兵衛はその様子を見ると刀を鞘《さや》に納めた。全登がほっとした表情になって、

「又兵衛殿、了見していただけたか」

と言うと、又兵衛は首を振った。

「いや、この男は死ぬことを恐れておる。まことに信じるものがある者は死を恐れぬ。おそらく、この男の心中にデウスはおるまい」

「馬鹿な」

「心中にデウスを持たぬ者がいつまでもキリシタンであるとは思えぬ。キリシタンでなければ、大殿の関ヶ原での謀計の証人となることもかなうまい」

又兵衛は静かに言うと笠を拾い、そのまま入口に向かった。

「待て、又兵衛殿が出奔したのはハビアン殿を斬るためであろう。斬らぬのであれば黒田家へ帰参いたされてはいかがじゃ」

「そうはいかぬ」

「なぜじゃ」

「それがしが黒田家を出たのは、別なわけがあってのこと」

「なに、どんなわけだ」

「今にわかる」

又兵衛は白い歯を見せて微笑すると教会から出ていった。その時になって、ハビアンがうめき声をあげて起き上がった。ハビアンは教会から出ていく又兵衛の後姿を見送って、

「悪魔《ルシヘル》――」

とつぶやいた。

全登はそんなハビアンの様子を暗然たる思いで見ていた。又兵衛が言った、ハビアンの心中にデウスはいない、という言葉が重く胸に残ったのである。

又兵衛の勘が当たったというべきだろうか。

ハビアンは翌慶長十三年、教会から姿を晦《くら》まして棄教した。前年、ハビアンが書いた教義書がパジオ準管区長によって家康の側近本多正純《ほんだまさずみ》に献じられた。ところが、そ

の直後、ハビアンはベアータという修道女とともに逃げたのである。

イエズス会では、ハビアンが愛欲の地獄《インヘルノ》に堕《お》ちたのだ、と嘆《なげ》いた。しかし、ハビアンはキリシタンの理論書を書くほどすぐれた能力がありながら、修道士のままで神父に登用されないことに不満を持っていたのだともいう。あるいは黒田家の関ヶ原での謀計の証人とされることを恐れたのかもしれない。

林羅山は慶長十二年、江戸で徳川秀忠《ひでただ》に拝謁して正式に幕府に仕えた。

羅山が幕府に仕えてから五年後、幕府は直轄《ちょっかつ》領でのキリシタン布教を禁止した。本多正純の家臣でキリシタンでもあった岡本大八《おかもとだいはち》が九州のキリシタン大名、有馬晴信《はるのぶ》から所領復活に尽力するとして金をだまし取っていた事件が発覚したためだった。

幕府はキリシタンに対する警戒を強め、慶長十八年十二月、突如として全国のキリシタン禁教令を出した。翌慶長十九年十月にはキリシタンとして名高かった高山右近と内藤如安《ないとうじょあん》が国外追放された。右近はかつて播州明石六万石の大名だったが、秀吉の伴天連追放令によって所領を没収され、加賀《かが》前田家の客将となっていた。

右近らは長崎からフィリピンのマニラへ送られた。このころ徳川と豊臣の間には戦雲が漂っており、家康は右近と如安がキリシタンを率いて大坂城に入ることを恐れたのである。

四

後藤又兵衛が豊臣家に請《こ》われて大坂城に入ったのは、慶長十九年（一六一四）十月のことだった。黒田家を出奔してから八年がたっていた。この間、大名家への仕官は黒田家からの横槍によってかなわず、又兵衛は京、大坂で軍学を講じて糊口《ここう》をしのいだ。暮らしは困窮《こんきゅう》し、

——物乞《ものご》いになった

とまで言われたが、大坂城に入った又兵衛は甲冑《かっちゅう》も美々しく、威風あたりを払った。

この時、豊臣秀頼《ひでより》は家康からの圧迫に耐えかね、開戦を覚悟して多くの牢人を集めた。家康が豊臣家を追い詰める方策としたのは方広寺鐘銘事件《ほうこうじしょうめい》である。秀頼によって再建された京の方広寺大仏殿の鐘《かね》に、

国家《こっか》安康《あんこう》
君臣《くんしん》豊楽《ほうらく》

などの銘文が彫《ほ》られているのは徳川を呪い豊臣を天下の主とすることを祈願したものだ、と咎めたのである。これらの銘文は五山の学僧によって曲解が行われたが、徳川家では林羅山が国家安康、君臣豊楽について、

御諱字《オイミナジ》ノ中ヲキリ候事《ソウロウコト》、沙汰《サタ》ノ限事《カギリノコト》
豊臣ヲ君トシテ楽シムトヨム下心《シタゴコロ》ニテ

とする意見書を出した。家康に媚《こ》びたのである。このころ豊臣家に同情的だった浅《あさ》野長政《のながまさ》、堀尾吉晴《ほりおよしはる》、加藤清正《かとうきよまさ》、池田輝政《いけだてるまさ》、浅野幸長《あさのよしなが》らは相次いで亡くなっており、追い詰められた豊臣家は、牢人をかき集めた軍勢で戦うしかなかった。

大将格とも言える名のある牢人は、又兵衛のほか真田信繁《さなだのぶしげ》(幸村《ゆきむら》)、長宗我部盛《ちょうそかべもり》親《ちか》、毛利勝永《かつなが》、それに明石全登だった。

豊臣方について入城した牢人はおよそ十万だったが、このうち一万はキリシタンであると言われた。幕府のキリシタン禁教政策によって追い詰められたキリシタンは、大坂城に籠って戦うしかなかった。

そんなキリシタン武士の中に細川家から出奔した興秋の姿があった。興秋はこの年、三十二歳になる。母親のガラシャに似たのか白皙《はくせき》の容貌だった。又兵衛は興秋に会うと、喜んだ。

「ようこそ大坂城に入られた。それでこそ、細川ガラシャ様の御子でござる」

興秋は戸惑《とまど》ったように笑って、

「これは、後藤殿には、わが母をご存じか」

「なんの、それがしは一度もお目にかかったことはござらぬ。されど、大殿がな
――」

又兵衛はそこまで言って口をつぐんだ。

「如水様が母をご存じだったと？」

「さて、そのことよ」

又兵衛は何度もうなずいて、

「わしは大殿にあもーるという言葉を教わり申した」

「あもーる？　大切に思うというキリシタンの言葉ですね」

「さよう、わしには大切にせねばならぬものがあるのでござる」

「はて、どのようなことでしょうか」

「それがし、若いころ一度、大殿を裏切ったことがござる」

又兵衛の表情に苦いものが浮かんだ。

如水は、織田信長《のぶなが》の中国攻めのおりに反旗を翻《ひるがえ》した荒木村重《あらきむらしげ》を説得に行き、城内の土牢に一年余りにわたって閉じ込められた。この時、叔父の藤岡九兵衛《ふじおかきゆうべえ》が如水に叛《そむ》いたため、一族追放となってしまった。又兵衛が十九歳の時である。

「それがしは叔父に同調したわけではなかったが、止めもしなかった。荒木の城で囚《とら》われた大殿の消息は知れず、信長は大殿が裏切ったとみて、当時、人質だった長政公を斬ろうとさえしておったのです」

疑心暗鬼の中、又兵衛も如水を信じることができなかったのだ。栗山備後らによって救出された如水は、瘡《かさ》のため頭髪が抜け落ち、片足が不自由という身になっていた。

黒田家を追放された又兵衛は、仙石秀久《せんごくひでひさ》に仕えて四国攻めに従軍した。その後、九州攻めの際に長政が又兵衛を呼び戻したのである。

黒田家に戻った又兵衛は、変わり果てた如水の姿を見るにつけ、慚愧《ざんき》の思いを強くしたのだ。もっとも又兵衛には、黒田家を離れていたことを気にするようなひ弱さは無く、家中でも闊達《かったつ》に振る舞ってきた。このため又兵衛の胸中を知る者はいなかった。

「それゆえ、大殿を二度と裏切らぬと誓《ちか》いもうした。それがしにとってのあもーるとは、このことでござる」

興秋がうなずくと、又兵衛は微笑してその場を離れ、牢人たちを従えて入城してきた全登に、

「また会えてよかったぞ」

と声をかけた。全登が苦笑いして、

「幕府がキリシタンを禁じ、黒田家も表向きキリシタンであることをやめた。秋月の直之様も亡くなられたゆえ、われらは居場所が無くなったまでのことだ」

と言うと、又兵衛は頭を振った。

「なんの、かくなることは大殿はご存じであった」

「如水様が？」

「亡くなる前、わしなき後、徳川はキリシタンを禁じるであろう。その時、キリシタンの最後の砦《とりで》となるのは大坂城であろうとな」

「なに、又兵衛殿、まさかお主――」

又兵衛は笑って答えずに、背を向けると立ち去った。

又兵衛は秀頼の信頼も厚く、豊臣家を差配《さはい》していた大野治長《おおのはるなが》からも相談を受けることが多かった。真田信繁ら牢人組からも、

――又兵衛殿こそ

と頼みにされたのである。

家康はおよそ二十万の大軍で大坂城を囲んだが、包囲陣の中に黒田長政、福島正則、加藤嘉明《よしあき》の姿はなかった。三人とも江戸に留め置かれたのである。『黒田家譜』には、

――此《この》三人ハ秀吉公の旧臣なりしかば、秀頼に敵して彼《か》を攻《せめ》ん事さすが忍《しの》ひかたければ也《なり》。

とある。黒田家では、長政の嫡男でまだ十三歳の忠之《ただゆき》が兵を率いて出陣した。いわゆる大坂冬の陣で、又兵衛は評判通りの働きを見せた。

城外北東の今福《いまふく》に築いた砦が徳川方によって落とされようとしているのを見て、秀頼の旗本《はたもと》、木村重成《きむらしげなり》が城から飛び出して窮地に陥《おちい》った時、櫓《やぐら》からこれを見ていた秀頼がかたわらの又兵衛に、

「助けよ――」

と命じた。承ったと答えた又兵衛は、手勢を率いて駆けつけた。徳川方の射撃を恐れた味方が堤《つつみ》に伏せ、鉄砲も撃てないでいるのを見た又兵衛は、堤に身をさらして仁王立《におうだ》ちになり、

「戦はかくするものぞ」

と怒鳴りながら鉄砲を撃ち放った。この時、鉄砲弾が脇腹に当たったが、又兵衛はたじろがずに鉛弾《なまりだま》をえぐり出すと、

「右大臣家は御運のよろしきことよ」

と笑って自らがいる限り、戦は負けぬと豪語した。又兵衛はさらに兵を励まして徳川方を見事に追い散らしたのである。

又兵衛ら牢人衆の働きもあって、大坂方は頑強な抵抗を続けた。家康はこれに業《ごう》を煮やすと、十二月十六日、オランダ商人から買い入れた大砲三門で大坂城の天守閣を打ち砕《くだ》かせ、淀殿《よどどの》始め大坂城の女房衆の肝《きも》を冷やさせて講和に持ち込んだ。

講和の条件として城の外堀を埋めると言いながら、内堀まで埋めてしまい、さしもの巨城も丸裸にしてしまう謀略だった。

翌慶長二十年四月に和議は破れ、大坂城は再び大軍の攻撃を受けることになった。この時、又兵衛は死を覚悟した。

五月一日、豊臣方は大坂城から出撃して戦うことを決め、又兵衛他が六千四百、毛利勝永、真田信繁他が一万二千を率いて城を出た。野営した豊臣方は二軍に分かれて道明寺《どうみょうじ》へ出撃することを決めた。

全登は又兵衛の軍勢に属したが遊撃軍となり、興秋は真田信繁の軍勢に入った。出発は五日夜半だった。夜の闇の中、松明《たいまつ》を持った兵が動き、鉄砲の火縄《ひなわ》がちらちらと赤く燃えていた。

又兵衛は出発を前に馬上から細川興秋と明石全登に声をかけた。

「もはや、お目にかかることもあるまいゆえ、申し上げておく」

二人が何事であろう、と馬上の又兵衛を見上げると、

「それがしが黒田家を出奔いたしたのは、いずれ東西の手切れとなり、大坂で戦になれば興秋殿始め、キリシタンが城に籠ることになろうと見越し、その手助けをいたさんがためでござった」

「なんと」

興秋と全登は目を瞠った。

「亡き大殿は、関ヶ原の謀計にてただ一つ悔いておられたことがござった。細川ガラシャ様をお死なせいたしたことでござる。されば、ガラシャ様の御子のうちキリシタ

ンとなられた興秋殿を何としてもお守りすべしと、大殿から今わの際《きわ》に命じられ申した。興秋殿が細川家を出奔されたと聞き、それがしは長政公と謀《はか》り、いずれ大坂城にて興秋殿をお守りすべく黒田家を出たのでござる。長政公がそれがしを奉公構といたし、いずこへも仕官いたせぬようにしたのも、大坂城に入ることを徳川方に疑わせぬためでござった。これがそれがしと長政公で仕組んだ大殿、黒田如水の最後の謀《はかりごと》でござる」

「そのために八年もの牢人暮らしをされたのか」

興秋が声を詰まらせながら言った。

「謀は密《みつ》なるをもってよしとす、われらが大殿より学んだことでござる。されば興秋殿、武門の意地、キリシタンの義はすでに立ち申した。この戦で死なれることは無用。掃部殿はガラシャ様の御子である興秋殿を助け参らせせよ」

「しかし、又兵衛殿はどうするのだ」

全登が駆け寄ると、又兵衛はにこりと笑った。

「それがしには信心はわかり申さぬ。されど大殿はひととして大切なものを守るのがキリシタンのあもーるだ、と教えてくださった。さればそれがしも、あもーるのために戦うのみにてござる」

又兵衛はそう言うと、大槍をかい込み馬を進めていった。

道明寺での戦いは早暁から始まった。夜の進軍はおりからの霧《きり》のために難渋《なんじゅう》し、真田信繁の軍勢の到着は遅れ、又兵衛の軍勢だけで敵軍に挑まねばならなかった。

又兵衛の猛攻に松倉重政《まつくらしげまさ》、奥田忠次《おくだただつぐ》勢は崩れ立ち、奥田忠次は討ち取られた。松倉勢も崩れかけたが、水野勝成《みずのかつなり》らが救援に駆けつけ、ようやく持ちこたえた。又兵衛はその後も徳川方を数度にわたって退《しりぞ》け、最後に突撃を試みた。この時、伊達政宗《だてまさむね》の軍勢が数千の鉄砲で銃撃し、又兵衛は被弾して戦死した。

興秋と全登は道明寺の戦いの後、真田信繁とともに天王寺《てんのうじ》の戦いに加わり、家康の心胆《しんたん》を寒からしめたが、敗れると落ちのびた。興秋は父、忠興の命によって切腹したとされるが、一説によると熊本《くまもと》の天草《あまくさ》で匿われたともいう。幕府は全登を恐れて「明石狩り」を行い、全登の行方を捜したが杳《よう》としてわからなかった。

背教者

一

元和《げんな》七年（一六二二）三月——

鴉《からす》の不気味な鳴き声が夕空に響いた。長崎西坂《ながさきにしざか》に近い丘に藁《わら》ぶきの家がある。ここに去年からひとりの男が住み着いていた。名を、

——不干斎《ふかんさい》

という。痩《や》せて落ちくぼんだ目をしている初老の男だ。黒い小袖《こそで》に同じ色の袴《はかま》を穿《は》いている。竈《かまど》で火を熾《おこ》し、鍋で何かを煮ていた。白い湯気が鍋から立ち昇った。

不干斎が鍋の中を覗《のぞ》き込もうとした時、戸口に人影が立った。不干斎はぎょっとして振り向いた。立っていたのは若い女だった。

武家の娘らしい身なりで杖《つえ》を持ち、脚絆《きゃはん》、草鞋《わらじ》の旅姿だった。ととのった顔で目が黒々として鼻筋がとおり、花びらのような唇《くちびる》をしている。

「不干斎様はこちらでしょうか」

女はよく響く声で聞いた。不干斎は用心深く相手を見つめた。不干斎の返事も待たずに、女は家の中に入ってきた。土間に立って、薄暗い家の中を無遠慮に眺めた。不干斎には女が薄く光をまとっているように見えた。

「あなたは、どなただ」

不干斎は苛立《いらだ》って訊《き》いた。女は微笑《ほほえ》んだ。

「わたくしの顔に見覚えはございませぬか、ハビアン様」

「なに――」

不干斎はぎょっとした。ハビアンとは不干斎がキリシタンだったころの洗礼名である。

「わたくしは母にそっくりだと言われます」

「母御《ははご》に？」

不干斎はまじまじと若い女の顔を見つめたが、はっとして、

――マリア殿
とつぶやいた。女は満足げにうなずいた。

「おわかりいただけましたか。わたくしは清原《きよはら》いとの娘でございます」

不干斎は女を見つめておずおずと訊いた。

「キリシタンなのか」

女は微笑するだけで何も言わなかった。不干斎は暗い顔をした。キリシタンだとすれば不干斎を訪《たず》ねてきた用件は聞かずともわかっていた。非難し、罵《のの》りに来たに違いなかった。

しかし、それにしては女の態度は落ち着いていた。その様子はかつての清原いとを思わせるものがあった。いとは公家《くげ》清原枝賢《しげかた》の娘で、幼い時にキリシタンとなり洗礼名はマリアと言った。長じて細川忠興《ほそかわただおき》の正室玉子《たまこ》の侍女《じじょ》となった。玉子は受洗して洗礼名ガラシャの名で知られた。ガラシャをキリシタンへ導いた侍女小侍従《こじじゅう》こそ、いとである。不干斎は目の前に立っているのが清原いとのような錯覚さえ覚えた。

不干斎は女に板敷にあがるように言った。自分も鍋を持って上がると囲炉裏《いろり》の自在《じざい》鉤《かぎ》にかけて座った。

「いと殿はどうしておられますか」

不干斎は囲炉裏をはさんで向かいあった女に訊いた。

「息災《そくさい》にしておりますが。九州までの旅はいたしかねますので、わたくしが代わりに参りました」

はい、と女の白いあごがうなずいた。

「不干斎様は昔、わたくしの母に話を聞きによく参られたと聞いております」

女に言われて不干斎の顔に翳《かげ》がさした。

「大坂にいたころ細川様のお屋敷にうかがいました」

「わたくしの母と亡くなられたガラシャ様のお話をお聞きになるためですね」

「さよう」

不干斎は清原いとと細川ガラシャの顔を思い浮かべた。大坂の教会で会った二人には、信仰を持つ者の凜《りん》とした佇《たたず》まいと美しさがあった。ガラシャは関ケ原《せきはら》の戦《いくさ》のおり、大坂方の人質になることを拒んで死んだ。その死は殉教《マルチリヨ》のようであったとキリシタンの間では語り継がれていた。

「母の話を聞かれてキリシタンの教義書《カテキズム》を書かれたとか」

不干斎は顔を伏せた。かつては京の大徳寺《だいとくじ》で禅僧として修行しており、そのころは恵春《えしゅん》という名だった。豊臣秀吉《とよとみひでよし》の正室、北政所《きたのまんどころ》の侍女だった母親とともに十九歳の時にキリシタンになった。

高槻《たかつき》、大坂の神学校《コレジオ》で勉学に励《はげ》み、ポルトガル語を学んだ。優秀な修道士として文《ぶん》禄《ろく》元年（一五九二）には九州天草《あまくさ》のコレジオで宣教師たちのための日本語教師となった。さらにイエズス会の出版事業で活躍し、『平家物語』口語訳要約版、『伊曾保《イソップ》物語』翻訳を編纂《へんさん》した。

キリシタンの教義問答集『妙貞問答《みょうていもんどう》』を書いたのは十六年前の慶長《けいちょう》十年（一六〇五）である。教会に来ることができない身分の高い女性のために、妙秀《みょうしゅう》と幽貞《ゆうてい》という二人の尼《あま》が問答する形でキリシタンの教えを説いたものだ。

質問するのは妙秀であり、幽貞がこれに答えていく対話形式の『妙貞問答』はわかりやすく、キリシタンの女性たちに喜ばれた。

しかし不干斎は『妙貞問答』を書いて、わずか三年後には棄教《ききょう》した。教会からベアータという修道女とともに逃げたのである。神父たちは不干斎が情欲の地獄《インヘルノ》に堕《お》ちたと非難した。不干斎とベアータは京都の教会を出奔《しゅっぽん》後、奈良《なら》、枚方《ひらかた》、大坂を転々とした後、慶長十七年には九州の博多《はかた》に住むようになった。

幕府は慶長十八年、全国にキリシタン禁教令を発布した。不干斎はこのころ長崎に赴《おもむ》き、幕府のキリシタン取り締まりに協力した。昨年には、キリスト教を論破するための書、『破提宇子《ハデウス》』を書きあげていた。かつてキリシタンの教えを説く『妙貞問答』を書いた不干斎が、一転してキリシタンを論難する書を書いたのである。キリシタンから見れば棄教者というだけでなく、かつての仲間を売る裏切り者だった。

　不干斎はしばらくして顔をあげると、おずおずと訊いた。

「いと殿はわしのことを怒っておられような」

　女は頭を振った。

「いいえ、母は悲しんでおるだけです。ただ、なぜ不干斎様が変わられたのかお聞きしたいとのことでした」

　女に見つめられて不干斎は黙然と考え込んだが、やがてポツリと言った。

「わしは、ある男に会った。その男はまことに悪魔《ルシヘル》でした。その男に会ったことで、わしの歩む道は変わったのです」

「悪魔のような男とは？」

「原田喜右衛門《はらだきえもん》――」

　不干斎はうめくように言った。

「わしは、あの日、喜右衛門に会うべきではなかった。喜右衛門は利に敏《さと》い商人というだけではなかった。もっと恐ろしいものにとりつかれた男だった」

　不干斎は肩を落として言った。女は不干斎を憐《あわ》れむように見た。

「原田という商人にだまされたのですね」

「いや、だまされたのではない。気づかされたのだ」

「気づかされた？」

「わしの心の底にあるものにだ」

「心の底にあるものを見せつけるのが、悪魔なのかもしれませんね」

女が言うと、不干斎はくっくっと笑った。

「そうだ。あの喜右衛門は、みながひそかに心の中に隠し持っていたものを引きだしてしまう男だった。ルソン（フィリピン）からも思いがけないものを引きずり出してしまった。それが、あの恐ろしいことにつながっていった」

不干斎は立ち上がると、おびえたように格子窓《こうしまど》から外を見た。窓からは夕日に赤く染まった西坂が見えた。

二十五年前、慶長元年十二月、秀吉の命によって二十六人のキリシタンが処刑された。夕景の西坂は、今もその血が流れているかのようである。不干斎は思わず十字を切っていた。

「あの恐ろしいことは、喜右衛門がルソンを手に入れようとしたことから起きた。キリシタンの血を流させたのはキリシタンだった」

二

ハビアンが原田喜右衛門に初めて会ったのは、天正《てんしょう》十九年（一五九一）九月のことだった。長崎にいたイエズス会の巡察師《ヴィジタドール》ヴァリニャーノを喜右衛門が訪ねてきたのである。

喜右衛門に関する噂は、このころ京のオルガンティーノ神父から長崎に伝えられていた。豊臣秀吉にフィリピン征服を勧めている野心的な商人だというのである。マニラに渡航したことがある喜右衛門は、秀吉の側近で茶人の長谷川宗仁《はせがわそうにん》に、

「ルソンでは砦《とりで》も築いてはおりません。兵も四、五千かと思われます。日本から大船にて押し渡れば、難なくルソンは落とせましょう」

とスペインが提督府《ていとくふ》を置いているマニラの軍備が貧弱なことを告げたという。

「そうか、ルソンも取れるか」

宗仁から喜右衛門がもたらした話を聞いた秀吉は喜んだ。

秀吉は前年に小田原《おだわら》の北条《ほうじょう》氏を滅《ほろ》ぼし、念願の天下統一を果たしていた。さらに奥羽《おうう》も平定して京に戻った秀吉を待っていたのは朝鮮《ちょうせん》からの使節で、秀吉は機嫌よく使

節たちと会った。同じころイエズス会がローマに派遣していた四人の少年使節が帰国し、聚楽第《じゆらくだい》で秀吉に拝謁《はいえつ》した。少年使節たちはポルトガルのインド副王の親書を携《たずさ》えており、天下人として自信にあふれていた秀吉には海外の国がことごとくなびくように思えた。

秀吉は喜右衛門にマニラ総督への親書を届けるよう命じた。喜右衛門は間もなくフィリピンに出発するはずだという。

「しかも困ったことに――」

とオルガンティーノは苦々しげに手紙に書いてきていた。喜右衛門はパウロという洗礼名を持つキリシタンだというのである。イエズス会は布教のための財源を貿易活動に求めており、ポルトガルの商船はイエズス会が認めた国の港に入港することになっていた。このため日本の商人は貿易の利を求めて洗礼を受ける例が少なくなかった。喜右衛門もそのひとりだ。

秀吉は四年前、伴天連《ばてれん》追放令を出してキリシタンを禁じた。キリシタン大名として名高かった高山右近《たかやまうこん》を見せしめのように追放したものの、小西行長《こにしゆきなが》、蒲生氏郷《がもううじさと》、黒田《くろだ》如水《じよすい》らその他のキリシタン大名は、そのままに放置している。秀吉は、キリシタンが宣教師を通じて海外の事情に通じていると見て、海を越えた朝鮮での戦にキリシタンを使おうと心づもりしていた。

　朝鮮出兵では小西行長を先鋒《せんぽう》とし、一方で帰国した少年使節たちはインド副王との交渉に役立て、さらに原田喜右衛門にフィリピンへの使者を務めさせるのである。

「喜右衛門の胸にはまことの信仰は無いものと思わねばなりません。彼は神の教えに背《そむ》く背教者です」

　オルガンティーノは厳しい調子で書いてきていた。しかし、ヴァリニャーノの前に現れた喜右衛門は、商人にしては品のよいととのった顔立ちをした三十過ぎの男だった。面長《おもなが》で鼻が高くあごが引き締まっている。目は理知的に輝いて学者のようですらあった。

　喜右衛門はよく響く声でヴァリニャーノに願い事をした。

「巡察師様、マニラのイエズス会にわたくしの推薦状を書いていただけませんでしょうか」

　ヴァリニャーノは大きな目で喜右衛門を見つめていたが、やがて、

「それはできない」

と冷たく言った。喜右衛門は目を鋭くして、

「それはなぜでございましょうか」

と訊いたが、ヴァリニャーノは答えようとはしなかった。この日の会話を通訳したのはハビアンである。ハビアンはヴァリニャーノの拒絶の言葉を伝えながら、喜右衛門がまじまじと自分を見つめていることを感じた。

ヴァリニャーノの拒否の姿勢は変わらず、しばらくして喜右衛門は宿に引き揚げて行ったが、間もなく喜右衛門の使いだという若い男がハビアンをこっそり訪ねてきた。喜右衛門の甥《おい》で手代《てだい》をしている孫七郎《まごしちろう》という男だった。孫七郎もまたガスパールという洗礼名のキリシタンだった。

「ハビアン様、喜右衛門がお話ししたいことがあると申しております。宿までお出《い》でいただけませんか」

「わたしに何のお話があるのでしょうか？」

「それはわかりませんが、ハビアン様の教えを受けたいのではないかと存じます」

孫七郎はおだやかな表情で言った。孫七郎の顔を見ていたハビアンは、魔に魅入られたように喜右衛門の話を聞いてみようと思った。このころハビアンの胸には神父《パードレ》たちへの不満がひそんでいたからだ。

ポルトガル人の神父たちは日本人修道士に厳しく、ハビアンはいつまでも修道士のままで神父になることができなかった。ヴァリニャーノたちの目は、ローマから帰国した遣欧使節たちに注がれていた。伊東《いとう》マンショ、千々石《ちぢわ》ミゲル、中浦《なかうら》ジュリアン、原《はら》マルティノら四人は日本を出発した時は少年だったが、立派な青年に成長して帰国した。

ローマ法王の祝福を受けた四人は、キリシタンの間で輝かしい存在だった。今後、神父への道を歩むに違いなかった。しかし、ハビアンにそのような前途は見えていなかった。

（このままポルトガル語を話せる便利な日本人修道士として老いていくだけなのだろうか）

頭脳に自信があるハビアンには、それが虚《むな》しいことのように思えていたのだ。ハビアンが孫七郎に連れられて宿に行くと、喜右衛門は葡萄酒《ぶどうしゅ》を出してもてなした。

「わざわざお出でいただき申し訳ございません。わたしは巡察師様から疑いの目で見られているようです。修道士様にそのような疑いをといていただきたいのです」

喜右衛門はフィリピンに渡航することに関しての話題にはふれず、しきりにキリシタンの教義について訊いた。

（立派な信徒ではないか。パードレ様たちは疑いすぎるのではないか）

ハビアンの胸にそんな思いがわいてきた。熱心に話していた喜右衛門は、葡萄酒を

飲んでため息をつくと、

「わたしは商人ですから、儲《もう》けることを考えてしまいます。するとパードレからは信仰の道から外れた者のように見なされます。そうではないつもりなのですが」

「主なるイエスは、わたしたちと常にともにいらっしゃいます。胸に主を抱いていれば、どのようなこともおわかりいただけます」

ハビアンに言われて、喜右衛門はほっとした表情を浮かべた。

「ハビアン様のお話はまことにわかりやすくございます。いずれ京に出られて儒者や僧侶《そうりよ》を論破される書物を書いていただきたいものです」

「書物を？」

「はい、京、大坂のキリシタンの間では細川忠興様の御正室ガラシャ様が名高《なだこ》うございます。たとえばガラシャ様のキリシタンの教義についてのお話を書物にすれば、多くのひとがキリシタンについてわかりやすく学べるのではございませんか。それはパードレ様たちにもできぬことでございます」

パードレたちにできないことだ、という言葉がハビアンの胸を打った。神父になれなくとも神父以上のことができるかもしれない、と思うことはハビアンの自尊心を満足させるものだった。葡萄酒がハビアンを心地よく酔わせていた。

「そのためにわたしもできることをお手伝いさせていただきましょう」

喜右衛門は囁《ささや》いた。ハビアンは思わず喜右衛門の目を見た。

(この男はただ儲けようとしている商人ではなく、神の教えを実践しようとしているのかもしれない)

ハビアンがうなずくと、喜右衛門は葡萄酒を飲み干しながら言った。

「ヴァリニャーノ様はわたしが関白《かんぱく》様の力を借りてルソンとの交易の道を開こうとしていることに御不満なのです」

「そうかもしれません」

ハビアンはさりげなく言った。ヴァリニャーノはマニラのイエズス会士セデーニョ神父に原田喜右衛門のことを報《しら》せる手紙をすでに書いていた。この手紙でヴァリニャーノは喜右衛門のことを、

——悪賢い日本人商人で、名目上だけはキリスト教徒であるが生活は異教徒と変わりがない。彼は自らの交渉に役立つとわかった時にはカメレオン的本性を発揮して、何度でも豹変《ひょうへん》を繰り返しあらゆる虚偽を並べ立ててマニラ総督に取り入ろうとするだろう
と警告していた。喜右衛門はこのことに気づいているのか、哀《かな》しげにつぶやいた。

「武力によって交易の道を開くことは、ポルトガルやイスパニアもやって参ったことです。イエズス会の布教も、ポルトガルの武力があったればこそ海を越えて行われてきたのではありませんか」

喜右衛門はハビアンの目を覗き込むように見た。ハビアンが答えられずにいると、つぶやくように言った。

「ポルトガルやイスパニアがしてきたことをわたしたちがしてはいけないのでしょうか。わたしたちも同じように神がお示しになった道を歩いているのです」

喜右衛門の目は憑《つ》かれたように光っていた。ハビアンはぞくりと背筋が冷たくなるのを感じた。

三

マニラ総督ゴメス・ペレス・ダスマリーニャスは困惑《こんわく》していた。

問題は日本の秀吉の使者と称する商人原田孫七郎が一五九一年九月、マニラを訪れたことから始まった。長崎に来てヴァリニャーノに会った原田喜右衛門は、推薦状が得られなかったことから自身はフィリピンに赴かず、孫七郎に行かせたのである。

孫七郎が届けた秀吉の親書は、漆塗《うるしぬり》の箱に納められ金色《こんじき》の紐《ひも》がかけられていた。

ダスマリーニャスはその内容を読んで驚愕《きょうがく》した。恐ろしいほど傲慢《ごうまん》な内容だった。フィリピンに対して服属することを要求し、応じないなら大軍を送り込むと恫喝《どうかつ》していた。

ダスマリーニャスは実際に秀吉の軍勢が攻め寄せて来るのではないかと恐れた。

フィリピンはスペインにとってガレオン船によるアジア交易の拠点だが、その保持には莫大《ばくだい》な費用がかかることから、近ごろスペイン王の宮廷では放棄するべきだという意見すらささやかれていた。それに反対しているのはドミニコ会、フランシスコ会などの修道会でキリスト教を広めるためフィリピンは必要だと言うのだ。

(そのおかげでわしは苦労せねばならぬ)

ダスマリーニャスはため息が出る思いだった。五十を過ぎ、母国スペインを離れての永年の勤めに疲労を感じるようになっていた。スペインの官僚、軍人は国王フェリペ二世が荘重《そうちょう》な黒色を好んだことから黒い衣服を身につける。ダスマリーニャスも袖口から白いレースが出た質素な黒い上着を着ているが、近ごろはこの黒い服の陰気さが鬱陶《うっとう》しかった。髪は白髪まじりとなり、勢いのよかった高慢な高い鼻もたれ下がりがちで、威厳に満ちていた顔には帰国がかなえられぬ不満と倦《う》みが浮き出ていた。それでもダスマリーニャスは総督として対抗策を講じなければならなかった。

（なんとか交渉を引き延ばして、防備を固めるしかない）

一五九二年七月、ドミニコ会のコボ神父に外交文書と刀剣などの贈り物を持たせて日本に派遣した。ところが日本に渡ったコボ神父はマニラには戻らなかった。秀吉からの書状を携えて帰国する途中、船が遭難して死亡したのである。しかも、この時、同じ船でフィリピンに行くはずだった喜右衛門は乗船していなかった。翌年四月、別の船でフィリピンに着いた喜右衛門は、平然として弁明した。

「天候が悪いからとお止めしたのですが、コボ神父は無理に船を出させたのです」

悪びれた様子はなく、コボ神父の死を悼《いた》む沈痛な表情を浮かべていた。

（この男はとんでもない悪党だ。わしをだまそうとしているに違いない）

ダスマリーニャスは苦々しく思ったが、文禄二年（一五九三）五月、再度日本にフランシスコ会のペドロ・バウチスタ神父を送った。使節を送ることによって交渉を長引かせ、その間に状況が変化するのを期待するしかなかった。

（いつまでこのようなことを続ければいいのか）

ダスマリーニャスの困惑は深まるばかりだった。

バウチスタが日本に赴くと、秀吉はまたもやフィリピンに服属することを要求した。フィリピンからの返事は引き延ばされたため、バウチスタは他のフランシスコ会士たちとともに京にとどまり、布教活動を開始した。

京に修道院と病院を建て、貧しい病人に献身的《けんしんてき》に尽くしながら布教を行った。イエズス会は秀吉の伴天連追放令以来、町中での布教活動は避けていたが、バウチスタは辻に立ったのである。

フランシスコ会が京に構えた教会をある夜、オルガンティーノが訪れた。オルガンティーノは伴天連追放令が出された後、瀬戸内海の小豆島《しょうどしま》に潜伏《せんぷく》し、その後、九州に移った。このころ奉行《ぶぎょう》の前田《まえだ》玄以《げんい》の取りなしによって、ようやく京の滞在が認められたのである。

オルガンティーノは温かな人柄で、京のキリシタンから宇留合無《ウルガン》様と慕《した》われていた。

薄暗い部屋の中、黒い修道服のオルガンティーノはテーブルをはさんでバウチスタと向かいあった。テーブルのうえで蠟燭《ろうそく》の火が揺れた。

バウチスタはオルガンティーノより年下の五十過ぎだ。オルガンティーノは六十を過ぎて髪も白くなり、永年の布教活動の苦難によって顔にも深いしわが刻《きざ》まれていた。その目には怒りがあった。

「あなたがたがされていることは、この国でキリスト教が広まることを阻《はば》むことになりかねないのだ」

バウチスタは不信の目でオルガンティーノを見た。

「イエズス会はこの国での布教を今まで独占してこられた。それをこれからも続けようというのですか。われわれが町に出て布教すれば人々が群《むら》がりよって来ます。そのことがわれわれの正しさを証明しています」

「そんなことはない。あなたのしていることは無謀で危険なことだ」

「イエズス会は失敗をした。だから布教を恐れているのです」

オルガンティーノの白い眉《まゆ》がぴくりと震《ふる》えた。さらに説得してもバウチスタは聞こうとはしなかった。


文禄五年（一五九六）八月——

オルガンティーノの予想通り、不幸なことが起きた。

フィリピンを出港してメキシコ方面に向かおうとしていたガレオン船サン・フェリペ号が、嵐に遭遇して土佐《とさ》に漂着したのだ。サン・フェリペ号は乗組員百三十人余り、ビロード、胡椒《こしょう》、繻子《しゅす》、緞子《どんす》、縮緬《ちりめん》などの貴重な荷を大量に積んでいた。

土佐の領主長宗我部元親《ちょうそかべもとちか》はフェリペ号の漂着を大坂に報せた。秀吉は遭難船に高価な積荷があることを聞いて没収することを命じ、奉行の増田長盛《ましたながもり》が検分に出向くことになった。

長盛が取り調べた際、サン・フェリペ号の航海士のひとりが世界地図を見せ、スペイン王の勢力が世界におよんでいると豪語した。さらにスペインが異教徒の国を征服するにあたってのやり方まで言った。

「まず神父が布教に行き、さらにスペインの艦隊が来る。布教によってキリシタンになったひとびとを使って、その国を征服するのだ」

この一言が、おりしも朝鮮での戦が停滞し、苛立っていた秀吉を激怒させた。フランシスコ会が公然と布教活動を行っていることも秀吉の耳に入っていた。

秀吉はキリシタンを召《め》し取ることを奉行の石田三成に命じた。

京、大坂ではバウチスタら二十四人のキリシタンが捕まった。一条《いちじょう》の刑場でキリシタンたちは左の耳たぶを削《そ》がれた。捕らえられたキリシタンの中には、パウロ三木《みき》ら三人のイエズス会員がいた。大坂奉行所の小役人だったキリシタンがパウロ三木ら三人の切られた耳たぶを拾ってオルガンティーノに届けた。オルガンティーノは目をう

るませて、

「これは、われらの苦労のみのりである」

と祈りを捧《ささ》げた。捕らえられたキリシタンたちはさらに二人を加えて二十六人となり、処刑のため長崎に送られた。

長崎西坂の処刑場で二十六人は鉄輪と縄《なわ》で十字架にくくりつけられた。刑場のまわりには四千人ものキリシタンがつめかけ竹矢来《たけやらい》にすがり、祈りを捧げた。磔《はりつけ》になったキリシタンたちはひとりずつ槍で刺殺されたが、中には十三歳のアントニオ、十二歳のルドビコ茨木《いばらき》ら少年たちもいた。槍で刺された時、ルドビコ茨木の叫ぶ、

「天国《パライソ》、天国《パライソ》——」

という言葉が西坂の丘に響いた。


「あの時はすべてが悪い潮流に流されるようだった」

不干斎は暗い顔をして言った。

「わしは、あの時、西坂で流されたおびただしい血が忘れられない。何者がこのような酷《むご》いことを引き起こしたのかと憤《いきどお》りに震えていた時、あの男がまた長崎に現れたのです」

不干斎はがくりと板敷に膝《ひざ》をついた。

「あの男とは？」

女は不干斎ににじりよった。

「原田喜右衛門だ。喜右衛門は、秀吉にルソンがすぐに降伏するだろうと言っていた。ところが、サン・フェリペ号の騒ぎで秀吉はイスパニアがこの国を征服するためにバウチスタらを送り込んだと思い込んだ。喜右衛門はその手先ではないかと秀吉に疑われた」

原田喜右衛門は、フィリピンへの使節となったのに続いて文禄三年（一五九四）二月、高山国《こうざんこく》（台湾《たいわん》）にも秀吉の使者として赴き、日本への服属を求めた。だが、成果があげられないまま帰国した後、日本とフィリピンの間に暗雲が立ち込めてきたのだ。

「追い詰められた喜右衛門は、わしに恐ろしいことをそそのかした」

「何をそそのかしたというのですか」

「秀吉を殺すことだ」

不干斎の目のまわりは黒ずんでいた。

四

慶長元年十二月――

長崎の教会の一室で喜右衛門とハビアンは向かい合っていた。喜右衛門は荘重な表情でハビアンをにらむように見て言った。

「ヴァリニャーノ様がインドから送った手紙と小さな荷が教会にあるはずです」

「小さな荷？」

ハビアンははっと気づいた。ゴアにいたヴァリニャーノから日本人修道士ジョアンあてに手紙と小さな木箱が届いていた。ジョアンはハビアンよりも年上の修道士で、ポルトガル語に長け、黒田如水らキリシタン大名と親しかった。

「あの木箱がどうかしたのですか」

「木箱の中に南蛮人が指にはめる銀の指輪が入っているはずです」

「指輪？」

ハビアンが怪訝《けげん》な顔をすると、喜右衛門は声をひそめて言った。

「知り合いのポルトガルの商人が航海の途中、その手紙と荷の中身を見たのです。手紙には、荷の中の指輪にはローマのボルジア家に伝わる猛毒が仕込まれていると書かれていたそうです。ポルトガル商人は怖くなってそのままにしておいたが、そのことを黙っていられずにわたしに伝えてくれたのです」

ボルジア家のロドリゴ・ボルジアは教皇アレクサンドル六世となると、庶子のチェーザレ・ボルジアを枢機卿《すうききょう》に任じて教皇庁を支配した。ボルジア家が政敵を暗殺するために用いた毒は、カンタレラという名で知られていた。白い粉末で葡萄酒などに入れて飲ませれば、確実に相手を殺せる。ボルジア家のひとびとは指輪にカンタレラを仕込んでおき、殺したい相手を夕食に招くと、談笑しながら葡萄酒にカンタレラを入れたという。

ロドリゴ・ボルジアの死後、ボルジア家は没落したが、スペインの分家に生まれたフランシスコ・ボルジアはイエズス会に入り、三代目総長となった。ヴァリニャーノがイエズス会に入った時、入会資格を審査したのはフランシスコ・ボルジアだった。ヴァリニャーノがカンタレラを持っていたとすれば、フランシスコ・ボルジアから渡されたものだろう。

「まさか、そのような毒をヴァリニャーノ様が送ってこられるわけがない」

「いや、ヴァリニャーノ様には毒を使いたい相手がおるではありませんか」

「誰なのです」

「関白殿下に決まっております」

喜右衛門はにやりと笑った。ハビアンが今まで見たことのなかった冷酷な表情だった。喜右衛門はハビアンの腕をつかみ、耳元で囁いた。

「ヴァリニャーノ様は秀吉を殺すために毒薬を送ってきたのです。しかし、日本のイエズス会士たちに毒薬を使うことができるひとはいないでしょう。だから、わたしとあなたでやるのです」

「なぜわたしがやらねばならないのです」

ハビアンは震えながら訊いた。

「あなたは、西坂で二十六人の何の罪もないキリシタンが磔にされるのをその目で見たではありませんか。その憤りにしたがうのです」

「怒りにまかせてひとを殺すのは神の道に背き、悪魔の誘いにのることです」

喜右衛門は、くっくっと笑うと、手のひらでハビアンの胸をたたいた。

「あなたはひとに過ぎない。神にもなれぬし、まして悪魔にもなれぬ」

「わたしは――」

ハビアンは反論しようとしたが、言葉が出てこず、開いた口が渇くばかりだった。

喜右衛門はそのかすように言った。

「しっかりなさい。カンタレラを使えば、ヴァリニャーノ様はあなたを見なおしてくださるに違いありません」

ハビアンは青ざめた顔で喜右衛門の言葉に聞き入った。


数日後、ハビアンは教会からカンタレラが仕込まれた指輪を持ち出した。喜右衛門に言われるまま大坂に出ると、天満《てんま》のセスペデス神父のもとに身を寄せた。

慶長二年一月のことである。セスペデス神父はひそかに布教を行っており、大坂のキリシタンたちのよりどころとなっていた。

喜右衛門は天満の教会でハビアンと会った。

「よくカンタレラを持ち出せましたな。渡していただきましょうか」

ハビアンは頭を振った。

「これは、わたしが用いるべきものです」

「あなたが？　どうやって」

「わたしの母は北政所の侍女をしております。母に頼めばカンタレラを使えます」

「馬鹿な、うまくいくはずがない」

喜右衛門は声を荒らげたが、ハビアンは黙りこんでカンタレラを渡そうとはしなかった。

「いいでしょう。そのうち、わたしを頼るしかなくなる」

喜右衛門は吐《は》き捨てるように言うと帰っていった。

ハビアンが教会にこもって大坂城の母に会う手段を考えて日を過ごすうちに、二人の女人が現れた。細川ガラシャといとである。

ハビアンは、教会の十字架の前で跪《ひざまず》いて祈っている二人を見た。ガラシャは白い紗《しゃ》を頭からかぶっていた。紗を通してもガラシャの美貌は輝くようだった。ガラシャは夫の細川忠興から棄教を迫られながらも、毅然《きぜん》として信仰を棄てなかった。キリシタンの間でガラシャの美しさと信仰心の厚さを称《たた》える声は多かった。ハビアンも、

――聖母マリアのような

と言われるガラシャに会って、胸が高鳴るのを感じた。

祈りを終えたいとは、ハビアンに気づいた。

「ハビアン様、おひさしぶりでございます」

いとの曾祖父、清原宣賢《のぶかた》は戦国時代随一と言われた学者で、清原家には万巻の書が積まれ、学問に励む者はしばしば筆写に訪れた。ハビアンも禅僧だったころには清原

邸に何度も通って筆写をしたことがあった。

いとに声をかけられてハビアンは戸惑《とまど》った。秀吉を毒殺しようとカンタレラを持ち出したことが後ろめたかった。ハビアンは、以前喜右衛門から教義書について言われたことを思い出した。

「教義書を書くためにガラシャ様の御助力をお願いしたいのですが」

「御方様の御助力と言われますと？」

「ガラシャ様とあなたにキリシタンとはどのようなものかを、わかりやすく話していただきたいのです」

いとは戸惑ってガラシャを振り向いた。

「かまいませぬ。神の御教《みおし》えを伝えるためなら御役にたちましょう」

「ですが、殿に知られましたら」

いとが案じたのは、忠興が異常に嫉妬《しっと》深いことだった。かつて屋敷の庭で植木の手入れをしていた庭師を、ガラシャと言葉を交わしたというだけで斬り捨てたことがある。

ガラシャが修道士とはいえ男を近づければ、忠興が何をするかわからなかった。ガラシャは頭を振った。

「神の御教えを伝えるためです。かならずや神の御加護がありましょう」

ガラシャの清らかな眼がハビアンを見つめていた。ハビアンは、懐《ふところ》にカンタレラを隠し持っていることがガラシャに対する冒瀆《ぼうとく》のような気がした。

ハビアンが細川屋敷を訪れたのは十日後のことである。門に立って名を告げると細川家の家臣が、

「御方様は中庭にてお待ちでございます」

と案内した。広大な屋敷の中庭には池があり、その傍《そば》を通っていくと東屋《あずまや》が見えた。

東屋の中にガラシャといとが立っているのが見えた。

ハビアンは近づこうとしたが、ガラシャのそばに黒い修道服の男が立っていた。ヴァリニャーノがカンタレラを送った相手、日本人修道士のジョアン・デ・トルレスだった。ジョアンはほっそりとした長身で、栗色の髪、青みがかった灰色の目をしており、南蛮人の血が流れているという噂があった。

ジョアンに気づいた時、ハビアンの足は震え出した。案内していた家臣がハビアンの腕をつかんだ。そのまま引きずられるようにして東屋へ連れていかれた。

薄暗い東屋の中には、床几《しょうぎ》に座った男がいた。黒い頭巾《ずきん》をかぶり、十徳《じっとく》を着て、足が不自由なのか竹杖を持った五十過ぎの小柄な男だ。色黒で濃い眉をして、理知的に輝く目をしている。ハビアンは男の異相を見てキリシタン大名として名高い、

――黒田如水

だと思った。如水の号はポルトガル語のジョスエで、エジプトの奴隷《どれい》となっていたユダヤ民族を脱出させ、約束の地カナンに向かった預言者モーゼの後継者ヨシュアのことだ。ヨシュアはユダヤ民族を率いてヨルダン川を渡り、難攻不落と言われたエリコの城を落としたという。

如水はにやりと笑った。

「そなたがハビアン殿か」

戦場を往来してきた武士が持つ腹の底に響く声だった。ハビアンが思わずうなずくと、

「ちと訊きたいことがあってな」

いとが前に出てきて言った。

「ここにお控えなさい」

ハビアンは足の力が抜けて地面に膝を突いた。ジョアンがハビアンの前に立って言

った。

「あなたのしていることは、およそキリシタンらしくないことばかりだ。指輪はどこにあるのですか。指輪をお戻しなさい」

ハビアンは懐から指輪を取り出した。指輪にはボルジア家の紋章だという牡牛が彫《ほ》り込まれていた。ハビアンは絞り出すような声で言った。

「わたしのしたことは罪ではありません。この指輪を手にして何もしない者こそ、罪を犯したことになるのではないでしょうか」

指輪を受け取ろうとしたジョアンの手が震えた。西坂での二十六人の処刑を見たジョアンにも、秀吉を許せない憤りがあるのだ。カンタレラを使いたいという迷いがジョアンの中にもあった。

ガラシャが澄んだ声で言った。

「ジョアン殿、わたくしたちには進むべき道があるはずです」

ジョアンの手の震えがとまった。かすかに如水が笑う声が聞こえた。

「その通りです。その指輪はわしが預かりましょう」

「シメオン様が？」

ジョアンは如水の洗礼名を呼んだ。

ハビアンも驚いて如水を見た。カンタレラを如水はどうするつもりなのか。かつて自らを神格化しようとした織田信長《おだのぶなが》を、本能寺《ほんのうじ》の変で明智光秀《あけちみつひで》に討《う》たせたのは如水の策謀だったのではないかとささやかれていた。キリシタンにとって、如水は神秘的な守護者だった。

如水はゆったりと立ち上がった。小柄なはずの如水がハビアンには急に大きく見えた。

「わしは血にまみれた武人です。神に仕える方が歩めぬ道も通ることができるのです」

ジョアンの表情に驚きが走った。

「まさか、シメオン様がカンタレラを使うおつもりですか」

「いや、これが使われるかどうかは太閤《たいこう》に決めさせましょう。太閤にひとを信じる心があれば、これは使われぬ。しかし、信じる心がなければ——」

如水はハビアンに近づくと、ジョアンに差し出していた指輪を取った。そのまま平然と何事もなかったかのように背を向けて歩き出した。その背に向かって、いとが声をかけた。

「シメオン様のお知恵を信じております」

如水の肩が揺れた。笑ったようだ。ハビアンは原田喜右衛門とは違う、もう一人の悪魔を見たような気がした。

五

「あの時、わしはカンタレラの入った指輪をジョアン殿に戻した。指輪はその場で如水様が預かられた。それから指輪がどのように使われたかわしは知らない。ただ、翌年八月に秀吉は死んだ。わしは如水様によって正しい裁《さば》きが行われたのだと思った」

不干斎は窓から西坂の夕景を見つめながら言った。女が不干斎の背に向かって言った。

「それなのに、なぜ棄教されたのですか」

「すぐに棄教したわけではない。それからわしは修道士としての勤めに励んだ。如水様が亡くなられ、三回忌が行われた時は、京から博多まで出向いて説教も行った。わしなりに修道士としての勤めを全うしていた。しかし――」

「しかし――？」

「わしには忘れられぬことがあった。原田喜右衛門との関わりは、わしが指輪をジョアン殿に戻したことで終わったわけではなかったのだ」

ハビアンはジョアンに指輪を戻した後、長崎の教会に戻った。喜右衛門がハビアンを訪ねて来たのは、翌慶長三年九月のことである。

ハビアンは孫七郎によって喜右衛門の宿に呼び出された。行ってみると、喜右衛門は上機嫌で葡萄酒を飲んでいた。前に座ったハビアンに対して、喜右衛門はにやりと笑って言った。

「ご存じですか。太閤が死にましたぞ」

ハビアンはうなずいた。豊臣家は朝鮮に出兵した軍勢が帰国するまで秀吉の死を伏せていたが、キリシタンの間ではすでに知れ渡っていた。

「これで、わたしの首もつながりました。後はルソンとの交易で儲けるだけです」

喜右衛門は嬉しげに言った。

「イスパニアはフランシスコ会のパードレを処刑した国と交易したりはしないのではありませんか」

ハビアンが言うと、喜右衛門は冷笑を浮かべた。

「商売にはさようなことは関わりがありません。もしイスパニアがためらうようなら、この国を征服する手伝いをすると申し出ればよいのです。イスパニアは喜んで貿易船を送って参りましょう」

「そのようなことが許されるはずはありません」

ハビアンは青ざめた。喜右衛門はハビアンを冷たく見つめて言った。

「許されぬことなら、あなたもすでにしたのではありませんか。あなたはカンタレラが詰まった指輪を戻したと言ったが、太閤が突然死んだのはカンタレラが使われたからではありませんか。あなたの手は血で汚れているはずだ」

「そんなことはない」

ハビアンは立ち上がって言った。喜右衛門もゆらりと立ち上がると、自分が持っていたギヤマンのグラスをハビアンに渡した。なみなみと赤い葡萄酒が満たされている。

「まあ、ひと口、お飲みなさい」

ハビアンはグラスをつかむとゴクリと飲んだ。喜右衛門はハビアンを皮肉な目で見た。

「わたしとあなたは似ています。キリシタンではあるが心中に神を抱いてはいない。いや、抱くことができないのでしょう。わたしはこれからもキリシタンであることを利用して金を儲けます。あなたも教会の中で出世されることです」

ハビアンはうつむいて震える手でグラスを握り締めていた。そしてゆっくりグラスを喜右衛門に戻した。顔をあげたハビアンはきっぱりと言った。

「わたしはあなたとは違います」

「ほう、さようですか」

喜右衛門は嗤《わら》いながらグラスに残っていた葡萄酒をあおった。ハビアンが後ずさりして部屋から出ていこうとした時、喜右衛門は急に胸をかきむしった。口から血があふれた。喜右衛門は口をおさえた手が赤く染まったのを見た。

「どうした。何が起きた」

喜右衛門はあえぎながらハビアンを見つめた。ハビアンは黙って恐ろしげに喜右衛門を見た。喜右衛門ははっとした。

「まさか、貴様、カンタレラを持っていたのか」

喜右衛門はうめくとどっと倒れた。

ハビアンはジョアンに指輪を戻す前に、少量のカンタレラを取り出して自分のロザリオに細工して隠しておいた。喜右衛門から呼び出された時、そのロザリオを首にかけてきていたのだ。物音に驚いて廊下にいた孫七郎が駆け込んで来た。ハビアンはおびえたように部屋を出ていった。その後、孫七郎がハビアンの前に現れることはなかった。

「あの日、わしは渡された葡萄酒にカンタレラを入れた。喜右衛門に正義の裁きを行ったつもりだった。しかし、その時からわしは喜右衛門が言った通り、心の中に神を抱くことができなくなってしまった」

黒田如水の三回忌が行われた時、京から招かれて説教に赴いた。その際、如水の嫡《ちゃく》男《なん》で筑前《ちくぜん》五十二万石の領主黒田長政《ながまさ》に、

「シメオン様のキリシタンとしての働きを世に告げてはいかがでしょうか」

と言上した。

ハビアンは如水が関ヶ原の戦のおり、キリシタンのために策をめぐらしたことを知っていた。しかし、このことは黒田家にとっては危険なことだった。幕府に如水の策謀を察知されれば黒田家は取りつぶされる恐れがあった。

やがて京のハビアンのもとに黒田家の後藤又兵衛《ごとうまたべえ》という武士が来て、口止めのために斬ろうとした。又兵衛は白刃を突きつけたが、おびえるハビアンを見て、

「もはや、心の中にデウスはおるまい」

と言い捨てて去っていった。

「後藤又兵衛という武士の言った通りだった。もうわしの胸に神はいなかった」

不干斎はそう言いながら振り向いた。女はうなずいて立ち上がった。

「どうなされた」

「もはや不干斎様に神の裁きは下されております。わたくしは何も申し上げることもございません」

女は微笑した。

「馬鹿な、わしはデウスなどいないことがわかったと言っておるのですぞ」

「それは、神が不干斎様の胸から立ち去られたからです」

「立ち去った？」

不干斎は目を瞠《みは》った。

「キリシタンにとって、神が立ち去られること以上の罰がございましょうか」

「神などもともといないのです」

不干斎の目に怒りが浮かんだ。女に詰め寄ろうとしたが、女はするりと身をかわした。土間に立った女はていねいに頭を下げて、

「お暇《いとま》いたします」

と落ち着いた声で言った。

「お待ちくだされ、そなたの名も聞いておりませぬぞ」

「洗礼名は母と同じでございます」

——マリア
不干斎が胸の中でつぶやいた時には女は家から出ていた。不干斎はゆっくりと土間に降りると戸口に行った。まだ、言い足りないことがあるような気がして女を追った。しかし、すでに外には人影はなかった。

不干斎は夕暮れの空を見上げた。物音がした。ぎょっとして振り向くと、家の中の格子窓に鴉がとまっていた。嘴《くちばし》を開けて、

——くわぁ
と鳴いた。不干斎は身震いした。清原いとの娘など最初から訪ねてきてはいなかったのではないか、と思った。京都の教会から出奔した時、一緒に逃げた修道女のベアータは二年前に病死していた。それ以来、不干斎は孤独だった。

(また、幻《まぼろし》を見たのかもしれない)

不干斎は目の前が暗くなるのを感じた。膝をつくとゆっくりと倒れた。気味の悪い鴉の鳴き声はいつまでも響いていた。

不干斎ハビアンは元和七年一月に死んだ。五十七歳だった。

キリシタンを論破するために書いた『破提宇子』の中で、ハビアンはアンジョ（天使）とルシヘル（堕天使）について書いた。キリシタンの教えでは、元は天使の一人だったルシヘルは高慢の罪によってジャボ（悪魔）になったとされている。

「デウスが万能であるのならば、アンジョが罪に堕ちないようになぜ造らなかったのか。なぜ罪に堕ちるのを放っておいたのか。それともルシヘルはデウスが造りそこね、天地万物を造った残りの木屑《きくず》としてインヘルノ（地獄）の猛火にくべられたのか」

ハビアンは、自らを嗤うかのように締めくくっている。

――呼呼大咲《おおおかし》（ああ大笑いだ）

伽《ガ》羅《ラ》奢《シヤ》——いと女覚え書——

一

今年も、桜が野山を霞《かすみ》のように染める季節となりました。桜の花が散るころになると、わたしは、あの御方、ガラシャ様のことが思い出されてなりません。その美しい御姿、気高《けだか》い心、そしてなによりも、すべての者を包み込むアモール（愛）の深さを。わたしには、いまも桜吹雪《さくらふぶき》に包まれたガラシャ様が目に浮かぶのです。

ガラシャ様が亡くなられた時、多くのキリシタンは嘆《なげ》き悲しむとともに、どこか心の隅を鞭打《むちう》たれたような気がいたしたものです。ガラシャ様のようにデウスを信じられるのか、ひとを愛することができるのか、と。

それにしても、ガラシャ様はどなたを愛《いと》おしく思われたのか。

わたしは、あの御方のことを思い出すのです。

ガラシャ様が、あの御方と初めてお会いになられたのは大坂天満《てんま》の教会でした。

教会は天満橋のほとり、大坂城の濠《ほり》から一町西の高台にありました。高台から川を見下ろすと、石材を積んで上って来る船が見えたものです。

あの日、ガラシャ様はわたしひとりを伴に教会のミサに出ておられました。ミサが終わり、信者たちが帰ろうとしていた時、あの御方は教会に入ってこられました。

色白の整ったお顔立ちで、桔梗色《ききょういろ》の袖無《そでな》し羽織《ばおり》を召《め》され、脇差《わきざし》だけを腰にされていました。ミサがすでに終わっているのを悟られると、ひどく残念そうな御様子で三人の伴の者に外で待つように命じておられました。伴の方々はためらったようですが、きつく命じられると渋々教会の外に控えました。

「よくお出でになられました」

セスペデス神父様はあの御方を喜んで迎え、ガラシャ様にお引き合わせになりました。

「岐阜中納言様《ぎふちゅうなごん》です」

セスペデス神父様のたどたどしい日本語でも、岐阜中納言織田秀信《おだひでのぶ》様であることはすぐにわかりました。秀信様は、亡き織田信長《のぶなが》様の、嫡男信忠《ちゃくなんのぶただ》様の嫡子で御孫にあたられます。

十九歳におなりでしたが、そう思って見ますと、細面《ほそおもて》で切れ長の目が鋭く、京の馬《うま》揃《ぞろ》えのおりに御顔を拝した亡き信長様によく似ているような気がいたしました。それでも信長様のような恐ろしさはなく、親しみやすい御方のようでした。

ガラシャ様は秀信様と会われたことに最初、戸惑《とまど》いを感じておられました。

秀信様の祖父、信長様が天下統一の覇業を成し遂げようとしていた時、本能寺《ほんのうじ》の変でこれを阻《はば》んだのが、ガラシャ様の御父上、明智光秀《あけちみつひで》様でございました。秀信様の父、信忠様も本能寺の変のおりに亡くなられましたから、ガラシャ様は秀信様の祖父と父親を殺した逆臣の娘なのです。

セスペデス神父様によってガラシャ様に引き合わされた秀信様は、羞恥《しゅうち》を含んだお顔で微笑《ほほえ》まれました。

「ガラシャ殿のこと、よう存じておる」

「わたくしの父の罪をお許し願わねばなりません」

ガラシャ様は沈んだ声で言われました。ガラシャ様の戸惑いをお察しになった秀信様は、落ち着いた声で話されました。

「武家はみな罪深くしか生きられぬもの。過ぎたことに囚《とら》われるのは愚かだとオルガンティーノ様に教わりました」

秀信様の言葉にガラシャ様も微笑まれました。わたしも初めて拝したような透き通った笑顔をされたのです。

お二人がキリシタンとしてめぐり会われたのはどのような機縁《きえん》なのでしょうか。

ガラシャ様は、十六歳で光秀様と莫逆《ばくぎゃく》の間柄である細川幽斎《ほそかわゆうさい》様の嫡男忠興《ただおき》様に嫁《とつ》がれました。細川家のひととなられて四年後に本能寺の変が起きたのです。

光秀様は幽斎様、忠興様の御加勢を頼みとされましたが、お二人はこれに応じませんでした。多年の交友よりも、謀反人《むほんにん》の汚名を着て孤立された光秀様とともに没落されることを恐れられたのです。光秀様を山崎《やまざき》の合戦にて破り、一挙に天下人となったのが太閤秀吉《たいこうひでよし》様でした。

ガラシャ様は離別の形をとられて、丹後《たんご》の味土野《みとの》という人里離れた山中に幽閉《ゆうへい》されることになりました。わたしもお供いたしましたが、夜ともなれば鳥の鳴き声も絶え果て、さびしさに身も凍《こお》るかと思うほどでした。

このころ、ガラシャ様は無聊《ぶりょう》を慰《なぐさ》めるためか、わたしの話をよく聞かれました。

わたしの父清原枝賢《きよはらしげかた》は、公家《くげ》でありながら日本人修道士ロレンソとの論争に負け、キリシタンとなったひとでした。

そのため、わたしも幼い時に受洗し、洗礼名をマリアと申しました。ガラシャ様が細川家に嫁がれる時、侍女《じじょ》となり、それからは小侍従《こじじゅう》と呼ばれていたのです。わたしはガラシャ様より三歳年下で、姉妹のように似ているとひとに言われたものです。

味土野での味気なくさびしい虚《うつ》ろな日々、ガラシャ様はわたしに戯《たわむ》れるように、マリアと呼びかけられ、

「キリシタンの話をしてください」

とおっしゃいましたので、わたしなりに知っているキリシタンの教義をお話しいたしました。

味土野での幽閉は二年で終わり、ガラシャ様は再び細川家にお戻りになりましたが、もはや昔のガラシャ様ではありませんでした。ガラシャ様は、それまで花のようにひたすらお美しかったのに加えて考え深く、愁《うれ》いという翳《かげ》りを帯びたのです。キリシタンに興味を抱かれ、細川家に戻られてから三年後、忠興様が九州に出陣されていた留守の間に洗礼を受けられました。

洗礼名のガラシャは恩寵《おんちょう》を意味します。神の恩寵をお受けになったのです。

九州から戻られた忠興様は、ガラシャ様がキリシタンになっていたことに驚かれました。自分に逆らい信仰を守ろうとするガラシャ様をお怒りになり、憎み、執着し、

しかも愛しく思い続けられたのです。

忠興様からの迫害はガラシャ様にとって、お辛《つら》いものとなりました。キリシタンの侍女が鼻を削《そ》がれ、追放されました。ガラシャ様は身を切られるほどのお苦しみを味わっておられました。

ガラシャ様は、忠興様の息詰まるようなアモールから逃れたいと思われました。お二人がともに生きることは地獄《インヘルノ》の炎にさらされ続けることでしかなかったのです。


秀信様もまた、本能寺の変によって人生が変わった御方でした。秀信様は本能寺の変の際はわずか三歳で、三法師《さんぼうし》という御名でした。

秀吉様は、幼い三法師様を織田家の相続者とすることで織田家の実権を握り、天下人となられたのです。秀吉様にとって、三法師様は言わば天下取りのために使われた手だての一つでした。秀信様が成人されると、信長様の居城、岐阜城の城主として十三万三千石をお与えになりましたが、旧主としての礼は取りませんでした。

秀信様は秀吉様に対し従順に振る舞っておられましたが、ただ一つだけ我意を見せたのがキリシタンになることでした。秀信様がキリシタンになられたのは文禄《ぶんろく》三年（一五九四）のことだそうです。

すでに秀吉様は伴天連《ばてれん》追放令を出しており、キリシタン大名の高山右近《たかやまうこん》様は棄教しなかったため、所領を奪われ追放されておりました。それでも秀信様はためらうことなく、オルガンティーノ神父様から洗礼を受けられたのです。

洗礼名はペトロでした。秀信様はキリシタンになると、岐阜に教会や病院、孤児院を建てられ、信仰の道を歩まれたのです。

秀吉様の天下で、秀信様はただ家名を伝えるだけのお暮しでした。そのことを秀信様は虚《むな》しくお思いになり、キリシタンとなられたのでしょう。

ガラシャ様と秀信様は、この日は信仰の話をされただけでした。それでもお話しされているお二人は、姉と弟のように心が通じ合ったご様子でした。お二人が話されたのは、アモールのことでした。秀信様が、

「アモールとは何でしょうか」

とお訊《き》きになりますと、ガラシャ様は答えられました。

「わが身より、たいせつに思うことではないでしょうか」

「たいせつに思う？」

「はい、それほどの思いが持てるということほどの幸せはないのではないでしょうか。そうデウス様はお教えになっているのだと思います」

「わたしは、今までそのようなことを考えたことはございませんでした」

秀信様はわずかに頰《ほお》を紅潮《こうちょう》させてガラシャ様を見つめました。ガラシャ様は静かにうなずいておられました。

わたしにはお二人の姿がやわらかな光に包まれているように見えたのです。

慶長《けいちょう》三年（一五九八）九月のことでした。

まだ喪《も》は伏せられておりましたが、ひと月前、太閤秀吉様が亡くなられたばかりでした。ガラシャ様と秀信様にとって、悪魔《ルシヘル》のように恐ろしい天下人がこの世からいなくなられた時期だったのです。

二

お二人が出会われて一年後、大坂は不穏な気配に包まれておりました。
徳川家康《とくがわいえやす》様が、
——天下殿
と世間から目され始めたのは、慶長四年閏《うるう》三月ごろからだと申します。
この年閏三月三日、加賀《かが》の前田利家《まえだとしいえ》様が亡くなり、家康様に対抗できる大名はいなくなったのです。豊臣《とよとみ》家では、それまで太閤奉行衆《ぶぎようしゆう》として権勢を振るわれていた石田《いしだ》三成《みつなり》様が、加藤清正《かとうきよまさ》様、福島正則《ふくしままさのり》様ら七人の不仲の大名たちとの争いから失脚されました。

この七人の大名の中にはガラシャ様の夫、忠興様も入っていました。忠興様はかねてから三成様とそりが合わなかったのですが、それ以上に三成様がキリシタン大名の小西行長《こにしゆきなが》様と親しく、イエズス会をひそかにかばってきたことを憎まれていたのです。

行長様はアゴスティノという洗礼名を持つキリシタンですが、かねてから三成様についておりました。三成様によって再びキリシタンの布教が許されることを願っておられたのです。

幽斎様が丹後宮津《みやづ》城より大坂にお出でになったのは十一月のことでした。この時には、忠興様の三男、光千代《みつちよ》様を人質として江戸に送ることが決まっておりました。

幽斎様はこの年、六十六歳におなりでしたが、肉づきのよいふくよかなお顔で、文人大名、茶数寄《ちやすき》の名人として敬《うやま》われておいででした。しかし、玉造《たまつくり》の御屋敷に入られた幽斎様は、日頃になく翳りを帯びた重苦しいご様子でガラシャ様を茶室におよびになりました。

細川家では忠興様を憚《はばか》り、茶室でガラシャ様と二人だけになることはありません。この時もわたしがそばに控えさせていただきました。

幽斎様は、わたしが茶室に入ると眉《まゆ》をあげましたが、何もおっしゃいませんでした。静かに見事なお手前で茶を点《た》てると、ガラシャ様の膝前《ひざまえ》に茶碗《ちゃわん》を置きました。そして思わぬことを口にされたのです。


「父上が生きておられますと?」

ガラシャ様が思わず聞き返すと、幽斎様は無言でうなずきました。

光秀様は本能寺の変で信長様を討《う》たれた後、山崎の合戦で秀吉様に敗れ、敗走する途中、小栗栖《おぐるす》村というところで農民の落ち武者狩りにあって亡くなられたといわれております。

「小栗栖村で死んだのは、光秀殿の影武者であったと言う者もおる。光秀殿は生き残られて、ひそかに豊家《ほうけ》に復讐《ふくしゅう》いたす機会をうかがっておるというのだ」

幽斎様はハハと笑いました。幽斎様は長岡藤孝《ながおかふじたか》と名のっていたころから、光秀様の同輩《どうはい》で親しく交際されておられました。ガラシャ様が細川家に嫁《か》したのも、信長様がそのことを知っていて、婚姻《こんいん》をお命じになったのです。

「なぜ、そのような戯言《ざれごと》を申す者がおるのでしょうか」

「わしも戯言だと思っておった。だが、聞き捨てにできぬ噂《うわさ》もある。光秀殿は山崎の戦いで敗れて落ちのびた後、キリシタンになられたというのだ」

「キリシタンに――」

ガラシャ様は眉をひそめながら、茶を喫《きっ》されました。

ガラシャ様は、光秀様がキリシタンへの理解があったことを知っておられました。だからこそ本能寺の変の後、光秀様が敗死し、秀吉様を憚った忠興様に幽閉され、再び細川家に戻ると受洗してキリシタンとなられたのです。

「父が生きていてキリシタンになられたと言われるのはどなたでございましょう」

「八条宮《はちじょうのみや》様だ」

幽斎様は苦い顔でご自分のための茶を点てられました。

八条宮智仁《としひと》親王様は後陽成《ごようぜい》天皇の御弟であり、かつて秀吉様の猶子《ゆうし》であられました。幽斎様から古今伝授《こきんでんじゅ》をお受けになることを望まれ、幽斎様も八条宮様の御屋敷に何度も足を運ばれました。

「八条宮様が京の市中に輿《こし》でお出かけになり、五条の辻をお通りになった時、道端にパードレのような黒い服を着た男が立っていたそうな。その男は年を取っていたが、光秀殿に似ていた。しかし、あまりに様子が違っていたので、よく似た男がいる、とその時は思われただけで通りすぎた。それでも近ごろ、その男のことが気になると言われてな」

「まさか、そのような。もし父が生きておりましたら、京で人前に顔を出すまいと思います」

「わしもそう思った。だがな、戦場で頭を打つなどした時、昔のことを忘れてしまう者がおる。特に手ひどい負け戦《いくさ》のおりなどにな。もし、光秀殿が山崎の戦でそのようなことになっておったとしたらどうだ。生きていく道はキリシタンになることぐらいしかあるまい」

幽斎様の言葉はどこかひややかで、光秀様のことを言いながらガラシャ様の様子をお探りになっているように、ゆっくりと茶を飲まれました。

ガラシャ様が信仰をお棄てにならないことは、いまも忠興様との間で溝となって残っております。そのことをご存じの幽斎様は、光秀様がキリシタンになられたのが本当だとすれば、ガラシャ様が生きのびた光秀様と通じているのではとお疑いだったのかもしれません。

「義父上《ちちうえ》様にはわたくしが父を匿《かくま》っているのではないか、とお疑いなのでしょうか」

「いや、そうは思わぬ。しかし、天下はこれから徳川殿のものとなろう。謀反の疑いをかけられては家を保てぬ。もし光秀殿が生きておられれば、関わりのある者はどのような疑いをかけられるかわからぬ。そのことを心しておけ」

そう言い残して幽斎様は茶室を出ていかれました。

茶室での幽斎様の所作は厳しさが漂《ただよ》っていましたが、この時はひときわ、白刃のような峻烈《しゅんれつ》さがあったように思えました。

ガラシャ様は頭を下げましたが、横顔はおさびしそうでした。

光秀様の娘であることが今もなお、ひとにガラシャ様への疑いの目を向けさせるのです。

ガラシャ様はしばらく黙っていましたが、やがて後ろにひかえていたわたしに声をかけられました。

「小侍従、わたくしには父上がご存命とは思えません。とはいえ、そのような噂があるのであれば捨ててもおけません。そなた、オルガンティーノ様におすがりして、父上に似たキリシタンがいるか訊いておくれ」

「かしこまりました。きっと他人の空似《そらに》と申すものでございましょう」

わたしがお答えすると、ガラシャ様は微笑まれましたが、ふと、

「しかし、義父上様があのように言われたのは、キリシタンに天下を狙う謀《はかりごと》があるのをお察しになったのかもしれません」

とつぶやきました。

「まさか、あのことを――」

わたしは息を呑《の》みました。それは、あの御方、岐阜中納言織田秀信様に関わりのあることだったからです。

三

ガラシャ様は秀信様とその後も大坂の教会で会われたことがあります。まだ前田利家様が御存命のころでした。

わたしとガラシャ様がミサに出ておりますと、秀信様もお出でになり黙礼されました。

秀信様は白の小袖、背に揚羽蝶《あげはちょう》の紋《もん》が入った青色袖無し羽織を着て、胸には金色の十字架《クルス》を下げていました。

秀信様とお会いすると、春風に吹かれたような気持ちがいたしたのは、わたしだけではなかったのではないでしょうか。それは信仰を同じくする者同士のやすらぎに似たものでした。

ガラシャ様にもそのようなお気持ちがあったことと思います。そして、この日、ミサが終わった時、わたしはひとりの日本人修道士に気がつき、声をおかけしました。ジョアン様と申される修道士の方で、わたしどもは昔からよく存じあげております。

ジョアン様は、六尺を超える髭面《ひげづら》の屈強な武士と御一緒でした。声をかけられて驚いたようですが、

「ヴァリニャーノ様のお言いつけで、さる御方にお目にかかりに参りました」

と言われました。

ヴァリニャーノ様はイエズス会の巡察師《ヴィジタドール》で、日本での布教を指導しておられる方です。ガラシャ様は何か感じるところがおありになったのか、静かに訊かれました。

「どなたにお会いになるのですか」

「岐阜中納言、織田秀信様です」

秀信様の名前を聞き、ガラシャ様はかすかに眉をひそめ、何もおっしゃいませんでした。かわって、わたしがお教えしました。

「ペトロ様なら、あそこにおられます」

ジョアン様は秀信様に近寄られ、何事か話しておいでました。

秀信様は、ジョアン様のお話を聞かれることに気がすすまないご様子でした。やがて秀信様はガラシャ様の傍《そば》に来て、

「ジョアン殿のお話は、わたしだけでなくセスペデス神父様とガラシャ殿にもお聞きいただきたい」

と言われました。お顔の色からジョアン様の話は、何かとてもたいせつなことのように思えました。

ガラシャ様はうなずいて、ジョアン様の話に同席されることになりました。この時、わたしは教会の外で見張りをすることにいたしました。ジョアン様が秀信様にお話しになることがひとに知られてはならないと思ったからです。

ジョアン様と一緒に来た武士は、キリシタン大名黒田《くろだ》如水《じょすい》様の家臣、後藤又兵衛《ごとうまたべえ》殿でしたが、わたしと同じことを思ったのか、やはり見張りに立ちました。

わたしは教会の外に出て川筋をしばらく眺めておりました。教会の中でジョアン様が何を話しているのかわかりませんでしたが、お二人の運命を変えることのような気がいたしたのです。

そんなことを考えていると後ろで物音がして、ひとのうめき声がいたしました。見ると、船着場へ下る坂道に編笠《あみがさ》をかぶった三人の武士が倒れていました。そのそばで又兵衛殿が二人の町人をつかまえて、いきなりひとりずつ顔をなぐりつけて気絶させたのです。

わたしはあわてて駆け寄りました。三人の武士は見知らぬひとたちでしたが、二人の町人は何度か教会でも顔を合わせたことがあるキリシタンでした。

「何をなさるのです」

わたしが大声を出すと、又兵衛殿はひどく戸惑った顔をして、

「この者らは教会をうかがっておった。石田三成の間者《かんじゃ》に相違なしと見ましたので」

と言い訳しました。確かに武士たちはそうかもしれませんが、二人の町人はキリシタンで日頃からガラシャ様の御姿を拝そうとしていた者たちでした。

「何ということを」

わたしがきっとにらむと、又兵衛殿は肩をすくめて悄然《しょうぜん》としました。黒田家でも豪勇の士として知られた後藤又兵衛殿は、そのような素直なところのある御方でした。

細川屋敷に戻って、ガラシャ様からお話をうかがいました。ジョアン様が秀信様に

お伝えになったヴァリニャーノ様のお話とは、

——キリシタンの天下人になっていただきたい

ということでした。ヴァリニャーノ様は豊臣の天下が続くことも、徳川家康様が新たな天下人になることも望んでおられなかったのです。

秀吉様の伴天連追放令によってイエズス会のパードレは逼塞《ひっそく》させられ、しかも長崎《ながさき》で二十六人のキリシタンが磔《はりつけ》にされるということまであったのですから、豊臣の天下は終わって欲しいというのがキリシタンの願いでした。そこで、ヴァリニャーノ様が考えたのが、豊臣でも徳川でもなく、織田の天下になればよいということだったのです。

信長様は自らを神と思われた恐ろしい御方でしたが、イエズス会の布教は信長様に認めていただくことで行われたのです。

信長様のころのようにキリシタンに寛容な天下人を望まれたヴァリニャーノ様は、ジョアン様を通じてこのことを黒田如水様に伝えられたのです。シメオンという洗礼名を持ち、熱心なキリシタンである如水様は、秀信様を天下人にするため尽力することを誓ったということです。

秀吉様の軍師として策謀をめぐらしてきた如水様が考えられた策は、石田三成様と家康様を争わせたうえで、岐阜の秀信様、九州の如水様が挟み撃ちにするということでございました。

わたしは、そのお話をガラシャ様からお聞きして、もし秀信様がキリシタンの天下人になられれば、ガラシャ様が細川家からお出になることもできるのではないかと思いました。さらに秀信様のお傍にガラシャ様がいらっしゃる、そんなこともあるのではないか、と夢見るような思いがいたしました。

わたしがそんなことを申し上げますと、ガラシャ様は厳しいお顔で、

「間違ってもそのようなことを思ってはなりません。秀信様が天下人になられるのは神のお導きによるものなのですから」

とおっしゃいました。それでも、わたしにはガラシャ様が何か明るい希望の灯を見出したことはわかりました。

ジョアン様からのお話に、秀信様はなかなかよい顔をなさいませんでした。その秀信様を説いて、お気持ちを向かわせたのはガラシャ様なのです。

ガラシャ様から光秀様に似たキリシタンのことを訊くように命じられたわたしは、京のオルガンティーノ神父様をお訪ねいたしました。

オルガンティーノ神父様は光秀様とは何度も会われており、お顔もよくご存じです。それに京のキリシタンのことならオルガンティーノ神父様の耳に入らないことはありません。

「ああ、しょうあん殿のことですね」

五条の小さな家におられたオルガンティーノ様は、わたしが訪ねてお訊きすると、と言われました。

「ご存じなのでございますか」

「わたくしは会ったことはありません。しかし、光秀様に似ているという話は聞いております」

「オルガンティーノ様から洗礼を受けたキリシタンではないのですか」

「しょうあん殿は、フランシスコ会のバウチスタ神父から洗礼を受けられたそうです」

「バウチスタ神父様から？」

フランシスコ会はイエズス会と同じ修道会です。日本でのキリスト教の布教はフランシスコ・ザビエル様のころからイエズス会が行ってきましたが、秀吉様がフィリピンに使者を派遣したおり、フィリピンからの使節として来られたのがフランシスコ会のバウチスタ神父様だったということです。

バウチスタ神父様は日本に留まって布教を始められました。しかし、このころイエズス会は秀吉様の伴天連追放令を憚って公然とした布教は差し控えていたのです。オルガンティーノ神父様はバウチスタ神父様を訪ね、布教を控えるようお求めになったそうですが、バウチスタ神父様は忠告に従わず布教を続けました。

フランシスコ会の動きは秀吉様の怒りを買い、バウチスタ神父様始め二十六人のキリシタンは長崎の西坂《にしざか》で磔とされたのです。

光秀様に似た男がバウチスタ神父様の洗礼を受けたのであれば、イエズス会のキリシタンは知らないのも不思議はありません。なによりイエズス会の神父様は光秀様の顔を知っていましたが、バウチスタ神父様はご存じなかったのです。

「しょうあんというお名前は洗礼名なのでしょうか」

わたしが訊きますと、オルガンティーノ神父様は微笑まれました。

「しょうあんとは、おそらくジョアンのことでしょう」

ジョアンとはイエスの十二使徒のひとり、ヨハネのことです。キリシタンが洗礼名をそのまま名のることはしばしばあることで、小西行長様に仕えているキリシタン武士内藤忠俊《ないとうただとし》様は若いころからのキリシタンで、洗礼名のジョアンをそのまま名のり、

す」

「しょうあん殿は京のフランシスコ会の教会で孤児や病人の世話をしていたそうで

わたしはこの日、大坂に戻ってガラシャ様に報告いたしました。

内藤如安《じょあん》として知られていらっしゃいます。

「なにか自分のことは話していないのですか」

「しょうあん殿に会ったことがあるという修道士の方に聞いたところ、比叡山《ひえいざん》から降りて来た僧ではないかということでした。時おり比叡山のことを話していたそうです」

ガラシャ様は首をかしげてしばらく考え、

「しょうあんとは、どのような文字なのですか」

とおたずねになりました。

わたしは修道士の方から教えられたことを思い出しました。しょうあんとは、

――咲庵

と書くらしいのです。

「花が咲く庵だそうでございます。洗礼名をジョアンと言われ、それにあてた字ではないでしょうか」

ガラシャ様は目を瞠《みは》りました。

「咲庵とは亡き父上の号です」

四

咲庵殿が光秀様なのかどうかわからぬまま日が過ぎ、翌慶長五年となりました。

この年、三月、上杉景勝《うえすぎかげかつ》様は石田三成様と謀《はか》られ、会津《あいづ》の備えを固めました。前田利長《としなが》様に謀反の疑いをかけて討伐《とうばつ》しようとした家康様が、矛先《ほこさき》を変えて上杉討伐をお命じになると見越してのことだったそうです。

六月二日、家康様は上杉討伐を発令しました。

忠興様は軍勢をととのえるため丹後宮津に戻らねばなりませんでしたが、その出発のあわただしい最中、お屋敷内にある礼拝堂にお出でになりました。ガラシャ様はこの礼拝堂で朝夕の祈りを捧《ささ》げておられるのです。

ガラシャ様のお傍にいたわたしは、忠興様がお見えになったので、下がろうといたしましたが、

「よい、そちも話を聞け」

忠興様はひやりとする冷たい声で言われました。忠興様はこの年、三十八歳。幽斎様の血を受けられて風雅《ふうが》の道の素養もおありで、しかも武勇の将として知られておりました。

わたしが入口の傍に控えると、忠興様はガラシャ様の真向かいに座られました。お顔の色がやや青ざめていたように思います。

「このたびの上杉討伐の戦、ただではすまぬことはそなたもわかっておろう」

「徳川様が東にお下りになれば、石田治部《じぶ》殿が旗を揚げられましょう」

忠興様はじっとガラシャ様をご覧になりました。わたしは、忠興様が何を言いだすのか恐ろしくなりました。

「三成はおそらく徳川殿についた大名の家の者を人質に取ろうとするに違いない」

「当家にも人質を出せと言ってまいるということでございますか」

「そうだ。しかし、わしはすでに光千代を徳川殿に人質として差し出した。三成に人質を出すわけにはいかぬ」

忠興様は苦しげに言われました。

「それでは、もし大坂方が武力にてわたくしを人質に取ろうといたしました時には」

「その時には覚悟してくれい」

　忠興様は吐《は》き出すように言い放つと立ち上がり、そのままじっとガラシャ様を見つめられました。わたしは、あの時の忠興様ほど女人に執着された目を見たことがありません。

　ガラシャ様は光秀様の娘であり、キリシタンでもあることによって、細川家にとって厄介者《やっかいもの》でした。忠興様は、石田三成様が兵をあげた混乱のさなかにガラシャ様を死なせるおつもりなのです。

　忠興様は、家臣といえども男がガラシャ様の身近に接することを許されません。もし大坂方の人質にならずに脱出しようとすれば、ガラシャ様の身を幾人もの男たちに預けねばならなくなります。そのことが忠興様には我慢ならなかったのではないでしょうか。

　だからこそ、人質になるより、死ねと命じられたのです。

　ガラシャ様は死を恐れる方ではありませんでした。それでも、忠興様の身勝手さで死を強《し》いられるのは理不尽というものです。

　ガラシャ様は忠興様を見つめたまま何もおっしゃいませんでした。忠興様は礼拝堂を出ていこうとして振り向き、

「舅《しゅうと》殿が生きておられるという話、まことか」

と言いました。

「さような戯言を申す者がいるとは聞いております」

「そうか、戯言か。では舅殿は生きてはおわさぬのだな」

ガラシャ様は返事をなさらず、忠興様を静かに見返しました。

「そのようなことはない、とわしも思っておるが、徳川殿はこたびの争乱に乗じてキリシタンに天下を狙う動きがあると申されておる」

「…………」

「舅殿の軍略は太閤殿下と競ったほどのものだ。もし舅殿が生きておわし、キリシタンの軍勢を率いられたとしたら、侮《あなど》れぬことになる」

「ありえぬことでございます」

「しかし、徳川殿はそうは思っておられぬご様子だ。もし、舅殿が生きておわした時、わしがそなたの縁で舅殿に味方するのではないかとな。だからわしはこうするしかないのだ」

そう言い残して忠興様は礼拝堂を出ていかれました。

「またしても父上のことで」

ガラシャ様はさびしげにつぶやきました。わたしはガラシャ様がお気の毒で何も言えずにおりました。

礼拝堂に面した中庭に白い百合《ゆり》が咲いていました。ガラシャ様がお好きで植えられた百合でした。光を溜《た》めたように輝き、風にゆれる白百合は儚《はかな》げでした。

六月二十七日――、忠興様は丹後宮津城から軍勢を率いて東国へ向かいました。その後、老臣の小笠原少斎《おがさわらしょうさい》様がガラシャ様の前にお出でになると顔を伏せて言いました。

「御方様にはまことにお気の毒と存じまするが、大坂方が御方様を人質に取ろうとした際には、お命を縮め参らせよとの御命令でございました。お覚悟なされますよう」

「わたくしが生きていては細川家のためにならぬということですね」

ガラシャ様は凜《りん》として表情も変えられませんでした。

わたしはこの日、咲庵というキリシタンが大坂の教会にいるという話を聞いて会いに出かけました。咲庵殿は教会で十字架を前に祈りを捧げておられました。

「咲庵殿――」

振り向いた咲庵殿を見た時、わたしは思わず声が出そうになりました。たしかに光秀様によく似ていたのです。しかし咲庵殿は物静かで、わたしが何を訊いても、

「昔のことは忘れました」

と答えるだけでした。わたしは光秀様のお姿を丹後宮津城で拝したことはありましたが、親しく言葉をかけていただいたことはなく、穏やかに微笑する咲庵殿が光秀様なのかどうかわかりませんでした。

わたしが細川屋敷に戻ってこのことをお伝えすると、ガラシャ様は礼拝堂の十字架に向かって、しばらく祈りを捧げた後、言いました。

「わたくしは咲庵という方に会いたいと思います」

わたしはお止めしなければと思いました。ガラシャ様が咲庵殿と会うことは不吉なことのような気がしたのです。

「御方様、お気持ちはわかりますが、いまはそれよりもこの屋敷をお出になるべき時でございます」

「屋敷を出る？」

「さようでございます。もし石田方が決起し御方様を人質に取ろうとした時、どうなるかおわかりのはずでございます」

「わたくしは人質になることを許されません。死なねばならぬと忠興様に命じられました」

「命をお捨てになることがデウス様の御心《みこころ》にかなうとは思えませぬ。お逃げにならなければなりません」

　わたしは必死の思いで申し上げました。

　ガラシャ様はしばらく考えておられました。どうされるべきか思い悩まれたと思います。そして口を開かれた時、ガラシャ様のお顔に中庭からの光が射していました。

「わかりました。しかし、逃げようとしても行くところはありません。もしあるとすれば、むしろ大坂城に入り、人質となった方が生きる術《すべ》が見つかるかもしれません」

「されど――」

「だからこそ、咲庵という方に会って確かめたいのです。わたくしがどのようにすべきなのか」

　ガラシャ様からきっぱりと言われると、わたしにはそれ以上申し上げることはできませんでした。

　三日後――、ガラシャ様は細川屋敷を脱《ぬ》け出し、天満の教会に行かれました。

　細川屋敷の礼拝堂にガラシャ様の身代わりとして霜《しも》という年寄りの侍女を残しました。薄暗い礼拝堂に籠《こも》る限り、家臣たちにもガラシャ様の不在は気づかれることはなかったのです。

日差しが強く、道が白く乾いた日でした。ガラシャ様が教会の前に着くと、黒い修道服を着た咲庵殿が子供たちと遊んでいました。

「もし——」

ガラシャ様が声をおかけになると、咲庵殿より先に子供たちがパッと振り向き、

「ガラシャ様だ」

と声をあげ、目を輝かせました。京、大坂のキリシタンの間では、大名の正室という身分でありながら、信仰を棄てずにいるガラシャ様は、その美しさ、聡明さで尊敬を集めておられました。咲庵殿はゆっくりと振り向きました。

ガラシャ様の目から涙があふれました。

——父上

一声だけで、ガラシャ様はそれ以上、何も言えませんでした。

咲庵殿は怪訝《けげん》な顔をしました。咲庵殿の目は明るく澄《す》んでいましたが、かつての輝きは失われていました。温和で謙虚なまなざしでした。

「わたしは咲庵と申します。どなたかとお間違えでしょうか」

咲庵殿はたどたどしく言われました。ガラシャ様はハッとしたご様子でした。

何があったのかわかりませんが、光秀様は敗走の中ですべてを忘れ、その後は放浪を続けていつしか教会にたどりついたのです。しかし、咲庵という号だけは覚えていらしたのです。咲庵とは、やはり光秀様がキリシタンに心を寄せられ、ひそかにつけた洗礼名だったのでしょう。

咲庵殿はガラシャ様の顔をのぞきこんで訊かれました。

「わたしは以前にあなたとお会いしたことがありますか」

ガラシャ様は微笑してうなずきました。

「昔、お会いして、その時やさしくしていただきました」

「そうですか、それはよかった」

咲庵殿はにこりとしましたが、やがて空を見上げてつぶやきました。

「皆がおたがいにやさしくできればよいのです。そんな世の中が来れば——」

ガラシャ様は、やさしく咲庵殿を見つめておられました。

いまの咲庵殿こそが光秀様の心のままの姿なのではないでしょうか。

冷酷無惨な信長様に追い使われ、戦に明け暮れて生きることは光秀様の本意ではなかったのです。咲庵殿は昔を忘れてお幸せなのかもしれません。

ガラシャ様が咲庵殿のそばに佇《たたず》んでおられると、地面に黒い影がさしました。

ガラシャ様の後ろにオルガンティーノ神父様が穏やかな微笑を浮かべて立っておられました。

オルガンティーノ神父様は光秀様のお顔をご存じです。咲庵殿が何者なのかを知っているはずです。ガラシャ様が何か言いかけると、オルガンティーノ神父様は手で制されました。

「ガラシャ様、いまは咲庵殿のことよりもあなたのことが気になります」

「わたくしのことが？」

「そうです。小西行長様から手紙が参りました。ヴァリニャーノ様が岐阜中納言様をテンカ様にされようとしているのは本当ですか」

ガラシャ様がうなずくと、オルガンティーノ神父様は眉をひそめました。

「やはり、本当なのですね。そのことを石田三成様は気づかれたということです。三成様はキリシタンが立ちあがるのを防ぐため、ガラシャ様を人質に取ろうとしているということです」

オルガンティーノ神父様の話を聞いた咲庵殿の目には悲しみの色が浮かびました。

五

「わたくしは大坂城に入ることはできません」

細川屋敷に戻られたガラシャ様は、礼拝堂でわたしと霜殿を前にして話されました。

「なぜでございますか。お父上ともお会いになれたのです。デウス様が御方様に生きるようお導きになっているのです」

「いいえ、わたくしを石田殿がキリシタンの人質とされるのは、岐阜中納言様を天下人にしないためです。キリシタンの天下人はわたくしたちの夢です。それだけでなく、父上が言われていた、皆がおたがいにやさしくできる世を作るためにも岐阜中納言様に天下人になっていただかねばなりません」

「そのような――」

わたしが言葉に詰まると、霜殿は泣き出しました。

「いと、そなたには頼みがあります。わたくしの思いを岐阜中納言様にお伝えして欲しいのです」

わたしは頭を振りました。どうしていまさらガラシャ様のお傍を離れることができるでしょうか。

「わたしはどこまでも御方様とともに参ります」

「わかってください。思いを伝えることがたいせつなのです。岐阜中納言様はわたくしの夢でもあるのですから」

ガラシャ様は思わず声を震《ふる》わせました。そして、胸の黄金の十字架を取るとわたしに託《たく》しました。わたしは、その時、気づきました。ガラシャ様が伝えたい思いとは何なのかを。

「御方様――」

うつむいたわたしの目から涙が落ちました。

石田三成様は居城の佐和山《さわやま》城を出ると七月十二日、大坂城に入りました。ただちに長束正家《なつかまさいえ》様、増田長盛《ましたながもり》様、前田玄以《まえだげんい》様三奉行のお名前で中国の毛利輝元《もうりてるもと》様に大坂城に入ることを求めたということです。輝元様がこれに応じて海路、大坂に来られたことから徳川様との戦は始まったのです。

三成様は十六日には会津に向かった諸大名の家族を人質として大坂城に入れること

を命じられました。この時、加藤清正様、黒田如水様のご家中では家臣たちが懸命になって奥方様たちを大坂から逃がしたのです。

しかし、細川屋敷ではそのようなことは考えませんでした。三成様の命によりガラシャ様を人質に求める使者が来た時、小笠原少斎様と家老の河喜多石見《かわきたいわみ》様は、

「丹後宮津城の幽斎様におうかがいをたてねばなりませぬ」

と返事を先のばしにしました。そんなことで大坂方が承知するはずもなく、十七日には大坂城に入ることを命じ、屋敷のまわりを五百の兵で囲んだのです。

ガラシャ様は、お二人の姫君を屋敷から出しオルガンティーノ神父様に託されました。その後、衣服をあらためられ、礼拝堂に入られました。

ガラシャ様は礼拝堂で少斎様を待たれました。やがて少斎様が薙刀《なぎなた》を手にして来ると、にこりとして髪をきりきりと巻き上げました。首を打たせるおつもりでした。しかし、少斎様は悲しげに首を振りました。忠興様を恐れ、礼拝堂の中に足を踏み入れるのを憚られたのです。

ガラシャ様も、少斎様が首を打ちに礼拝堂に入れないことがわかると、思案された後、胸元をくつろげました。雪のように白い肌が現れました。

「もったいないなや」

少斎様はつぶやくと、さっと薙刀でガラシャ様の胸を突いたのです。ガラシャ様が倒れると、少斎様は礼拝堂に入り、用意の火薬を盛り上げました。少斎様が火薬に火をつけると轟音《ごうおん》とともに火柱が立ち、礼拝堂は燃え上がりました。

少斎様は表門に走り、大坂方の使者を前に叫ばれました。

「ただいま御方様はご生涯を遂げられてござる」

少斎様はその後、書院に入って河喜多石見様とともに腹を召されました。礼拝堂から燃え上がった炎はたちまち屋敷を覆《おお》い、屋根から火の粉が金砂のように飛びました。

すでに宵闇《よいやみ》が迫って、細川屋敷が燃え上がる炎は夜空を焦がすばかりの勢いとなりました。屋敷を取り巻いた大坂方の兵たちも為《な》す術もなく見守る中、兵たちをかきわけて黒い影が門前に立ちました。

咲庵殿でした。兵たちが、何奴だと怒鳴ると、咲庵殿は静かに見返しました。この時、咲庵殿には不思議な威がありました。兵たちがたじろぐ中、咲庵殿は門の内に入られました。屋敷の大屋根が炎に包まれた時、咲庵殿は、

——玉子《たまこ》

と一声叫んで、燃え盛る炎の中へ入っていかれました。

わたしはガラシャ様の最期を見届けると、隣の宇喜多秀家《うきたひでいえ》様のお屋敷に入り、大坂を出る機会をうかがいました。宇喜多様のお屋敷には、細川家の嫡男忠隆《ただたか》様の御正室始め多くの侍女たちが逃れていたのです。

ガラシャ様が亡くなられたことで、大坂方は大名の奥方を人質にとることを諦めましたが、そのかわり、東国への密使の警戒を厳重に行いました。

わたしが機会をうかがって宇喜多屋敷を出たのは十日後のことでした。それから、美濃《みの》へ向かいましたが、女の一人旅は難渋《なんじゅう》し、岐阜城にたどりつくことはできないのではないかと恐ろしくなりました。

家康様とともに会津に向かった忠興様始め、福島正則様、黒田長政様、藤堂高虎《とうどうたかとら》様ら大名衆は三成様の決起を知って、東海道を上方へ向かいました。大坂方との合戦が近づいていたのです。

わたしがようやく美濃についた八月二十一日には、軍勢が秀信様の籠る岐阜城に向かおうとしていました。岐阜城近くで後藤又兵衛殿とめぐり会わなければ、秀信様にお会いすることもできなかったでしょう。

又兵衛殿は、如水様からの密使としてひそかに秀信様に会おうとしていたのです。

如水様は秀信様にいったんは徳川方につくように進言していました。

徳川様が美濃を過ぎて大坂方と合戦した後、秀信様と如水様が挟み撃ちにする。それが如水様の考え抜かれた秘策でした。ところが、なぜか秀信様は西上軍の前に立ちはだかろうとしていました。

「なんとしてもお止めしなければならないのです」

又兵衛殿の話を聞いて、わたしも同道することにいたしました。戦が始まる前にガラシャ様の御遺言をお伝えしなければなりませんでした。

このころ、秀信様は岐阜城を出られて木曾川河畔《きそがわかはん》の川手村《かわてむら》に陣を構えておりました。西上軍が木曾川を渡ったところを討つおつもりなのです。

すでに夜でした。又兵衛殿とわたしが陣に近づくと、槍《やり》を持った足軽たちに取り囲まれました。わたしは懐《ふところ》から黄金の十字架を差し出して、

「細川ガラシャ様より中納言様にお伝えしたいことがございます。お通しくだされ」

と声高《こわだか》に言いました。すると、闇の中から修道士のジョアン様が出てこられました。ジョアン様は秀信様の陣中にいらしたのです。

「中納言様にお取り次ぎをいたしましょう」

わたしと又兵衛殿は、ジョアン様に本陣の閻魔堂《えんまどう》に連れていっていただきました。

篝火《かがりび》の明かりに照らされた秀信様は、具足姿の上に黒地で裏が赤いマントを召されていました。南蛮鎧《なんばんよろい》を召されたという信長様を思わせる御勇姿でした。夜風に黒いマントがバタバタとなびきました。わたしはガラシャ様の最期をお伝えしました。

「ガラシャ様は、中納言様がキリシタンの天下人になられる夢のために殉教《マルチリヨ》なさったのです」

わたしの言葉に秀信様は愕然《がくぜん》としました。秀信様は、ガラシャ様は忠興様の命によって殺されたと思っていたのです。西上軍の中に忠興様がいらっしゃることを知った秀信様は、ガラシャ様を死なせた忠興様を許せず、戦おうとしていたのです。西上軍との戦いは、秀信様にとってガラシャ様の仇《かたき》を討つための戦でした。

秀信様が見上げた夜空に星がひとつ流れました。

「そうか、わたしはガラシャ殿の夢であったか」

お声がさびしげに響きました。ガラシャ様の死を悼《いた》み、ガラシャ様の思いを果たせなかったことを悔いておられたのです。

しかし、戦はもう避けられませんでした。秀信様は岐阜城に籠って西上軍と戦った後、降伏して高野山《こうやさん》に流されました。

炎の中で亡くなられたガラシャ様と木曾川の河畔で夜空を見上げた秀信様の魂《たましい》

は、時を超えて結ばれたのではないでしょうか。そうであって欲しいとわたしは今も願わずにいられないのです。

参考文献

『16―17世紀　日本・スペイン交渉史』パブロ・パステルス著　松田毅一訳　大修館書店
日本思想大系25『キリシタン書・排耶書』海老沢有道ほか校注　岩波書店
日本の思想16『切支丹・蘭学集』杉浦明平編　筑摩書房
『ボルジア家』イヴァン・クルーラス著　大久保昭男訳　河出書房新社
『秀吉の野望と誤算　文禄・慶長の役と関ヶ原合戦』笠谷和比古・黒田慶一　文英堂
戦争の日本史16『文禄・慶長の役』中野等　吉川弘文館
戦争の日本史17『関ヶ原合戦と大坂の陣』笠谷和比古　吉川弘文館
『黒田家譜』第一巻　文献出版
人物叢書『林羅山』堀勇雄　吉川弘文館
『イエズス会士とキリシタン布教』ルイス・デ・メディナ　岩田書院
『完訳フロイス日本史』ルイス・フロイス　松田毅一・川崎桃太訳　中公文庫
『黒田如水』三浦明彦　西日本新聞社
『黒田如水のすべて』安藤英男　新人物往来社

解説

湯川　豊
（文芸評論家）

『風の軍師　黒田官兵衛』の、形影あい伴うような二人の主人公について、この解説の冒頭で要約しておきたい。『風の軍師』は昨年（二〇一二年）五月に文庫化された『風渡る』の続篇にあたる作品であり、『風渡る』の終わりで二人がどんな場所に立っているかを知るのは、この二つの長篇秀作を楽しむために役立つに違いないからだ。

黒田官兵衛。備前の武家から身をおこし、いまは豊前、豊後に拠点をもつ、豊臣秀吉につかえる軍師。大名としての地位は長子の長政にゆずり、自らは身軽な立場で歴史を裏から動かそうとする、戦国末期最高の策謀家になった。

同じく秀吉につかえた軍師、竹中半兵衛と示しあわせて、手に負えぬ暴君となった織田信長を死に至らしめた。もちろん直接手にかけたのではない。明智光秀を巧みに誘って謀反へと導いたのである。

その策謀は成功したが、信長に入れ替って天下人となった豊臣秀吉は、権力を握るやまたたくまに変貌した。キリシタン禁制、朝鮮への出兵と予想外の統治を打ち出してゆく。とりわけ朝鮮出兵は、東アジアの頂点に立とうとする誇大妄想が動機として働いている。そして小西行長などキリシタン大名を試すかのように侵略戦争の最前線に置いた。

官兵衛は若い頃からだれかれとなくキリシタンと親しく交わっていたが、天正十二年（一五八四）頃、秀吉の朝鮮侵攻前に、キリシタンに入信した。洗礼名シメオン。また、このころから如水という号を用いるようになった。

黒田官兵衛の五十歳頃からの事業は、「秀吉はキリシタンの敵だ、討たねばならぬ」という決意の実現であった。そういう官兵衛（如水）は、細川ガラシャなどのキリシタンがもっとも頼りとする存在になっていた。

しかし、とりあえずいまは、秀吉の軍師として朝鮮での戦いに参加しなければならない立場にある。そこから『風の軍師』がはじまるわけだ。

ジョアン・デ・トルレス。日本人修道士。十代の頃から、人生の要所要所で黒田官兵衛に会い、立場は異なるが精神の深いところでつながっているという思いがある。動乱の戦国期にたびたび出会うというだけでなく、協力して歴史を裏側から動かそうとする場面もあった。

ジョアンはフロイスの『日本史』にも何度か出てくる名前ではあるが、詳しく生涯が描かれているわけではない。半分以上は葉室麟氏が独創した人物。このような魅力的な宗教者が黒田如水を背後で支えているという姿こそ、『風渡る』と『風の軍師』二つの長篇の最も大きな特徴になり、他に類を見ない構想になった。

ジョアンは、じつは大友宗麟の子で、死に近い宗麟から直接そのことを聞く。宗麟は九州北部を領する大大名だったが、後に没落した。しかし、キリスト教の教えを生涯まげずに信奉した点、日本を代表するキリシタン大名である。

ポルトガル商人の船で日本に流れついた、ポルトガル商人と明の女のあいだにできた娘がいた。風貌は一見して南蛮の血をひいている。宗麟は娘に惹《ひ》かれ、妊《みご》もらせた。生まれた子がジョアンで、ジョアンは最初からパードレたちの庇護のなかで修道士として育てられた。長身で碧眼、茶髪、これまた一目で南蛮の血をひく者と知れる。ヴィオラの名手でもある。『風の軍師』が始まる頃は、年でいうと四十歳すぎ。

葉室麟氏の二長篇は、黒田官兵衛という稀代の軍師を通して戦国時代の帰趨を見ているわけだが、官兵衛＝如水はキリシタンでもあった。当然のことながら、如水の動きの背後にはキリスト教という西洋伝来の宗教がある。とすれば、世界史的規模のなかに日本の戦国期を照らしてみるという一面を、小説は明確にもつことになる。それが葉室氏が実現した長篇の姿だった。

大きな意義を読み取るとすれば、右のようにいえるだろう。しかし、小説を読んでいけば、なによりもまず面白さにつかまってしまう。作者がいうように、如水が仕掛ける「奇怪な経緯《いきさつ》」がストーリーのなかで次々に展開され、歴史の裏側から表側にある出来事の意味が解き明かされてゆく。『風の軍師』で、それがどのように現われるか。

最初の章「太閤謀殺」。タイトルからして物騒である。先にもふれたように、黒田如水は、「織田右府《おだうふ》も非道だったが、太閤も似てきた」と考えるに至っている。如水だけではない。キリシタン大名はみななんとか信仰とともに生きのびようとしているし、イエズス会じたいが思い切った打開策を模索している。将来も秀吉がキリシタンに寛容ではあり得ないと考えているからだ。

インドのゴアに滞在していた日本巡察師《ヴィジタドール》のヴァリニャーノ神父が、まずひそかに動いた。イエズス会三代目総長のフランシスコ・ボルジアから遺品として送られてきた指輪を使うのである。カンタレラという名高いボルジア家の毒を、信頼する日本人修道士ジョアンに送り付け、秀吉にこの毒を用いられないか、と示唆するのである。

ルネサンス後期のイタリアで権力をふるったあのボルジア家の一員までが、日本の歴史に裏側からからんでくる。雄大でわくわくするようなこうした構想は、東西交渉史のなかでもしかすると、と現実味をおびるし、小説ががぜん面白くなる。そしてキリシタンの到来からこのような想像力を飛翔させた作家は、葉室麟氏以外にはいなかった。葉室氏はキリシタン伝来の中心にあった九州というローカリティに腰をすえることで、逆に世界史的な視野を得たのである。

毒薬カンタレラがたどった運命は、後の棄教者ハビアンなどが介在することで、複雑な経路をたどった。それについては、読者の楽しみとして、ここでは詳述しない。ただし、如水にしてみれば、さらに秀吉の死の先のことまで考えていた。それを知るためにも、ここで戦国末期の激動を日本史年表によって整理してみよう。

慶長五年に天下を分けた関ヶ原の合戦があり、その結果、家康の天下支配が決定的になった。慶長八年、家康は江戸幕府を開いている。慶長九年三月、われわれの主人公、黒田如水が死ぬ。そして、慶長十七年にキリシタン禁教令、慶長十九年、高山右近がフィリピンに追放される。同年十月、大坂冬の陣。翌慶長二十年四月、大坂夏の陣。江戸時代がひとまずこれで固まる。

如水は、おのれの死後の世の移りゆくさまを正確に予見していた。葉室氏は、そのような思惑からこの小説を書き進めているのだが、それは本書の中核に位置する「謀略関ヶ原」と第三章にあたる「秘謀」でたっぷり語られるのである。これまた如水の他の謀略以上に「奇怪な経緯《いきさつ》」をもつもので、あっと驚くしかない。

関ヶ原にのぞむ如水の策謀は、織田信長の嫡男信忠《のぶただ》の嫡子、秀信を西側の首領に立てることだった。秀信という織田家の正嫡は、キリシタンになっていて岐阜殿と呼ばれている。美濃十三万三千石。十九歳と若いけれど、秀信を中心にすれば、秀吉系の大名たちがすみやかに結集するだろう。キリシタンのなかでもジョアンやセスペデス神父もそう考えたし、信奉者の多い細川ガラシャ（信長を殺した光秀の娘）が祈るように秀信が立つことを願った。「岐阜中納言様はわたくしの夢なのです。そのことを、どうしても知っておいていただきたいのです」とまでいうガラシャの心の動きである。この秀信とガラシャの、数奇な運命を越えての心の通いあいが、葉室版関ヶ原合戦の一つの眼目である。

結局、秀信は秀吉系の西国大名の旗印になることを拒み、いずこともなく消えた。ガラシャは、大坂城に人質として入ることを拒み、家老に薙刀で突かせて息絶えた。如水をはじめとするキリシタン側の策謀はもろくも崩れ去ったかに見える。

しかし、如水は秀信擁立をはかっているかのように親しい周囲には思わせておきながら、その可能性を本気で信じていたわけではなかった。関ヶ原合戦では嫡男長政を家康方につけて参戦させるいっぽうで、自らは九州で傭兵を集めて大領土をつくりあげてゆくのである。結局、九州にキリシタン信教の自由の国を建て、家康の幕府と併立させるのが如水の壮大な構想であった。最後の夢といってもよい。

寿命尽きてそれはかなわなかったけれど、如水＝ジョスエ＝モーゼの後継者として民をカナンの土地に導いた軍師に自らを擬した如水の夢は、小説のなかでも心打つような美しさがある。

「謀攻関ヶ原」の末尾に近く、京都の黒田屋敷の茶室で、如水とジョアンが静かに語りあう。地球儀を前にしてのこの会話は、戦国時代の終わり、また国際的な視野のなかで語られたこの小説の終わりにふさわしい。

時は慶長七年（一六〇二）八月。そこで如水は、ポルトガルとスペインの植民地争奪戦を抑止する方策としてとられたデマルカシオン（分割）について語る。自分が日本で実現させたかった統治方法であった、と。しかし、さまざまな有力武将の動きによってかき乱されて、九州を中心とする西国でのキリシタンの国が実現するかどうかは予断を許さない。

如水は、なにかが終わるのを知っているかのように、諦念をもって語る。細川ガラシャを死なせてしまったことに悔いが残る、とジョアンの前で懺悔するようにいう。自分の策のために、あのガラシャが死んだ。

そして、「しょせん、策でひとは救えませぬ」と言葉をつぐ。天下二分といっても、自分が生きている間だけのこと。自分がしたことなど、死ねばすべて虚しくなる、と。鬼謀の軍師、黒田如水が最後に到達した境地を示して、読者の感動を誘わずにはいない終結である。

第三章にあたる「秘謀」では、さらに入念に如水の予見をたどっている。腹心である後藤又兵衛の行動を追い、大坂の陣の結果までがその経緯のなかで見すえられている。一本気で、どこかひょうひょうとしている又兵衛の風貌がいかにも戦国武将らしくていい。

さらにその後に、二つの終結部《コーダ》のように「背教者」と「伽羅奢《ガラシャ》」という二篇の幻想的短篇ともいうべき章が置かれている構成を、私は驚きをもって受け取った。まことにみごとなものだと思う。というより、葉室氏はこの二篇を置かずにはいられなかったのだろうと思う。

日本史におけるキリスト教信仰の行く方を最後まで追いかけずにはいられなかっ

た。黒田如水という突出した存在も、キリシタン信仰という面からこそ読み解くことができる、と考えたのではないか。いかにも九州を拠点とし、九州から戦国期を透視した作家ならではの、新しい発想である。

「背教者」は、棄教した俊才ハビアン＝不干斎の晩年の姿を描いている。不干斎の信仰心のたどりついたところはともかくとして、政治的弾圧のなかでキリシタンが生き延びる困難が、ここから予感される。全体が、不干斎が演じた幻想劇だったという描き方も、歴史の終末を映しだすかのようですばらしい。

「伽羅奢」は、一身同体のように生きた侍女いと女マリアの回想である。咲庵殿が殉教したガラシャのいる火のなかへ、「玉子（ガラシャの本名）」と叫びながら駆け込んでいく姿は、これまた異様な幻想味を帯びて美しい。

棄教と殉教。キリシタンの行く末を二つながら描いて、戦国期のドラマの最後に置く。まことに心憎い構想力である。私たちはその構想力のなかで、歴史と小説の壮大なドラマに遊ぶことができた。

本書は二〇〇九年九月、小社より『風の王国　官兵衛異聞』
として刊行されたものを改題しました。

|著者|葉室 麟　1951年、福岡県北九州市小倉生まれ。西南学院大学卒業。地方紙記者などを経て、2005年、『乾山晩愁』で第29回歴史文学賞を受賞し、デビュー。2007年、『銀漢の賦』で第14回松本清張賞、2012年、『蜩ノ記』で第146回直木賞を受賞。著書には他に『陽炎の門』『紫匂う』『山月庵茶会記』『草雲雀《くさひばり》』『はだれ雪』『神剣　人斬り彦斎』『辛夷《こぶし》の花』『秋霜』『津軽双花』『孤篷のひと』『あおなり道場始末』『墨龍賦』などがある。2017年12月、逝去。

風《かぜ》の軍師《ぐんし》　黒田官兵衛《くろだかんべえ》
葉室《はむろ》 麟《りん》

2013年2月15日第1刷発行
2019年3月1日第13刷発行

発行者――渡瀬昌彦
発行所――株式会社　講談社
東京都文京区音羽2-12-21　〒112-8001
電話　出版（03）5395-3510
　　　販売（03）5395-5817
　　　業務（03）5395-3615

Printed in Japan

講談社文庫
定価はカバーに表示してあります

デザイン―菊地信義
本文データ制作―講談社デジタル製作
印刷―――豊国印刷株式会社
製本―――株式会社国宝社

ISBN978-4-06-277444-4

講談社文庫刊行の辞

二十一世紀の到来を目睫に望みながら、われわれはいま、人類史上かつて例を見ない巨大な転換期をむかえようとしている。

世界も、日本も、激動の予兆に対する期待とおののきを内に蔵して、未知の時代に歩み入ろうとしている。このときにあたり、創業の人野間清治の「ナショナル・エデュケイター」への志を現代に甦らせようと意図して、われわれはここに古今の文芸作品はいうまでもなく、ひろく人文・社会・自然の諸科学から東西の名著を網羅する、新しい綜合文庫の発刊を決意した。

激動の転換期はまた断絶の時代である。われわれは戦後二十五年間の出版文化のありかたへの深い反省をこめて、この断絶の時代にあえて人間的な持続を求めようとする。いたずらに浮薄な商業主義のあだ花を追い求めることなく、長期にわたって良書に生命をあたえようとつとめるところにしか、今後の出版文化の真の繁栄はあり得ないと信じるからである。

同時にわれわれはこの綜合文庫の刊行を通じて、人文・社会・自然の諸科学が、結局人間の学にほかならないことを立証しようと願っている。かつて知識とは、「汝自身を知る」ことにつきていた。現代社会の瑣末な情報の氾濫のなかから、力強い知識の源泉を掘り起し、技術文明のただなかに、生きた人間の姿を復活させること。それこそわれわれの切なる希求である。

われわれは権威に盲従せず、俗流に媚びることなく、渾然一体となって日本の「草の根」をかたちづくる若く新しい世代の人々に、心をこめてこの新しい綜合文庫をおくり届けたい。それは知識の泉であるとともに感受性のふるさとであり、もっとも有機的に組織され、社会に開かれた万人のための大学をめざしている。大方の支援と協力を衷心より切望してやまない。

一九七一年七月

野間省一

濱　嘉之　オメガ　対中工作
濱　嘉之　ヒトイチ　警視庁人事一課監察係
濱　嘉之　ヒトイチ　画像解析〈警視庁人事一課監察係〉
濱　嘉之　ヒトイチ　内部告発〈警視庁人事一課監察係〉
濱　嘉之　カルマ真仙教事件(上)(中)(下)
橋本　紡　彩乃ちゃんのお告げ
馳　星周　やつらを高く吊せ
馳　星周　ラフ・アンド・タフ
早見　俊　右近の鯔背《いなせ》銀杏《いちょう》〈双子同心捕物競い(二)〉
早見　俊　同心の鑑《かがみ》〈双子同心捕物競い(三)〉
早見　俊　上方与力江戸暦
畠中　恵　アイスクリン強し
畠中　恵　若様組まいる
畠中　恵　若様とロマン
はるな愛　素晴らしき、この人生
葉室　麟　風渡る
葉室　麟　風の軍師〈黒田官兵衛〉
葉室　麟　星火瞬く
葉室　麟　陽《かげ》炎《ろう》の門
葉室　麟　紫匂う
葉室　麟　山月庵茶会記
長谷川　卓　獄《がく》神《じん》〈上・白《しろ》銀《がね》渡り〉〈下・湖底の黄金〉
長谷川　卓　嶽神伝《がくじんでん》　無坂《むさか》(上)(下)
長谷川　卓　嶽神伝《がくじんでん》　孤猿《こえん》(上)(下)
長谷川　卓　嶽神伝《がくじんでん》　鬼哭《きこく》(上)(下)
長谷川　卓　嶽神列伝　逆渡《さかわた》り
長谷川　卓　嶽神伝《がくじんでん》　血路
長谷川　卓　嶽神伝《がくじんでん》　死地
HABU　誰の上にも青空はある
幡　大介　猫間地獄のわらべ歌
幡　大介　股旅探偵　上州呪い村
原田マハ　夏を喪くす
原田マハ　風のマジム
原田マハ　あなたは、誰かの大切な人
羽田圭介　「ワタクシハ」
羽田圭介　コンテクスト・オブ・ザ・デッド
原田ひ香　アイビー・ハウス
原田ひ香　人生オークション
花房観音　女坂
花房観音　指人形
花房観音　恋塚
畑野智美　海の見える街
畑野智美　南部芸能事務所
畑野智美　南部芸能事務所 season2 メリーランド
畑野智美　南部芸能事務所 season3 春の嵐
畑野智美　南部芸能事務所 season4 オーディション
早見和真　東京ドーン
はあちゅう　半径5メートルの野望
早坂　吝《やぶさか》　○○○○○○○○殺人事件
早坂　吝　虹の歯ブラシ〈上木《かみき》らいち発散〉
早坂　吝　誰も僕を裁けない
浜口倫太郎　22年目の告白〈―私が殺人犯です―〉
浜口倫太郎　廃校先生
浜口倫太郎　シンマイ！
原田伊織　明治維新という過ち〈日本を滅ぼした吉田松陰と長州テロリスト〉
原田伊織　列強の侵略を防いだ幕臣たち〈続・明治維新という過ち〉
原田伊織　〈明治維新という過ち・完結編〉虚像の西郷隆盛　虚構の明治１５０年

講談社文庫 目録

講談社文庫　目録

東野圭吾　麒麟の翼
東野圭吾　パラドックス13
東野圭吾　祈りの幕が下りる時
東野圭吾作家生活25周年祭り実行委員会　東野圭吾公式ガイド〈読者1万人が選んだ東野作品人気ランキング発表〉
姫野カオルコ　ああ、懐かしの少女漫画
姫野カオルコ　ああ、禁煙vs.喫煙
平野啓一郎　高瀬川
平野啓一郎　ドーン
平野啓一郎　空白を満たしなさい(上)(下)
平山譲　片翼チャンピオン
百田尚樹　永遠の0《ゼロ》
百田尚樹　輝く夜
百田尚樹　風の中のマリア
百田尚樹　影法師
百田尚樹　ボックス！(上)(下)
百田尚樹　海賊とよばれた男(上)(下)
ヒキタクニオ　東京ボイス
ヒキタクニオ　カワイイ地獄
平田オリザ　十六歳のオリザの冒険をしるす本
平田オリザ　幕が上がる
ビッグイシュー 枝元なほみ　世界一あたたかい人生相談
久生十蘭　久生十蘭「従軍日記」
東直子　さようなら窓
東直子　らいほうさんの場所
東直子　トマト・ケチャップ・ス
平敷安常　キャパになれなかったカメラマン(上)(下)〈ベトナム戦争の語り部たち〉
樋口明雄　ミッドナイト・ラン！
樋口明雄　ドッグ・ラン！
平谷美樹　藪の奥〈眠る義経秘宝〉
平谷美樹　居留地同心・凌之介秘帳 小倫敦の幽霊
蛭田亜紗子　人肌ショコラリキュール
樋口卓治　ボクの妻と結婚してください。
樋口卓治　続・ボクの妻と結婚してください。
樋口卓治　もう一度、お父さんと呼んでくれ。
樋口卓治　「ファミリーラブストーリー」
平山夢明　どたんばたん(土壇場譚)〈大江戸怪談〉
平山夢明　魂《たま》豆《どう》腐《ふ》〈大江戸怪談どたんばたん(土壇場譚)〉
東川篤哉　純喫茶「一服堂」の四季
東山彰良　流《りゅう》
樋口直哉　偏差値68の目玉焼き〈星ヶ丘高校料理部〉
藤沢周平　新装版 春秋の檻〈獄医立花登手控え(一)〉
藤沢周平　新装版 風雪の檻〈獄医立花登手控え(二)〉
藤沢周平　新装版 愛憎の檻〈獄医立花登手控え(三)〉
藤沢周平　新装版 人間の檻〈獄医立花登手控え(四)〉
藤沢周平　新装版 闇の歯車
藤沢周平　新装版 市塵(上)(下)
藤沢周平　新装版 決闘の辻
藤沢周平　新装版 雪明かり
藤沢周平　義民が駆ける〈レジェンド歴史時代小説〉
藤沢周平　喜多川歌麿女絵草紙
藤沢周平　闇の梯子
古井由吉　野川
船戸与一　夜来香《イエライシャン》海峡
船戸与一　新装版 カルナヴァル戦記
藤田宜永　樹下の想い
藤田宜永　艶《つや》めき
藤田宜永　流砂

藤田宜永　子宮の記憶〈ここにあなたがいる〉
藤田宜永　乱調
藤田宜永　壁画修復師
藤田宜永　前夜のものがたり
藤田宜永　戦力外通告
藤田宜永　いつかは恋を
藤田宜永　喜の行列 悲の行列(上)(下)
藤田宜永　老猿
藤田宜永　女系の総督
藤水名子　紅嵐記(上)(中)(下)
藤原伊織　テロリストのパラソル
藤原伊織　ひまわりの祝祭
藤原伊織　雪が降る
藤原伊織　蚊トンボ白鬚の冒険(上)(下)
藤原伊織　遊戯
藤田紘一郎　笑うカイチュウ
藤本ひとみ　新・三銃士 少年編・青年編〈ダルタニャンとミラディ〉
藤本ひとみ　皇妃エリザベート
藤木美奈子　傷つけ合う家族〈ドメスティック・バイオレンスを乗り越えて〉

福井晴敏　Twelve《トゥエルブ》 Y.O.《ワイオー》
福井晴敏　亡国のイージス(上)(下)
福井晴敏　川の深さは
福井晴敏　終戦のローレライ I～IV
福井晴敏　6ステイン
福井晴敏　平成関東大震災〈いつか来るとは知っていたが今日来るとは思わなかった〉
福井晴敏　人類資金1～7
福井晴敏　限定版 人類資金7
福井晴敏作 霜月かよ子画　C-blossom《シーブロッサム》〈case《ケース》729〉
藤原緋沙子　遠花火〈見届け人秋月伊織事件帖〉
藤原緋沙子　春《はる》疾風《はやて》〈見届け人秋月伊織事件帖〉
藤原緋沙子　暖《ぬくめ》鳥《どり》〈見届け人秋月伊織事件帖〉
藤原緋沙子　霧の路《みち》〈見届け人秋月伊織事件帖〉
藤原緋沙子　鳴《なる》子《こ》守《もり》〈見届け人秋月伊織事件帖〉
藤原緋沙子　夏ほたる〈見届け人秋月伊織事件帖〉
藤原緋沙子　笛吹川〈見届け人秋月伊織事件帖〉
藤原緋沙子　青《せい》嵐《らん》〈見届け人秋月伊織事件帖〉
椹野道流　禅定の弓〈鬼籍通覧〉
椹野道流　亡羊の嘆〈鬼籍通覧〉

福田和也　悪女の美食術
深水黎一郎　エコール・ド・パリ殺人事件〈レザルティスト・モウディ〉
深水黎一郎　トスカの接吻〈オペラ・ミステリオーザ〉
深水黎一郎　ジークフリートの剣《つるぎ》
深水黎一郎　言霊《ことだま》たちの反乱
深水黎一郎　世界で一つだけの殺し方
深水黎一郎　ミステリー・アリーナ
深見真　猟犬〈特殊犯捜査・呉内冴絵〉
深見真　硝煙の向こう側に彼女〈武装強行犯捜査・塚田志士子〉
藤谷治　遠い響き
深町秋生　ダウン・バイ・ロー
冬木亮子　書けそうで書けない英単語〈Let's enjoy spelling!〉
古市憲寿　働き方は「自分」で決める
船瀬俊介　かんたん「1日1食」!!〈万病が治る！ 20歳若返る！〉
二上剛　黒薔薇 刑事課強行犯係 神木恭子
二上剛　ダーク・リバー〈暴力犯係長 葛城みずき〉
藤野可織　おはなしして子ちゃん
古野まほろ　身元不明《ジェーン・ドゥ》〈特殊殺人対策官 箱崎ひかり〉
藤崎翔　時間を止めてみたんだが

講談社文庫　目録

辺見　庸　抵抗論
星　新一　エヌ氏の遊園地
星　新一 編　ショートショートの広場①〜⑨
本田靖春　不当逮捕
堀江邦夫　原発労働記
保阪正康　昭和史七つの謎
保阪正康　昭和史七つの謎Part2
保阪正康　天皇〈「君主」の父、「民主」の子〉
保坂和志　未明の闘争(上)(下)
堀江敏幸　熊の敷石
堀江敏幸　燃焼のための習作
本格ミステリ作家クラブ編　珍しい物語のつくり方〈本格短編ベスト・セレクション〉
本格ミステリ作家クラブ編　法廷ジャックの心理学〈本格短編ベスト・セレクション〉
本格ミステリ作家クラブ編　見えない殺人カード〈本格短編ベスト・セレクション〉
本格ミステリ作家クラブ編　空飛ぶモルグ街の研究〈本格短編ベスト・セレクション〉
本格ミステリ作家クラブ編　凍れる女神の秘密〈本格短編ベスト・セレクション〉
本格ミステリ作家クラブ編　からくり伝言少女〈本格短編ベスト・セレクション〉
本格ミステリ作家クラブ編　探偵の殺される夜〈本格短編ベスト・セレクション〉
本格ミステリ作家クラブ編　墓守刑事の昔語り〈本格短編ベスト・セレクション〉

本格ミステリ作家クラブ編　子ども狼ゼミナール〈本格短編ベスト・セレクション〉
本格ミステリ作家クラブ編　ベスト本格ミステリTOP5〈短編傑作選001〉
星野智幸　毒身
星野智幸　われら猫の子
星野智幸　夜は終わらない(上)(下)
本田靖春　我、拗ね者として生涯を閉ず(上)(下)
本城英明　警察庁広域特捜官　梶山俊介〈広島・尾道「刑事《デカ》殺し」〉
堀田純司　スゴい雑誌〈「業界誌」の底知れない魅力〉
堀田純司　僕とツンデレとハイデガー〈ヴェルシオン　アドレサンス〉
本多孝好　チェーン・ポイズン
本多孝好　君の隣に
穂村　弘　整形前夜
穂村　弘　ぼくの短歌ノート
堀川アサコ　幻想郵便局
堀川アサコ　幻想映画館
堀川アサコ　幻想日記店
堀川アサコ　幻想探偵社
堀川アサコ　幻想温泉郷
堀川アサコ　幻想短編集

堀川アサコ　大奥の座敷童子
堀川アサコ　おちゃっぴい〈大江戸八百八〉
堀川アサコ　月下におくる(上)(下)〈沖田総司青春録〉
堀川アサコ　芳《ほう》一《いち》
堀川アサコ　月夜彦
本城雅人　境界〈横浜中華街・潜伏捜査〉
本城雅人　スカウト・デイズ
本城雅人　スカウト・バトル
本城雅人　嗤うエース
本城雅人　贅沢のススメ
本城雅人　誉れ高き勇敢なブルーよ
本城雅人　シューメーカーの足音
本城雅人　ミッドナイト・ジャーナル
堀川惠子　裁かれた命〈死刑囚から届いた手紙〉
堀川惠子　死刑の基準〈「永山裁判」が遺したもの〉
堀川惠子　永山則夫〈封印された鑑定記録〉
堀川惠子　教誨師
堀川惠子・小笠原信之　チンチン電車と女学生〈1945年8月6日・ヒロシマ〉
ほしおさなえ　空き家課まぼろし譚

講談社文庫　目録

誉田哲也　Qros《キュロス》の女
松本清張　草の陰刻
松本清張　黄色い風土
松本清張　黒い樹海
松本清張　連環
松本清張　花氷
松本清張　ガラスの城
松本清張　殺人行おくのほそ道(上)(下)
松本清張　塗られた本
松本清張　熱い絹(上)(下)
松本清張　邪馬台国　清張通史①
松本清張　空白の世紀　清張通史②
松本清張　カミと青銅の迷路　清張通史③
松本清張　天皇と豪族　清張通史④
松本清張　壬申の乱　清張通史⑤
松本清張　古代の終焉　清張通史⑥
松本清張　新装版増上寺刃傷
松本清張　新装版　彩色江戸切絵図
松本清張　新装版　紅刷り江戸噂
松本清張　大奥婦女記　〈レジェンド歴史時代小説〉
松本清張他　日本史七つの謎
松谷みよ子　ちいさいモモちゃん
松谷みよ子　モモちゃんとアカネちゃん
松谷みよ子　アカネちゃんの涙の海
眉村卓　ねらわれた学園
眉村卓　なぞの転校生
丸谷才一　恋と女の日本文学
丸谷才一　輝く日の宮
丸谷才一　人間的なアルファベット
麻耶雄嵩　翼ある闇　〈メルカトル鮎最後の事件〉
麻耶雄嵩　夏と冬の奏鳴曲《ソナタ》
麻耶雄嵩　メルカトルかく語りき
麻耶雄嵩　神様ゲーム
松浪和夫　警官魂　〈激震篇〉〈反撃篇〉
松井今朝子　仲蔵狂乱
松井今朝子　奴《やっこ》の小万《こまん》と呼ばれた女
松井今朝子　似《に》せ者《もん》
松井今朝子　そろそろ旅に
松井今朝子　星と輝き花と咲き
町田康　へらへらぼっちゃん
町田康　つるつるの壺
町田康　耳そぎ饅頭
町田康　権現の踊り子
町田康　浄土
町田康　猫にかまけて
町田康　猫のあしあと
町田康　猫とあほんだら
町田康　猫のよびごえ
町田康　真実真正日記
町田康　宿屋めぐり
町田康　人間小唄
町田康　スピンク日記
町田康　スピンク合財帖
町田康　スピンクの壺
舞城王太郎　煙か土か食い物　〈Smoke, Soil or Sacrifices〉
舞城王太郎　世界は密室でできている。〈THE WORLD IS MADE OUT OF CLOSED ROOMS〉
舞城王太郎　熊の場所

2018年12月15日現在